हिन्द पॉकेट बुक्स

बूढ़ी काकी
तथा अन्य कहानियां

प्रेमचंद हिन्दी और उर्दू के महानतम भारतीय लेखकों में से एक थे। उनका मूल नाम धनपत राय श्रीवास्तव था। प्रेमचंद को नवाब राय और मुंशी प्रेमचंद के नाम से भी जाना जाता है। उपन्यास के क्षेत्र में उनके योगदान को देखकर बंगाल के विख्यात उपन्यासकार शरतचंद्र चट्टोपाध्याय ने उन्हें उपन्यास सम्राट कहकर संबोधित किया था। प्रेमचंद ने हिन्दी कहानी और उपन्यास की एक ऐसी परंपरा का विकास किया, जिसने पूरी सदी के साहित्य का मार्गदर्शन किया। प्रेमचंद एक क्रांतिकारी रचनाकार थे, उन्होंने न केवल देशभक्ति बल्कि समाज में व्याप्त अनेक कुरीतियों को देखा और उनको कहानी के माध्यम से पहली बार लोगों के समक्ष रखा। उन्होंने उस समय के समाज की जो भी समस्याएँ थीं उन सभी को चित्रित करने की शुरुआत कर दी थी। उसमें दलित भी आते हैं, नारी भी आती हैं। ये सभी विषय आगे चलकर हिन्दी साहित्य के बड़े विमर्श बने।

बूढ़ी काकी

तथा अन्य कहानियां

प्रेमचंद

हिन्द पॉकेट बुक्स
पेंगुइन रैंडम हाउस इम्प्रिंट

हिन्द पॉकेट बुक्स

यूएसए | कनाडा | यूके | आयरलैंड | ऑस्ट्रेलिया | सिंगापुर
न्यू ज़ीलैंड | भारत | दक्षिण अफ्रीका | चीन

हिन्द पॉकेट बुक्स, पेंगुइन रैंडम हाउस ग्रुप ऑफ़ कम्पनीज़ का हिस्सा है,
जिसका पता global.penguinrandomhouse.com पर मिलेगा

पेंगुइन रैंडम हाउस इंडिया प्रा.लि.,
चौथी मंजिल, कैपिटल टावर 1, एमजी रोड,
गुरुग्राम 122002, हरियाणा, भारत

पेंगुइन
रैंडम हाउस
इंडिया

प्रथम संस्करण हिन्द पॉकेट बुक्स द्वारा 2001 में प्रकाशित
यह संस्करण हिन्द पॉकेट बुक्स में पेंगुइन रैंडम हाउस द्वारा 2022 में प्रकाशित

10 9 8 7 6 5 4 3 2

ISBN 9789353495077

मुद्रक : मणिपाल टेक्नॉलजीस् लिमिटेड, भारत

www.penguin.co.in

FSC www.fsc.org
MIX
Paper | Supporting responsible forestry
FSC® C043100

क्रम

खून सफेद

चैत का महीना था; लेकिन वे खलिहान, जहां अनाज की ढेरियां लगी रहती थीं, पशुओं के शरणस्थल बने हुए थे, जहां घरों से फाग और बसंत की अलाप सुनाई पड़ती, वहां आज भाग्य का रोना था। सारा चौमासा बीत गया पानी की एक बूंद न गिरी। जेठ में एक बार मूसलाधार वृष्टि हुई थी, किसान फूले न समाये, खरीफ की फसल बो दी, लेकिन इंद्रदेव ने अपना सर्वस्व शायद एक ही बार लुटा दिया था। पौधे उगे, बढ़े और सूख गये। गोचर भूमि में घास न जमी! बादल आते, घटायें उमड़तीं, ऐसा मालूम होता कि जल-थल एक हो जायगा, परन्तु वे आशा की नहीं, दु:ख की घटाये थी। किसानों ने बहुतेरे जप-तप किये, ईंट और पत्थर देवी-देवताओं के नाम से पुजाये, बलिदान किये, पानी की अभिलाषा में रक्त के पनाले बह गये, लेकिन इन्द्रदेव किसी तरह न पसीजे। न खेतों में पौधे थे न गोचरों में घास, न तालाबों में पानी, बड़ी मुसीबत का सामना था। जिधर देखिए धूल उड़ रही थी। दरिद्रता और क्षुधा-पीड़ा के दारुण दृश्य दिखाई देते थे। लोगों ने पहले तो गहने और बरतन गिरवी रखे, और अंत में बेच डाले। फिर जानवरों की बारी आई और जब जीविका का अन्य कोई सहारा न रहा तब जन्म-भूमि पर जान देने वाले किसान बाल-बच्चों को लेकर मजदूरी करने निकल पड़े। अकाल-पीड़ितों की सहायता के लिए कहीं-कहीं सरकार की सहायता से काम खुल गया था। बहुतेरे वहीं जाकर जमे। जहां जिसको सुभीता हुआ, वह उधर ही जा निकला।

2

संध्या का समय था। जादोराय थका-मांदा आकर बैठ गया और स्त्री से उदास होकर बोला—दरखास्त नामंजूर हो गई। यह कहते-कहते वह आंगन में जमीन पर लेट गया। उसका मुख पीला पड़ रहा था और आंतें सिकुड़ी जा रही थीं। आज दो दिन से उसने दाने की सूरत नहीं देखी। घर में जो कुछ विभूति थी—गहने, कपड़े, बरतन, भांड़े सब पेट में समा गये। गांव का साहूकार भी

पतिव्रता स्त्रियों की भांति आंखें चुराने लगा। केवल तकाबी का सहारा था, उसी के लिए दरखास्त दी थी, लेकिन आज वह भी नामंजूर हो गई, आशा का झिलमिलाता हुआ दीपक बुझ गया।

देवकी ने पति को करुण दृष्टि से देखा। उसकी आंखों में आंसू उमड़ आये। पति दिन-भर का थका-मांदा घर आया है। उसे क्या खिलावे? लज्जा के मारे वह हाथ-पैर धोने के लिए पानी भी न लाई। जब हाथ-पैर धोकर आशा-भरी चितवन से वह उसकी ओर देखेगा तब वह उसे क्या खाने को देगी? उसने आज कई दिन से दाने की सूरत नहीं देखी थी। लेकिन इस समय उसे जो दु:ख हुआ, वह क्षुधातुरता के कष्ट से कई गुना अधिक था। स्त्री घर की लक्ष्मी है। घर के प्राणियों को खिलाना-पिलाना वह अपना कर्त्तव्य समझती है। और चाहे यह उसका अन्याय ही क्यों न हो, लेकिन अपनी दीन-हीन दशा पर जो मानसिक वेदना उसे होती है, वह पुरुषों को नहीं हो सकती।

हठात् उसका बच्चा माधो नींद से चौंका और मिठाई के लालच में जाकर वह बाप से लिपट गया। इस बच्चे ने आज प्रात:काल चने की रोटी का एक टुकड़ा खाया था, और तब से कई बार उठा और कई बार रोते-रोते सो गया। चार वर्ष का नादान बच्चा, उसे वर्षा और मिठाइयों में कोई सम्बन्ध नहीं दिखाई देता था। जादोराय ने उसे गोद में उठा लिया, उसकी ओर दुखभरी दृष्टि से देखा। गर्दन झुक गई और हृदय की पीड़ा आँखों में न समा सकी।

3

दूसरे दिन यह परिवार भी घर से बाहर निकला। जिस तरह पुरुषों के चित्त से अभिमान और स्त्री की आंख से लज्जा नहीं निकलती, उसी तरह अपनी मेहनत से रोटी कमाने वाली किसान भी मजदूरी की खोज में घर से बाहर नहीं निकलता। लेकिन हा पापी पेट, तू सब कुछ कर सकता है! मान और अभिमान, ग्लानि और लज्जा ये सब चमकते हुए तारे तेरी काली घटाओं में छिप जाते हैं।

प्रभात का समय था। वे दोनों विपत्ति के सताये घर से निकले। जादोराय ने लड़के को पीठ पर लिया। देवकी ने फटे-पुराने कपड़ों की वह गठरी सिर पर रखी, जिस पर विपत्ति को भी तरस आता। दोनों की आंखें आंसुओं से भरी थीं। देवकी रोती थी। जादोराय चुपचाप था। गांव के दो-चार आदमियों से रास्ते में भेट भी हुई, किन्तु किसी ने इतना भी न पूछा कि कहां जाते हो? किसी के हृदय में सहानुभूति का वास न था।

जब ये लोग लालगंज पहुंचे, उस समय सूर्य ठीक सिर पर था। देखा, मीला तक आदमी ही आदमी दिखाई देते थे। लेकिन हर चेहरे पर दीनता और सुख के चिह्न झलक रहे थे।

बैसाख की जलती हुई धूप थी। आग के झोंके जोर-जोर से हरहराते हुए चल रहे थे। ऐसे समय में हड्डियों के अगणित ढांचे जिनके शरीर पर किसी प्रकार का कपड़ा न था, मिट्टी खोदने में लगे हुए थे। मानो वह मरघट भूमि थी, जहां मुर्दे अपने हाथों अपनी कब्रे खोद रहे थे। बूढ़े और जवान, मर्द और बच्चे, सब के सब ऐसे निराश और विवश होकर काम में लगे हुए थे मानो मृत्यु और भूख उनके सामने बैठी घूर रही हैं। इसे आफत में न कोई किसी का मित्र था न हितू। दया, सहृदयता और प्रेम ये सब मानवीय भाव हैं, जिनका कर्त्ता मनुष्य है। प्रकृति ने हमको केवल एक भाव प्रदान किया है और वह स्वार्थ है। मानवीय भाव बहुधा कपटी मित्रों की भांति हमारा साथ छोड़ देते हैं, पर यह ईश्वरप्रदत्त गुण कभी हमारा गला नहीं छोड़ता।

4

आठ दिन बीत गये थे। संध्या समय काम समाप्त हो चुका था। डेरे से कुछ दूर आम का एक बाग था। वहीं एक पेड़ के नीचे जादोराय और देवकी बैठी हुई थी। दोनों ऐसे कृश हो रहे थे कि उनकी सूरत नहीं पहचानी जाती थी। अब वह स्वाधीन कृषक नहीं रहे। समय के हेरफेर से आज दोनों मज़दूर बने बैठे हैं।

जादोराय ने बच्चे को जमीन पर सुला दिया। उसे कई दिन से बुखार आ रहा है। कमल-सा चेहरा मुरझा गया। देवकी ने धीरे से हिलाकर कहा—बेटा! आंखें खोलो। देखो सांझ हो गई।

साधो ने आंखें खोल दीं, बुखार उतर गया था। बोला—क्या हम घर आ गये मां?

घर की याद आ गयी। देवकी की आंखें डबडबा आयीं। उसने कहा—नहीं बेटा! तुम अच्छे हो जाओगे, तो घर चलेंगे। उठकर देखो, कैसा अच्छा बाग है।

साधो मां के हाथों के सहारे उठा, और बोला—मां! मुझे बड़ी भूख लगी है, लेकिन तुम्हारे पास तो कुछ नहीं है। मुझे क्या खाने को दोगी?

देवकी के हृदय में चोट लगी, पर धीरज धर के बोली—नहीं बेटा, तुम्हारे खाने को मेरे पास सब कुछ है। तुम्हारे दादा पानी लाते हैं तो मैं नरम-नरम रोटियां अभी बनाये देती हूं।

साधो ने मां की गोद में सिर रख लिया और बोला—मां! मैं न होता तो तुम्हें इतना दुःख तो न होता। यह कहकर वह फूट-फूटकर रोने लगा। यह वही बेसमझ बच्चा है, जो दो सप्ताह पहिले मिठाइयों के लिए दुनिया सिर पर उठा लेता था। दुःख और चिन्ता ने कैसा अनर्थ कर दिया है। यह विपत्ति का फल है। कितना दुःखपूर्ण, कितना करूणाजनक व्यापार है।

इसी बीच में कई आदमी लालटेन लिये हुए वहां आये। फिर गाड़ियां आयीं। उन पर डेरे और खेमे लदे हुए थे। दम के दम में वहां खेमे गड़ गये। सारे बाग में चहल-पहल नजर आने लगी। देवकी रोटियां सेंक रही थी, साधो धीरे-धीरे उठा और आश्चर्य से देखता हुआ एक डेरे के नजदीक जाकर खड़ा हो गया।

5

पादरी मोहनदास खेमे से बाहर निकले तो साधो उन्हें खड़ा दिखाई दिया। उसकी सूरत पर उन्हें तरस आ गया। प्रेम की नदी उमड़ आयी। बच्चे को गोद में लेकर खेमे में एक गद्देदार कोच पर बैठा दिया और तब उसे बिस्कुट और केले खाने को दिये। लड़के ने अपनी जिन्दगी में इन स्वादिष्ट चीजों को कभी न देखा। बुखार की बेचैन करने वाली भूख अलग मार रही थी। उसने खूब मन-भर खाया और तब कृतज्ञ नेत्रों से देखते हुए पादरी साहब के पास जाकर बोला—तुम हमको रोज ऐसी चीजें खिलाओगे?

पादरी साहब इस भोलेपन पर मुस्कुरा के बोले—मेरे पास इससे भी अच्छी-अच्छी चीजें हैं। इस पर साधोराय ने कहा—अब मैं रोज तुम्हारे पास आऊंगा। मां के पास ऐसी अच्छी चीजें कहां? वह तो मुझे चने की रोटियां खिलाती है।

उधर देवकी ने रोटियां बनायीं और साधो को पुकारने लगी। साधो ने मां के पास जाकर कहा—मुझे साहब ने अच्छी-अच्छी चीजें खाने को दी हैं। साहब बड़े अच्छे हैं।

देवकी ने कहा—मैंने तुम्हारे लिए नरम-नरम रोटियाँ बनायी हैं। आओ तुम्हें खिलाऊं।

साधो बोला—अब मैं न खाऊंगा। साहब कहते थे कि मैं तुम्हें रोज अच्छी-अच्छी चीजें खिलाऊंगा। मैं अब उनके साथ रहा करूंगा। मां ने समझा कि लड़का हंसी कर रहा है। उसे छाती से लगाकर बोली—क्यों बेटा, हमको भूल जाओगे? देखो मैं तुम्हें कितना प्यार करती हूं।

साधो तुतला कर बोला—तुम तो मुझे रोज चने की रोटियाँ दिया करती हो। तुम्हारे पास तो कुछ नहीं है। साहब मुझे केले और आम खिलायेंगे। यह कहकर वह फिर खेमे की ओर भागा और रात को वहीं सो रहा!

पादरी मोहनदास का पड़ाव वहां तीन दिन रहा। साधो दिन-भर उन्हीं के पास रहता। साहब ने उसे मीठी दवाइयां दीं। उसका बुखार जाता रहा। वह भोले-भाले किसान यह देखकर साहब को आशीर्वाद देने लगे। लड़का भला-चंगा हो गया और आराम से है। साहब को परमात्मा सुखी रखे। उन्होंने बच्चे की जान रख ली।

चौथे दिन रात को ही वहां से पादरी साहब ने कूच किया। सुबह को जब देवकी उठी तो साधो का वहां पता न था। उसने समझा, कहीं टपके ढूंढ़ने गया होगा, किन्तु थोड़ी देर देखकर उसने जादोराय से कहा—लल्लू यहां नहीं है। उसने भी यही कहा—यहीं कहीं टपके ढूंढ़ता होगा।

लेकिन जब सूरज निकल आया और काम पर चलने का वक्त हुआ तब जादोराय को कुछ संशय हुआ। उसने कहा—तुम यहीं बैठी रहना, मैं अभी उसे लिये आता हूं।

जादोराय ने आस-पास के सब बागों को छान डाला और अन्त में जब दस बज गये तो निराश लौट आया। साधो न मिला, यह देखकर देवकी दाढ़ें मारकर रोने लगी।

फिर दोनों अपने लाल की तलाश में निकले। अनेक विचार चित्त में आने-जाने लगें। देवकी को पूरा विश्वास था कि साहब ने उस पर कोई मंत्र डालकर वश में कर लिया। लेकिन जादो को इस कल्पना के मान लेने में कुछ संदेह था। बच्चा इतनी दूर अनजान रास्ते पर अकेले नहीं जा सकता। फिर दोनों गाड़ी के पहियों और घोड़े की टापों के निशान देखते चले जाते थे। यहां तक कि वे एक सड़क पर जा पहुंचे। वहां गाड़ी के बहुत-से निशान थे। उस विशेष लीक की पहचान न हो सकती थी। घोड़े के टाप भी एक झाड़ी की तरफ जाकर गायब हो गये। आशा का सहारा टूट गया। दोपहर हो गयी थी। दोनों धूप के मारे बेचैन और निराशा से

पागल हो रहे थे। वहीं एक वृक्ष की छाया में बैठ गये। देवकी विलाप करने लगी। जादोराय ने उसे समझाना शुरू किया।

जब जरा धूप की तेजी कम हुई तो दोनों फिर आगे चले। किन्तु अब आशा की जगह निराशा साथ थी। घोड़े के टापों के साथ उम्मीद का धुंधला निशाना गायब हो गया था।

शाम हो गयी। इधर-उधर गायों-बैलों के झुंड निर्जीव-से पड़े दिखायी देते थे। यह दोनों दुखिया हिम्मत हारकर एक पेड़ के नीचे टिके रहे। उसी वृक्ष पर मैनों का एक जोड़ा बसेरा लिये था। उनका नन्हा-सा शावक आज ही एक शिकारी के चंगुल में फंस गया था। दोनों दिन-भर उसे खोजते फिरे। इस समय निराश होकर बैठ रहे। देवकी और जादो को अभी तक आशा की झलक दिखायी देती थी, इसलिए वे बेचैन थे।

तीन दिन तक ये दोनों खोये हुए लाल की तलाश करते रहे। दाने से भेंट नहीं, प्यास से बेचैन होते तो दो-चार घूंट पानी गले के नीचे उतार लेते।

आशा की जगह निराशा का सहारा था। दु:ख और करुणा के सिवाय और कोई वस्तु नहीं। किसी बच्चे के पैरों के निशान देखते ही उनके दिलों में आशा तथा भय की लहरें उठने लगती थीं।

लेकिन प्रत्येक पग उन्हें अभीष्ट स्थान से दूर लिये जाता था।

6

इस घटना को हुए चौदह वर्ष बीत गये। इन चौदह वर्षों में सारी काया पलट गयी। चारों ओर रामराज्य दिखायी देने लगा। इंद्रदेव ने कभी उस तरह अपनी निर्दयता न दिखाई और न जमीन ने ही। उमड़ी हुई नदियों की तरह अनाज से ढेकियां भर चलीं। उजड़े हुए गांव बस गये। मजदूर किसान बन बैठे और किसान जायदाद की तलाश में नजरें दौड़ाने लगे। वही चैत के दिन थे। खलिहानों में अनाज के पहाड़ खड़े थे। भाट और भिखमंगे किसानों की बढ़ती के तराने गा रहे थे। सुनारों के दरवाजे पर सारे दिन और आधी रात तक ग्राहकों का जमघट बना रहता था। दरजी को सिर उठाने की फुरसत न थी। इधर-उधर दरवाजों पर घोड़े हिनहिना रहे थे। देवी के पुजारियों को अजीर्ण हो रहा था। जादोराय के दिन भी फिरे। उसके घर पर छप्पर की जगह खपरैल हो गया है। दरवाजे पर अच्छे बैलों की जोड़ी बंधी हुई है। वह अब अपनी बहली पर सवार होकर बाजार आया करता

है। उसका बदन अब उतना सुडौल नहीं है। पेट पर इस सुदशा का विशेष प्रभाव पड़ा है और बाल भी सफेद हो चले हैं। देवकी की गिनती भी गांव की बूढ़ी औरतों में होने लगी है। व्यावहारिक बातों में उसकी बड़ी पूछ हुआ करती है। जब वह किसी पड़ोसिन के घर जाती है तो वहां की बहुएं भय के मारे थरथराने लगती हैं। उसके कटु वाक्य, तीव्र आलोचना की सारे गांव में धाक बंधी हुई है। महीन कपड़े अब उसे अच्छे नहीं लगते, लेकिन गहनों के बारे में वह इतनी उदासीन नहीं है।

उसके जीवन का दूसरा भाग इससे कम उज्ज्वल नहीं। उनकी दो संतानें हैं। लड़का माधोसिंह अब खेती-बारी के काम में बाप की मदद करता है। लड़की का नाम शिवगौरी है। वह भी माँ को चक्की पीसने में सहायता दिया करती है और खूब गाती है। बर्तन धोना उसे पसंद नहीं, लेकिन चौका लगाने में निपुण है। गुड़ियों के ब्याह करने से उसका जी कभी नहीं भरता। आये दिन गुड़ियों के विवाह होते रहते हैं। हां, इनमें किफायत का पूरा ध्यान रहता है। खोये हुए साधो की याद अभी तक बाकी है। उसकी चर्चा नित्य हुआ करती है और कभी बिना रुलाये नहीं रहती। देवकी कभी-कभी सारे दिन उस लाड़ले बेटे की सुध में अधीर रहा करती है।

सांझ हो गयी थी। बैल दिन भर के थके-मांदे सिर झुकाये चले आते थे। पुजारी ने ठाकुरद्वारे में घंटी बजाना शुरू किया। आजकल फसल के दिन हैं। रोज पूजा होती है। जादोराय खाट पर बैठे नारियल पी रहे थे। शिवगौरी रास्ते में खड़ी उन बैलों को कोस रही थी, जो उसके भूमिस्थ विशाल भवन का निरादर करके उसे रौंदते चले जाते थे। घड़ियाल और घंटे की आवाज़ सुनते ही जादोराय भगवान का चरणामृत लेने के लिए उठे ही थे कि उन्हें अकस्मात एक नवयुवक दिखायी पड़ा, जो भूंकते हुए कुत्तों को दुत्कारता बाइसिकल को आगे बढ़ाता हुआ चला आ रहा था। उसने उनके चरणों पर अपना सिर रख दिया। जादोराय ने गौर से देखा और तब दोनों एक-दूसरे से लिपट गये। माधो भौंचक्का होकर बाइसिकल देखने लगा। शिवगौरी रोती हुई घर में भागी और देवकी से बोली—दादा को साहब ने पकड़ लिया है। देवकी घबरायी हुई बाहर आयी। साधो उसे देखते ही उसके पैरों पर गिर पड़ा। देवकी लड़के को छाती से लगाकर रोने लगी। गांव में मर्द, औरतें और बच्चे सब जमा हो गये। मेला-सा लग गया।

7

साधो ने अपने माता-पिता से कहा—मुझ अभागे से जो कुछ अपराध हुआ हो, उसे क्षमा कीजिए। मैंने अपनी नादानी से स्वयं बहुत कष्ट उठाये और आप लोगों को भी दुःख दिया, लेकिन अब मुझे अपनी गोद में लीजिए। देवकी ने रोकर कहा—जब तुम हमको छोड़कर भागे थे तो हम लोग तुम्हें तीन दिन तक बेदाना-पानी के ढूंढ़ते रहे, पर जब निराश हो गये तब अपने भाग्य को रोकर बैठ रहे। तब से आजतक कोई ऐसा दिन ने गया होगा कि तुम्हारी सुधि न आयी हो। रोते-रोते एक युग बीत गया, अब तुमने खबर ली है! बताओ बेटा! उस दिन तुम कैसे भागे और कहां जाकर रहे? साधो ने लज्जित होकर उत्तर दिया—माता जी, अपना हाल क्या कहूं? मैं पहर रात रहे आपके पास से उठकर भागा। पादरी साहब के पड़ाव का पता शाम ही को पूछ लिया था। बस, पूछता हुआ दोपहर को उनके पास पहुंच गया। साहब ने मुझे पहले समझाया कि अपने घर लौट जाओ, लेकिन जब मैं किसी तरह राजी न हुआ तो उन्होंने मुझे पूना भेज दिया। मेरी तरह वहां सैकड़ों लड़के थे। वहां बिस्कुट और नारंगियों का भला क्या जिक्र! जब मुझे आप लोगों की याद आती, मैं अक्सर रोया करता। मगर बचपन की उम्र थी, धीरे-धीरे उन्हीं लोगों से हिल-मिल गया। हां, जब से कुछ होश हुआ और अपना-पराया समझने लगा हूं तब से अपनी नादानी पर हाथ मलता रहा हूँ। रात-दिन आप लोगों की रट लगी हुई थी। आज आप लोगों के आशीर्वाद से यह शुभ दिन देखने को मिला। दूसरों में बहुत दिन काटे, बहुत दिनों तक अनाथ रहा। अब मुझे अपनी सेवा में रखिए। मुझे अपनी गोद में लीजिए। मैं प्रेम का भूखा हूँ। बरसों से मुझे जो सौभाग्य नहीं मिला, वह अब दीजिए।

गांव के बहुत-से बूढ़े जमा थे। उनमें से जगतसिंह बोले—तो क्यों बेटा, तुम इतने दिनों तक पादरियों के साथ रहे! उन्होंने तुमको भी पादरी बना लिया होगा?

साधो ने सिर झुका कर कहा—जी हां, यह तो उनका दस्तूर ही है।

जगतसिंह ने जादोराय की तरफ देखकर कहा—यह बड़ी कठिन बात है।

साधो बोला—बिरादरी मुझे जो प्रायश्चित्त बतलावेगी, मैं उसे करूंगा, मुझसे जो कुछ बिरादरी का अपराध हुआ है, नादानी से हुआ है, लेकिन मैं उसका दंड भोगने के लिए तैयार हूं।

जगतसिंह ने फिर जादोराय की तरफ कनखियों से देखा और गम्भीरता से बोले, हिन्दू धर्म में ऐसा कभी नहीं हुआ है। यों तुम्हारे मां-बाप तुम्हें अपने घर में रख लें, तुम उनके लड़के हो, मगर बिरादरी कभी इस काम में शरीक न होगी। बोलो जादोराय, क्या कहते हो, कुछ तुम्हारे मन की भी तो सुन लें।

जादोराय बड़ी द्विविधा में था। एक ओर तो अपने प्यारे बेटे की प्रीति थी, दूसरी ओर बिरादरी का भय मारे डालता था। जिस लड़के के लिए रोते-रोते आंखें फूट गयीं, आज वही सामने खड़ा आंखों में आंसू भरे कहता है, पिताजी! मुझे अपनी गोद में लीजिए और मैं पत्थर की तरह अचल खड़ा हूं। शोक! इन निर्दयी भाइयों को किस तरह समझाऊंगा, क्या करूं, क्या न करूं।

लेकिन मां की ममता उमड़ आयी, देवकी से न रहा गया। उसने अधीर हो कर कहा—मैं अपने लाल को अपने घर रखूंगी और कलेजे से लगाऊंगी। इतने दिनों के बाद मैंने उसे पाया है, अब उसे नहीं छोड़ सकती।

जगतसिंह रुष्ट हो कर बोले—चाहे बिरादरी छूट ही क्यों न जाय?

देवकी ने भी गरम हो कर जवाब दिया—हां, चाहे बिरादरी छूट ही जाय। लड़के-बालों ही के लिए आदमी आड़ पकड़ता है। जब लड़का ही न रहा तो भला बिरादरी किस काम आवेगी?

इस पर कई ठाकुर लाल-लाल आंखें निकाल कर बोले—ठकुराइन? बिरादरी की तो तुम खूब मर्यादा करती हो। लड़का चाहे किसी रास्ते पर जाय, लेकिन बिरादरी चूं तक न करे। ऐसी बिरादरी कहीं और होगी। हम साफ़-साफ़ कहे देते हैं कि अगर यह लड़का तुम्हारे घर में रहा तो बिरादरी भी बता देगी कि वह क्या कर सकती है।

जगतसिंह कभी-कभी जादोराय से रुपये उधार लिया करते थे। मधुर स्वर से बोले—भाभी! बिरादरी थोड़े ही कहती है कि तुम लड़के को घर से निकाल दो। लड़का इतने दिनों के बाद घर आया है, हमारे सिर, आंखों पर रहे। बस, ज़रा खाने-पीने और छूत-छात का बचाव बना रहना चाहिए। बोलो, जादो भाई, अब बिरादरी को कहां तक दबाना चाहते हो?

जादोराय ने साधो की तरफ करुणा-भरे नेत्रों से देख कर कहा—बेटा! जहां तुमने हमारे साथ इतना सलूक किया है, वहां जगत भाई की इतनी कही और मान लो।

साधो ने कुछ तीक्ष्ण शब्दों में कहा—क्या मान लूं? यही कि अपनों में गैर बन कर रहूं, अपमान सहूं, मिट्टी का घड़ा भी मेरे छूने से अशुद्ध हो जाय! न, यह

मेरा किया न होगा, मैं इतना निर्लज्ज नहीं हूं। जादोराय को पुत्र की यह कठोरता अप्रिय मालूम हुई। वे चाहते थे कि इस वक्त बिरादरी के लोग जमा हैं, उनके सामने किसी तरह समझौता हो जाय, फिर कौन देखता है कि हम उसे किस तरह रखते हैं। चिढ़ कर बोले—इतनी बात तो तुम्हें माननी ही पड़ेगी।

साधोराय इस रहस्य को न समझ सका। बाप की इस बात में उसे निष्ठुरता की झलक दिखायी पड़ी। बोला—मैं आपका लड़का हूं। आपके लड़के की तरह रहूंगा। आपके प्रेम और भक्ति की प्रेरणा मुझे यहां तक लायी है। मैं अपने घर में रहने आया हूं। अगर यह नहीं है तो मेरे लिए इसके सिवा और कोई उपाय नहीं है कि जितनी जल्दी हो सके, यहां से भाग जाऊं। जिनका खून सफेद है, उनके बीच में रहना व्यर्थ है। देवकी ने रो कर कहा—लल्लू, मैं तुम्हें अब न जाने दूंगी। साधो की आंखें भर आयीं, पर मुस्कुरा कर बोला—मैं तो तेरी थाली में खाऊंगा।

देवकी ने उसे ममता और प्रेम की दृष्टि से देख कर कहा—मैंने तो तुझे छाती से दूध पिलाया है, तू मेरी थाली में खायगा तो क्या? मेरा बेटा ही तो है, कोई और तो नहीं हो गया!

साधो इन बातों को सुनकर मतवाला हो गया। इनमें कितना स्नेह, कितना अपनापन था। बोला—मां, आया तो मैं इसी इरादे से था कि अब कहीं न जाऊंगा, लेकिन यदि बिरादरी ने मेरे कारण तुम्हें जाति-च्युत कर दिया तो मुझसे न सहा जायगा। मुझसे इन गंवारों का कोरा अभिमान न देखा जायगा, इसलिए इस वक्त मुझे जाने दो। जब मुझे अवसर मिला करेगा, तुम्हें देख जाया करूंगा। तुम्हारी प्रेम मेरे चित्त से नहीं जा सकता। लेकिन यह असम्भव है कि मैं इस घर में रहूं और अलग खाना खाऊं, अलग बैठूं। इसके लिए मुझे क्षमा करना।

देवकी घर में से पानी लाई। साधो हाथ-मुंह धोने लगा। शिवगौरी ने मां का इशारा पाया तो डरते-डरते साधो के पास गई। माधो ने आदरपूर्वक दंडवत की। साधो ने पहिले उन दोनों को आश्चर्य से देखा, फिर अपनी मां को मुस्कराते देख कर समझ गया। दोनों लड़कों को छाती से लगा लिया और तीनों भाई-बहन प्रेम से हंसने-खेलने लगे। मां खड़ी यह दृश्य देखती थी और उमंग से फूली न समाती थी।

जलपान करके साधो ने बाइसिकल संभाली और मां-बाप के सामने सिर झुका कर चल खड़ा हुआ। वहीं, जहां से तंग होकर आया था, उसी क्षेत्र में जहां कोई अपना न था! देवकी फूट-फूट कर रो रही थी और जादोराय आंखों में आंसू भरे, हृदय में एक ऐंठन-सी अनुभव करता हुआ सोचता था, हाय! मेरे लाल, तू मुझसे अलग हुआ जाता है। ऐसा योग्य और होनहार लड़का हाथ से निकला जाता है और केवल इसलिए कि अब हमारा खून सफेद हो गया है।

गरीब की हाय

मुंशी रामसेवक भौहें चढ़ाये हुए घर से निकले और बोले—इस जीने से तो मरना भला है। मृत्यु को प्रायः इस तरह के जितने निमंत्रण दिए जाते हैं, यदि वह सबको स्वीकार करती तो आज संसार उजाड़ दिखाई देता।

मुंशी रामसेवक चांदपुर गांव के एक बड़े रईस थे। रईसों के सभी गुण इनमें भरपूर थे। मानव चरित्र की दुर्बलताएं उनके जीवन का आधार थीं। वह नित्य मुंसिफी कचहरी के हाते में एक नीम के पेड़ के नीचे कागजों का बस्ता खोले एक टूटी-सी चौकी पर बैठे दिखाई देते थे। किसी ने कभी उन्हें किसी इजलास पर कानूनी बहस या मुकद्दमे की पैरवी करते नहीं देखा। परन्तु उन्हें सब मुख्तार साहब कह कर पुकारते थे। चाहे तूफान आये, पानी बरसे, ओले गिरें, पर मुख्तार साहब वहां से टस से मस न होते। जब वह कचहरी चलते तो देहातियों के झुंड के झुंड उनके साथ हो लेते। चारों ओर से उन पर विश्वास और आदर की दृष्टि पड़ती। सब में प्रसिद्ध था कि उनकी जीभ पर सरस्वती विराजती है। इसे वकालत कहो, या मुख्तारी परन्तु यह केवल कुल-मर्यादा की प्रतिष्ठा का पालन था। आमदनी अधिक न होती थी। चांदी के सिक्कों की तो चर्चा ही क्या; कभी-कभी तांबे के सिक्के भी निर्भय उनके पास आने में हिचकते थे। मुंशीजी की कानूनदानी में कोई संदेह न था। परन्तु पास के बखेड़े ने उन्हें विवश कर दिया था। खैर, जो हो, उनका यह पेशा केवल प्रतिष्ठा-पालन के निमित्त था। नहीं तो उनके निर्वाह का मुख्य साधन आस-पास की अनाथ पर खाने-पीने में सुखी विधवाओं और भोले-भाले किन्तु धनी वृद्धों की श्रद्धा थी। विधवाएं अपना रुपया उनके यहां अमानत रखतीं। बूढ़े अपने कपूतों के डर से अपना धन उन्हें सौंप देते। पर रुपया एक बार मुट्ठी में जा कर फिर निकलना भूल जाता था। वह जरूरत पड़ने पर कभी-कभी कर्ज ले लेते थे। भला बिना कर्ज लिए किसी का काम चल सकता है? भोर को सांझ के करार पर रुपया लेते, पर सांझ कभी नहीं आती थी। सारांश, मुंशी जी कर्ज ले कर देना सीखे नहीं थे। यह उनकी कुल प्रथा थी। यही सब मामले बहुधा मुंशी जी के सुख-चैन में विघ्न डालते थे। कानून और अदालत का तो उन्हें कोई डर न था। इस मैदान में

उनका सामना करना पानी में मगर से लड़ना था। परन्तु जब कोई दुष्ट उनसे भिड़ जाता, उनकी ईमानदारी पर संदेह करता और उनके मुंह पर बुरा-भला कहने पर उतारू हो जाता, तब मुंशी जी के हृदय पर बड़ी चोट लगती। इस प्रकार की दुर्घटनाएं प्राय: होती रहती थीं। हर जगह ऐसे ओछे रहते हैं, जिन्हें दूसरों को नीचा दिखाने में ही आनन्द आता है। ऐसे ही लोगों का सहारा पाकर कभी-कभी छोटे आदमी मुंशी जी के मुंह लग जाते थे। नहीं तो, कुंजड़िन की इतनी मजाल नहीं थी कि उनके आंगन में जाकर उन्हें बुरा-भला कहे। मुंशी जी उसके पुराने गाहक थे, बरसों तक उससे साग-भाजी ली थी। यदि दाम न दिया तो कुंजड़िन को संतोष करना चाहिए था। दाम जल्दी या देर से मिल ही जाता। परन्तु वह मुंहफट कुंजड़िन दो ही बरसों में घबरा गई, और उसने कुछ आने-पैसों के लिए एक प्रतिष्ठित आदमी का पानी उतार लिया। झुंझला कर मुंशी जी अपने को मृत्यु का कलेवा बनाने पर उतारू हो गये तो इसमें उनका कुछ दोष न था।

2

इसी गांव में मूंगा नाम की एक विधवा ब्राह्मणी रहती थी। उसका पति बर्मा की काली पलटन में हवलदार था और लड़ाई में वहीं मारा गया। सरकार की ओर से उसके अच्छे कामों के बदले मूंगी को पांच सौ रुपये मिले थे। विधवा स्त्री, जमाना नाजुक था, बेचारी ने ये सब रुपये मुंशी रामसेवक को सौंप दिए, और महीने-महीने थोड़ा-थोड़ा उसमें से मांग कर अपना निर्वाह करती रही।

मुंशी जी ने यह कर्त्तव्य कई वर्ष तक तो बड़ी ईमानदारी के साथ पूरा किया। पर जब बूढ़ी होने पर भी मूंगा नहीं मरी और मुंशी जी को यह चिंता हुई कि शायद उसमें से आधी रकम भी स्वर्ग-यात्रा के लिए नहीं छोड़ना चाहती, तो एक दिन उन्होंने कहा—मूंगा! तुम्हें मरना या नहीं? साफ-साफ कह दो कि मैं ही अपने मरने की फिक्र करूं। उस दिन मूंगा की आंखें खुलीं, उसकी नींद टूटी, बोली—मेरा हिसाब कर दो। हिसाब का चिट्ठा तैयार था। अमानत में अब एक कौड़ी बाकी न था। मूंगा ने बड़ी कड़ाई से मुंशी जी का हाथ पकड़ लिया और कहा—अभी मेरे ढाई सौ रुपये दबा रखे हैं। मैं एक कौड़ी भी न छोड़ूंगी।

परन्तु अनाथों का क्रोध पटाखे की आवाज़ है, जिससे बच्चे डर जाते हैं और अक्सर कुछ नहीं होता। अदालत में उसका कुछ जोर न था। न लिखा-पढ़ी थी, न हिसाब-किताब। हां, पंचायत से कुछ आसरा था। पंचायत बैठी। कई गांव के

लोग इकट्ठे हुए। मुंशी जी नीयत और मामले के साफ थे! सभा में खड़े होकर पंचों से कहा—

भाइयो! आप सब लोग सत्यपरायण और कुलीन हैं। मैं आप सब साहबों का दास हूं। आप सब साहबों की उदारता और कृपा से, दया और प्रेम से, मेरा रोम-रोम कृतज्ञ है। क्या आप लोग सोचते हैं कि मैं इस अनाथिनी और विधवा स्त्री के रूपये हड़प कर गया हूँ?

पंचों ने एक स्वर में कहा – नहीं, नहीं! आपसे ऐसा नहीं हो सकता।

रामसेवक—यदि आप सब सज्जनों का विचार हो कि मैंने रुपये दबा लिए, तो मेरे लिए डूब मरने के सिवा और कोई उपाय नहीं। मैं धनाढ्य नहीं हूं, न मुझे उदार होने का घमंड है। पर अपनी कलम की कृपा से, आप लोगों की कृपा से किसी का मुहताज नहीं हूं। क्या मैं ऐसा ओछी हो जाऊंगा कि एक अनाथिनी के रुपये पचा लूं?

पंचों ने एक स्वर से फिर कहा—नहीं-नहीं, आप से ऐसा नहीं हो सकता। मुंह देख कर टीका काढ़ा जाता है। पंचों ने मुंशी जी को छोड़ दिया। पंचायत उठ गयी। मूंगा ने आह भर संतोष किया और मन में कहा—अच्छा! यहां न मिला तो न सही, वहां कहां जायगा।

3

अब कोई मूंगा का दुःख सुननेवाला और सहायक न था। दरिद्रता से जो कुछ दुःख भोगने पड़ते हैं, वह उसे झेलने पड़े। वह शरीर से पुष्ट थी, चाहती तो परिश्रम कर सकती थी। पर जिस दिन पंचायत पूरी हुई, उसी दिन से उसने काम न करने की कसम खा ली। अब उसे रात-दिन रुपये की रट लगी रहती। उठते-बैठते, सोते-जागते उसे केवल एक काम था, और वह था मुंशी रामसेवक का भला मनाना। झोंपड़े के दरवाजे पर बैठी हुई रात-दिन, उन्हें सच्चे मन से असीसा करती। बहुधा अपनी असीस के वाक्यों में ऐसे कविता के भाव और उपमाओं का व्यवहार करती कि लोग सुन कर अचम्भे में आ जाते। धीरे-धीरे मूंगा पगली हो चली। नंगे सिर, नगे शरीर, हाथ में एक कुल्हाड़ी लिए हुए सुनसान स्थानों में जा बैठती। झोंपड़े के बदले अब वह मरघट पर नदी के किनारे खंडहरों में घूमती दिखायी देती। बिखरी हुई लटें, लाल-लाल आंखें, पागलों-सा चेहरा, सूखे हुए हाथ-पांव। उसका यह स्वरूप देख कर लोग डर जाते थे। अब कोई उसे हंसी में

भी नहीं छेड़ता। यदि वह कभी गांव में निकल आती तो स्त्रियां घरों के किवाड़ बंद कर लेतीं। पुरूष कतरा कर इधर-उधर से निकल जाते और बच्चे चीख मार कर भागते। यदि कोई लड़का भागता न था तो वह मुंशी रामसेवक का सुपुत्र रामगुलाम था। बाप में जो कुछ कोर-कसर रह गयी थी, वह बेटे में पूरी हो गयी थी। लड़कों का उसके मारे नाक में दम था। गांव के काने और लंगड़े आदमी उसकी सूरत से चिढ़ते थे। और गालियां खाने में तो शायद ससुराल में आने वाले दामाद को भी इतना आनन्द न आता हो। वह मूंगा के पीछे तालियां बजाता, कुत्तों को साथ लिए हुए उस समय तक रहता जब तक वह बेचारी तंग आ कर गांव से निकल न जाती। रुपया-पैसा, होश-हवास खोकर उसे पगली की पदवी मिली। और अब बस, सचमुच पगली थी। अकेली बैठी अपने-आप घंटों बातें किया करती जिसमें रामसेवक के मांस, हड्डी, चमड़े, आंखें, कलेजा आदि को खाने, मसलने, नोचने-खसोटने की बड़ी उत्कट इच्छा प्रकट की जाती थी और अब उसकी यह इच्छा सीमा तक पहुंच जाती तो वह रामसेवक के घर की ओर मुंह करके खूब चिल्ला कर और डरावने शब्दों में हांक लगाती—तेरा लहू पीऊंगी।

प्रायः रात के सन्नाटे में यह गरजती हुई आवाज सुन कर स्त्रियां चौक पड़ती थीं। परन्तु इस आवाज से भयानक उसका ठठा कर हंसना था। मुंशी जी के लहू पीने की कल्पित खुशी में वह जोर से हंसा करती थी। इस ठठान से ऐसी आसुरिक उद्दंडता, ऐसी पाशविक उग्रता टपकती थी कि रात को सुन कर लोगों का खून ठंड़ा हो जाता था। मालूम होता, मानो सैकड़ों उल्लू एक साथ हंस रहे हैं। मुंशी रामसेवक बड़े हौसले और कलेजे के आदमी थे। न उन्हें दीवानी का डर था, न फौजदारी का, परन्तु मूंगा के इन डरावने शब्दों को सुन वह भी सहम जाते। हमें मनुष्य के न्याय का डर न हो, परन्तु ईश्वर के न्याय का डर प्रत्येक मनुष्य के मन में स्वभाव से रहता है। मूंगा का भयानक रात का घूमना रामसेवक के मन में कभी-कभी ऐसी ही भावना उत्पन्न कर देता—उनसे अधिक उनकी स्त्री के मन में। उनकी स्त्री बड़ी चतुर थी। वह इनको इन सब बातों में प्राय: सलाह दिया करती थी। उन लोगों की भूल थी, जो लोग कहते थे कि मुंशी जी की जीभ पर सरस्वती बिराजती है। वह गुण तो उनकी स्त्री को प्राप्त था। बोलने में वह इतनी ही तेज थी जितना मुंशी लिखने में थे। और यह दोनों स्त्री-पुरुष प्राय: अपनी अवश दशा में सलाह करते कि अब क्या करना चाहिए।

आधी रात का समय था। मुंशी जी नित्य नियम के अनुसार अपनी चिंता दूर करने के लिए शराब के दो-चार घूंट पी कर सो गए थे। यकायक मूंगा ने उनके

दरवाजे पर आ कर जोर से हांक लगायी, 'तेरा लहू पीऊंगी' और खूब खिल-खिला कर हंसी।

मुंशी जी यह भयावना ठहाका सुन कर चौंक पड़े। डर के मारे पैर थर-थर कांपने लगे। कलेजा धक्-धक् करने लगा। दिल पर बहुत जोर डालकर उन्होंने दरवाजा खोला, जा कर नागिन को जगाया। नागिन ने झुंझला कर कहा—क्या कहते हो? मुंशी जी ने दबी आवाज से कहा—वह दरवाजे पर आकर खड़ी है।

नागिन उठ बैठी—क्या कहती है?

'तुम्हारा सिर।'

'क्या दरवाजे पर आ गयी?'

'हां, आवाज़ नहीं सुनती हो।'

नागिन मूंगा से नहीं, परन्तु उसके ध्यान से बहुत डरती थी, तो भी उसे विश्वास था कि मैं बोलने में उसे जरूर नीचा दिखा सकती हूं। संभल कर बोली—कहो तो मैं उससे दो-दो बातें कर लूं। परन्तु मुंशी जी ने मना किया।

दोनों आदमी पैर दबाये हुए ड्योढ़ी में गये और दरवाजे से झांक कर देखा, मूंगा की धुधली मूरत धरती पर पड़ी थी और उसकी सांस तेजी से चलती सुनायी देती थी। रामसेवक के लहू और मांस की भूख से वह अपना लहू और मांस सुखा चुकी थी। एक बच्चा भी उसे गिरा सकता था; परन्तु उससे सारा गांव थर-थर कांपता। हम जीते मनुष्य से नहीं डरते, पर मुरदे से डरते हैं। रात गुजरी। दरवाजा बंद था; पर मुंशी जी और नागिन ने बैठकर रात काटी। मूंगा भीतर नहीं घुस सकती थी, पर उसकी आवाज को कौन रोक सकता था। मूंगा से अधिक डरावनी उसकी आवाज थी।

भोर को मुंशी जी बाहर निकले और मूंगा से बोले—यहां क्यों पड़ी है?

मूंगा बोली—तेरा लहू पीऊंगी।

नागिन ने बल खाकर कहा—तेरा मुंह झुलस दूंगी।

पर नागिन के विष ने मूंगा पर कुछ असर न किया। उसने जोर से ठहाका लगाया, नागिन खिसियानी-सी हो गई। हंसी के सामने मुंह बन्द हो जाता है। मुंशी जी फिर बोले—यहां से उठ जा।

'न उठूंगी।'

'कब तक पड़ी रहेगी?'

'तेरा लहू पी कर जाऊंगीं?'

मुंशी जी की प्रखर लेखनी का यहां कुछ जोर न चला और नागिन की आग-भरी बातें यहां सर्द हो गयीं। दोनों घर में जाकर सलाह करने लगे, यह बला कैसे टलेगी। इस आपत्ति से कैसे छुटकारा होगा।

देवी आती है तो बकरे का खून पीकर चली जाती है। पर यह डाइन मनुष्य का खून पीने आई है। वह खून, जिसकी अगर एक बूंद भी कलम बनाने के समय निकल पड़ती थी, तो अठवारों और महीनों सारे कुनबे को अफसोस रहता, और यह घटना गाँव में घर-घर फैल जाती थी। क्या यही लहू पीकर मूंगा का सूखा शरीर हरा हो जायेगा?

गांव में यह चर्चा फैल गयी, मूंगा मुंशी जी के दरवाजे पर धरना दिये बैठी है। मुंशी जी के अपमान में गांववालों को बड़ा मजा आता था। देखते-देखते सैकड़ों आदमियों की भीड़ लग गयी। इस दरवाजे पर कभी-कभी भीड़ लगी रहती थी। यह भीड़ रामगुलाम को पसंद न थी। मूंगा पर उसे ऐसा क्रोध आ रहा था कि यदि उसका बस चलता तो वह उसे कुएं में धकेल देता। इस तरह का विचार उठते ही रामगुलाम के मन में गुदगुदी समा गयी, और वह बड़ी कठिनता से अपनी हंसी रोक सका! अहा! वह कुएं में गिरती तो क्या मजे की बात होती। परन्तु यह चुड़ैल यहां से टलती ही नहीं, क्या करूं? मुंशी जी के घर में एक गाय थी, जिसे खली, दाना और भूसा तो खूब खिलाया जाता, पर वह सब उसकी हड्डियों में मिल जाता, उसका ढांचा पुष्ट होता जाता था। रामगुलाम ने उसी गाय का गोबर एक हांडी में घोला और सब का सब बेचारी मूंगा पर उड़ेल दिया। उसके थोड़े-बहुत छींटे दर्शकों पर भी डाल दिए। बेचारी मूंगा लदफद हो गयी और लोग भाग खड़े हुए। कहने लगे, यह मुंशी रामगुलाम का दरवाजा है। यहां इसी प्रकार का शिष्टाचार किया जाता है। जल्द भाग चलो। नहीं तो अबके इससे भी बढ़कर खातिर हो जायगी। इधर भीड़ कम हुई, उधर रामगुलाम घर में जाकर खूब हंसा और तालियां बजायीं। मुंशी जी ने इस व्यर्थ की भीड़ को ऐसे सहज में और ऐसे सुंदर रूप से हटा देने के उपाय पर अपने सुशील लड़के की पीठ ठोकी। सब लोग तो चम्पत हो गए, पर बेचारी मूंगा ज्यों की त्यों बैठी रह गयी।

दोपहर हुई। मूंगा ने कुछ नहीं खाया। सांझ हुई। हजार कहने-सुनने से भी उसने खाना नहीं खाया। गांव के चौधरी ने बड़ी खुशामद की। यहां तक कि मुंशी जी ने हाथ तक जोड़े, पर देवी प्रसन्न न हुई। निदान मुंशी जी उठ कर भीतर चले गये। वह कहते थे कि रूठनेवाले को भूख आप ही मना लिया करती है। मूंगा ने यह रात भी बिना दाना-पानी के काट दी। लाला जी और ललाइन ने आज फिर जाग-

जाग कर भोर किया। आज मूंगा की गरज और हंसी बहुत कम सुनायी पड़ती थी। घरवालों ने समझा, बला टली। सबेरा होते ही जो दरवाजा खोल कर देखा, तो वह अचेत पड़ी थी, वह इस दरवाजे पर मरने ही आयी थी। जिसने उसके जीवन की जमा-पूंजी हर ली थी, उसी को अपनी जान भी सौंप दी। अपने शरीर की मिट्टी तक उसकी भेंट कर दी। धन से मनुष्य को कितना प्रेम होता है। धन अपनी जान से भी ज्यादा प्यारा होता है। विशेष कर बुढ़ापे में। ऋण चुकाने के दिन ज्यों-ज्यों पास आते-जाते हैं, त्यों-त्यों उसका ब्याज बढ़ता जाता है।

यह कहना यहां व्यर्थ है कि गांव में इस घटना से कैसी हलचल मची और मुंशी रामसेवक कैसे अपमानित हुए! एक छोटे-से गांव में ऐसी असाधारण घटना होने पर जितनी हलचल हो सकती उससे अधिक ही हुई। मुंशी जी का अपमान जितना होना चाहिए था, उससे बाल बराबर भी कम न हुआ। उनका बचा-खुचा पानी भी इस घटना से चला गया। अब गांव का चमार भी उनके हाथ का पानी पीने या उन्हें छूने का रवादार न था। यदि किसी घर में कोई गाय खूंटे पर मर जाती है तो वह आदमी महीनों द्वार-द्वार भीख मांगता फिरता है। न नाई उसकी हज़ामत बनाए, न कहार उसका पानी भरे, न कोई उसे छूए। यह गोहत्या का प्रायश्चित्त! ब्रह्महत्या का दण्ड तो इससे भी कड़ा है और इसमें अपमान भी बहुत है। मूंगा यह जानती थी और इसीलिए इस दरवाजे पर आकर मरी थी। वह जानती थी कि मैं जीते जी जो कुछ नहीं कर सकती, मर कर उससे बहुत कुछ कर सकती हूं। गोबर का उपला जब जल कर खाक हो जाता है, तब साधु-संत उसे माथे पर चढ़ाते हैं। पत्थर का ढेला आग में जल कर आग से अधिक तीखा और मारक हो जाता है।

5

मुंशी रामसेवक कानूनदां थे, कानून ने उन पर कोई दोष नहीं लगाया था। मूंगा किसी कानूनी दफा के अनुसार नहीं मरी थी। ताजीरात हिन्द में उसका कोई उदाहरण नहीं मिलता था। इसलिए जो लोग उनसे प्रायश्चित्त करवाना चाहते थे, उनकी भारी भूल थी। कुछ हर्ज नहीं, कहार पानी न भरे न सही, वह आप पानी भर लेंगे। अपना काम आप करने में भला लाज ही क्या? बला से नाई बाल न बनावेगा। हज़ामत बनाने का काम ही क्या है? दाढ़ी बहुत सुन्दर वस्तु है। दाढ़ी मर्द की शोभा और सिंगार है। और जो फिर बालों से ऐसी घिन होगी तो एक-एक

आने में तो उस्तरे मिलते हैं। धोबी कपड़ा न धोवेगा, इसकी भी कुछ परवाह नहीं। साबुन तो गली-गली कौड़ियों के मोल आता है। एक बट्टी साबुन में दर्जनों कपड़े ऐसे साफ हो जाते हैं जैसे बगुले के पर। धोबी क्या खा कर ऐसा साफ कपड़ा धोवेगा? पत्थर पर पटक-पटक कर कपड़ों का लत्ता निकाल लेता है। आप पहने, दूसरे को भाड़े पर पहनाये, भट्ठी में चढ़ावे : रेह में भिगावे—कपड़ों की तो दुर्गत कर डालता है। जभी तो कुरते दो-तीन साल से अधिक नहीं चलते। नहीं तो दादा हर पांचवें बरस दो अचकन और दो कुरते बनवाया करते थे। मुंशी रामसेवक और उनकी स्त्री ने दिन-भर तो यों ही कहकर अपने मन को समझाया। सांझ होते ही तर्कनाएं शिथिल हो गयीं।

अब उनके मन पर भय ने चढ़ाई की। जैसे-जैसे रात बीतती थी, भय भी बढ़ता जाता था। बाहर का दरवाजा भूल से खुला रह गया था, पर किसी की हिम्मत न पड़ती थी कि जाकर बन्द तो कर आये। निदान नागिन ने हाथ में दिया लिया, मुंशी जी कुल्हाड़ा, रामगुलाम ने गंड़ासा, इस ढंग से तीनों चौंकते-हिचकते दरवाजे पर आये। यहां मुंशी जी ने बड़ी बहादुरी से काम लिया। उन्होंने निधड़क दरवाजे से बाहर निकलने की कोशिश की। कांपते हुए, पर ऊंची आवाज में नागिन से बोले—तुम व्यर्थ डरती हो, वह क्या यहां बैठी है? पर उनकी प्यारी नागिन ने उन्हें खींच लिया और झुंझला कर बोली—तुम्हारा यही लड़कपन तो अच्छा नहीं। यह दंगल जीत कर तीनों आदमी रसोई के कमरे में आये और खाना पकने लगा।

तुरन्त मूंगा उनकी आंखों में घुसी हुई थी। अपनी परछाँई को देखकर मूंगा का भय होता था। अंधेरे कोनों में बैठी मालूम होती थी। वही हड्डियों का ढांचा, वही बिखरे बाल, वही पागलपन, वही डरावनी आंखें, मूंगा का नख-शिख दिखाई देता था। इसी कोठरी में आटे-दाल के मटके रखे हुए थे, वहीं कुछ पुराने चिथड़े भी पड़े हुए थे। एक चूहे को भूख ने बेचैन किया (मटकों ने कभी अनाज की सूरत नहीं देखी थी, पर सारे गाँव में मशहूर था कि इस घर के चूहे गजब के डाकू हैं) तो वह उन दोनों की खोज में जो मटकों से कभी नहीं गिरे थे, रेंगता हुआ इस चिथड़े के नीचे आ निकला। कपड़े में खड़खड़ाहट हुई। फैले हुए चिथड़े मूंगा की पतली टांगें बन गए, नागिन देखकर झिझकी और चीख उठी। मुंशी जी बदहवास होकर दरवाजे की ओर लपके, रामगुलाम दौड़ कर इनकी टांगों से लिपट गया। चूहा बाहर निकल आया। उसे देख कर इन लोगों के होश ठिकाने हुए। अब मुंशी जी साहस करके मटके की ओर चले। नागिन ने कहा—रहने भी दो, देख ली तुम्हारी मरदानगी।

मुंशी जी अपनी प्रिया नागिन के इस अनादर पर बहुत बिगड़े—क्या तुम समझती हो मैं डर गया? भला डर की क्या बात थी। मूंगा मर गई। क्या वह बैठी है? मैं कल नहीं दरवाजे के बाहर निकल गया था—तुम रोकती रहीं, मैं न माना।

मुंशी जी की इस दलील ने नागिन को निरुत्तर कर दिया। कल दरवाजे के बाहर निकल जाना या निकलने की कोशिश करना साधारण काम न था। जिसके साहस का ऐसा प्रमाण मिल चुका है, उसे डरपोक कौन कह सकता है? यह नागिन की हठधर्मी थी।

खाना खाकर तीनों आदमी सोने के कमरे में आये, परन्तु मूंगा ने यहां भी पीछा न छोड़ा, बातें करते थे, दिल को बहलाते थे। नागिन ने राजा हरदौल और रानी सारंधा की कहानियां कहीं। मुंशी जी ने फौजदारी के कई मुकदमों का हाल कह सुनाया, परन्तु तो भी इन उपायों से भी मूंगा की मूर्ति उनकी आंखों के सामने से न हटती थी। जरा भी खटखटाहट होती कि तीनों चौंक पड़ते। इधर पत्तियों में सनसनाहट हुई कि उधर तीनों के रोंगटे खड़े हो गए। रह-रह कर एक धीमी आवाज धरती के भीतर से उनके कानों में आती थी —'तेरा लहू पीऊंगी।'

आधी रात को नागिन नींद से चौंक पड़ी: वह इन दिनों गर्भवती थी। लाल-लाल आंखों वाली, तेज और नोकीले दांतों वाली मूंगा उसकी छाती पर बैठा हुई जान पड़ती थी। नागिन चीख उठी। बावली की तरह आंगन में भाग आई और यकायक धरती पर चित गिर पड़ी। सारा शरीर पसीने-पसीने हो गया। मुंशी जी भी उसकी चीख सुनकर चौंके, पर डर के मारे आंखें न खुलीं। अन्धों की तरह दरवाजा टटोलते रहें। बहुत देर के बाद उन्हें दरवाजा मिला। आंगन में आये। नागिन जमीन पर पड़ी हाथ-पांव पटक रही थी। उसे उठाकर भीतर लाये पर रात-भर उसने आंखें न खोलीं। भोर को अक-बक बकने लगी। थोड़ी देर में ज्वर हो आया। बदन लाल तवा-सा हो गया। सांझ होते-होते उसे सन्निपात हो गया और आधी रात के समय, जब संसार में सन्नाटा छाया हुआ था, नागिन इस संसार से चल बसी। मूंगा के डर ने उसकी जान ली। जब तक मूंगा जीती रही, वह नागिन की फुफकार से सदा डरती रही। पगली होने पर भी उसने कभी नागिन का सामना नहीं किया पर अपनी जान दे कर उसने आज नागिन की जान ली। भय में बड़ी शक्ति है। मनुष्य हवा में एक गिरह भी नहीं लगा सकता, पर इसने हवा में एक संसार रच डाला है।

रात बीत गई। दिन चढ़ता आता था, पर गांव का कोई आदमी नागिन की लाश उठाने को आता न दिखाई दिया। मुंशीजी घर-घर घूमे, पर कोई न निकला। भला हत्यारे के दरवाजे पर कौन जाय? हत्यारे की लाश कौन उठावे? इस समय मुंशी जी का रोब-दाब, उनकी प्रबल लेखनी का भय और उनकी कानूनी प्रतिभा एक भी काम न आयी। चारों ओर से हार कर मुंशी जी फिर अपने घर आए। यहां उन्हें अन्धकार ही अन्धकार दीखता था। दरवाजे तक तो आए, पर भीतर पैर नहीं रखा जाता था, न बाहर ही खड़े रह सकते थे। बाहर मूंगा थी, भीतर नागिन। जी को कड़ा करके हनुमान चालीसा का पाठ करते हुए घर में घुसे। उस समय उनके मन पर जो बीतती थी, वही जानते थे। उसका अनुमान करना कठिन है। घर में लाश पड़ी हुई, न कोई आगे, न पीछे। दूसरा ब्याह तो हो सकता था। अभी इसी फागुन में तो पचासवां लगा है, पर ऐसे सुयोग्य और मीठी बोलवाली स्त्री कहां मिलेगी? अफसोस! अब तगादा करने वालों से बहस कौन करेगा, कौन उन्हें निरुत्तर करेगा? लेन-देन का हिसाब-किताब कौन इतनी खूबी से करेगा? किसकी कड़ी आवाज तीर की तरह तगादेदारों की छाती में चुभेगी? यह नुकसान अब पूरा नहीं हो सकता। दूसरे दिन मुंशी जी लाश को ठेलेगाड़ी पर लाद कर गंगा जी की तरफ चले।

6

शव के साथ जाने वालों की संख्या कुछ भी न थी। एक स्वयं मुंशी जी, दूसरे उनके पुत्ररत्न रामगुलाम जी! इस बेइज्जती से मूंगा की लाश भी न उठी थी।

मूंगा ने नागिन को जान लेकर भी मुंशीजी का पिंड न छोड़ा। उनके मन में हर घड़ी मूंगा की मूर्ति विराजमान रहती थी। कहीं रहते, उनका ध्यान इसी ओर रहा करता था। यदि दिल-बहलाव का कोई उपाय होता तो शायद वह इतने बेचैन न होते, पर गांव का एक पुतला भी उनके दरवाजे की ओर न झांकता था। बेचारे अपने हाथों पानी भरते, आप ही बरतन धोते। सोच और क्रोध, चिन्ता और भय, इतने शत्रुओं के सामने एक दिमाग कब तक ठहर सकता था। विशेषकर वह दिमाग जो रोज कानून की बहसों में खर्च हो जाता था।

अकेले कैदी की तरह उनके दस-बारह दिन तो ज्यों-त्यों कर कटे, चौदहवें दिन मुंशी जी ने कपड़े बदले और बोरिया-बस्ता लिए हुए कचहरी चले। आज

उनका चेहरा कुछ खिला हुआ था। जाते ही मेरे मुवक्किल मुझे घेर लेंगे। मेरी मातमपुर्सी करेंगे। मैं आंसुओं की दो-चार बूंदें गिरा दूंगा। फिर बैनामों, रेहननामों और सुलहनामों की भरमार हो जाएगी। मुट्ठी गरम होगी, शाम को जरा नशे-पानी का रंग जम जाएगा, जिसके छूट जाने से जी और भी उचाट हो रहा था। इन्हीं विचारों में मग्न मुंशी जी कचहरी पहुंचे।

पर वहां रेहननामों की भरमार और बैनामों की बाढ़ और मुवक्किलों की चहल-पहल के बदले निराशा की रेतीली भूमि नजर आयी। बस्ता खोले घंटों बैठे रहे, पर कोई नजदीक भी न आया। किसी ने इतना भी न पूछा कि आप कैसे हैं! नये मुवक्किल तो खैर, बड़े-बड़े पुराने मुवक्किल जिनका मुंशी जी से कई पीढ़ियों से सरोकार था, आज उनसे मुंह छिपाने लगे। वह नालायक और अनाड़ी रमजान, जिसकी मुंशी जी हंसी उड़ाते थे और जिसे शुद्ध लिखना भी न आता था, आज गोपियों का कन्हैया बना हुआ था। वाह रे भाग्य! मुवक्किल यों मुंह फेरे चले जाते हैं मानो किसी की जान-पहचान ही नहीं। दिन-भर कचहरी की खाक छानने के बाद मुंशी जी घर चले। निराशा और चिंता में डूबे हुए। ज्यों-ज्यों घर के निकट आते थे, मूंगा का चित्र सामने आता जाता था। यहां तक कि जब घर का द्वार खोला और दो कुते; जिन्हें रामगुलाम ने बन्द कर रखा था, झपटकर बाहर निकले तो मुंशी जी के होश उड़ गये, एक चीख मार कर जमीन पर गिर पड़े।

मनुष्य के मन और मस्तिष्क पर भय का जितना प्रभाव होता है उतना और किसी शक्ति का नहीं। प्रेम, चिन्ता, निराशा, हानि, यह सब मन को अवश्य दु:खित करते हैं, पर यह हवा के हलके झोंके हैं और भय प्रचंड आंधी है। मुंशी जी पर इसके बाद क्या बीती, मालूम नहीं। कई दिनों तक लोगों ने उन्हें कचहरी जाते और यहां से मुरझाये हुए लौटते देखा। कचहरी जाना उनका कर्त्तव्य था, और यद्यपि वहां मुवक्किलों का अकाल था, तो भी तगादेवालों से गला छुड़ाने और उनको भरोसा दिलाने के लिए अब यही एक लटका रह गया था। इसके बाद कई महीने तक देख न पड़े। बद्रीनाथ चले गये। एक दिन गांव में एक साधु आया। भभूत रमाये, लम्बी जटायें, हाथ में कमंडल। उसका चेहरा मुंशी रामसेवक से बहुत मिलता-जुलता था। बोलचाल में भी अधिक भेद न था। वह एक पेड़ के नीचे धूनी रमाये बैठा रहा। उसी रात को मुंशी रामसेवक के घर से धुआं उठा, फिर आग की ज्वाला दीखने लगी और आग भड़क उठी। गांव के सैकड़ों आदमी दौड़े। आग बुझाने के लिए नहीं, तमाशा देखने के लिए। एक गरीब की हाय में कितना प्रभाव है। रामगुलाम मुंशी जी के गायब हो जाने पर अपने मामा के यहां चला गया और

वहां कुछ दिनों रहा। पर वहां उसकी चाल-ढाल किसी को पसन्द न आयी।

एक दिन उसने किसी के खेत में मूली नोची। उसने दो-चार धौल लगाये। उस पर वह इस कदर बिगड़ा कि जब उसके चने खलिहान में आये तो उसने आग लगा दी। सारा का सारा खलिहान जल कर खाक हो गया। हज़ारों रुपयों का नुकसान हुआ। पुलिस ने तहकीकात की, रामगुलाम पकड़ा गया। इसी अपराध में वह चुनार के रिफ़ार्मेटरी स्कूल में मौजूद है।

बेटी का धन

बेतवा नदी दो ऊंचे कगारों के बीच इस तरह मुंह छिपाये हुए थी जैसे निर्मल हृदयों में साहस और उत्साह की मध्यम ज्योति छिपी रहती है। इसके एक कगार पर एक छोटा-सा गांव बसा है जो अपने भग्न जातीय चिह्नों के लिए बहुत ही प्रसिद्ध है। जातीय गाथाओं और चिह्नों पर मर मिटने वाले लोग इस भावन स्थान पर बड़े प्रेम और श्रद्धा के साथ आते और गांव का बूढ़ा केवट सुक्खू चौधरी उन्हें उसकी परिक्रमा कराता और रानी के महल, राजा का दरबार और कुंवर की बैठक के मिटे हुए चिह्नों को दिखाता। वह एक उच्छ्वास लेकर रुंधे हुए गले से कहता, महाशय! एक वह समय था कि केवटों को मछलियों के इनाम में अशर्फियां मिलती थीं। कहार महल में झाड़ू देते हुए अशर्फियां बटोर ले जाते थे। बेतवा नदी रोज चढ़कर महाराज के चरण छूने आती थी। यह प्रताप और यह तेज था, परन्तु आज इसकी यह दशा है। इन सुन्दर उक्तियों पर किसी का विश्वास जमाना चौधरी के वश की बात न थी, पर सुनने वाले उसकी सहृदयता तथा अनुराग के जरूर कायल हो जाते थे।

सुक्खू चौधरी उदार पुरुष थे, परन्तु जितना बड़ा मुंह था, उतना बड़ा ग्रास न था। तीन लड़के, तीन बहुएं और कई पौत्र-पौत्रियां थीं। लड़की केवल एक गंगाजली थी जिसका अभी तक गौना नहीं हुआ था। चौधरी की यह सबसे पिछली संतान थी। स्त्री के मर जाने पर उसने इसको बकरी का दूध पिला-पिला कर पाला था। परिवार में खानेवाले तो इतने थे, पर खेती सिर्फ एक हल की होती थी। ज्यों-त्यों कर निर्वाह होता था, परन्तु सुक्खू की वृद्धावस्था और पुरातत्वज्ञान ने उसे गांव में वह मान और प्रतिष्ठा प्रदान कर रक्खी थी, जिसे देखकर झगड़ू साहू भीतर ही भीतर चलते थे। सुक्खू जब गांववालों के समक्ष, हाकिमों से हाथ फेंक-फेंक कर बातें करने लगता और खंडहरों को घुमा-फिरा कर दिखाने लगता था तो झगड़ू साहू, जो चपरासियों के धक्के खाने के डर से क़रीब नहीं फटकते थे—तड़प-तड़प कर रह जाते थे। अत: वे सदा उस शुभ अवसर की प्रतीक्षा करते रहते थे, जब सुक्खू पर अपने धन द्वारा प्रभुत्व जमा सकें।

2

इस गांव के जमींदार अकुर जीतनसिंह थे, जिनकी बेगार के मारे गांव वालों का नाकों दम था। उस साल जब जिला मजिस्ट्रेट का दौरा हुआ और वह यहां के पुरातन चिह्नों की सैर करने के लिए पधारे, तो सुक्खू चौधरी ने दबी जबान से अपने गांववालों की दु:ख-कहानी उन्हें सुनायी। हाकिमों से वार्तालाप करने में उसे तनिक भी भय न होता था। सुक्खू चौधरी को खूब मालूम था कि जीतनसिंह से रार मचाना सिंह के मुंह में सिर देना है। किन्तु जब गांववाले कहते थे कि चौधरी तुम्हारी ऐसे-ऐसे हाकिमों से मिताई है और हम लोगों के रात-दिन रोते कटते हैं तो फिर तुम्हारी यह मित्रता किस दिन काम आवेगी? परोपकाराय शताम् विभूतयः, तब सुक्खू का मिज़ाज आसमान पर चढ़ जाता था। घड़ी-भर के लिए वह जीतनसिंह को भूल जाता था। मजिस्ट्रेट ने जीतनसिंह से इसका उत्तर मांगा। उधर झगडू साहू ने चौधरी के इस साहसपूर्ण स्वामीद्रोह की रिपोर्ट जीतनसिंह को दी। ठाकुर साहब जल कर आग हो गये। अपने कारिंदे से बकाया लगान की बही मांगी। संयोगवश चौधरी के जिम्मे इस साल का कुछ लगान बाकी था। कुछ तो पैदावार कम हुई; उस पर गंगाजली का ब्याह करना पड़ा। छोटी बहू नथ की रट लगाये हुए थी; वह बनवानी पड़ी। इन सब खर्चों ने हाथ बिलकुल खाली कर दिया था। लगान के लिए कुछ अधिक चिन्ता नहीं थी। वह इस अभिमान में भूला हुआ था कि जिस जबान में हाकिमों को प्रसन्न करने की शक्ति है, क्या वह ठाकुर साहब को अपना लक्ष्य न बना सकेगी? बूढ़े चौधरी इधर तो अपने गर्व में निश्चित थे और उधर उन पर बकाया लगान की नालिश ठुक गयी। सम्मन आ पहुंचा। दूसरे दिन पेशी की तारीख पड़ गयी। चौधरी को अपना जादू चलाने का अवसर न मिला।

जिन लोगों के बढ़ावे में आ कर सुक्खू ने ठाकुर से छेड़-छाड़ की थी, उनका दर्शन मिलना दुर्लभ हो गया। ठाकुर साहब के सहने और प्यादे गांव में चील की तरह मंडराने लगे। उनके भय से किसी को चौधरी की परछांई काटने का साहस न होता था। कचहरी वहां से तीन मील पर थी। बरसात के दिन, रास्ते में ठौर-ठौर पानी, उमड़ी हुई नदियां, रास्ता कच्चा, बैलगाड़ी का निबाह नहीं, पैरों में बल नहीं, अतः अदमपैरवी में मुकदमे का एकतरफा फैसला हो गया।

3

कुर्की का नोटिस पहुंचा तो चौधरी के हाथ-पांव फूल गये। सारी चतुराई भूल गयी। चुपचाप अपनी खाट पर पड़ा-पड़ा नदी की ओर ताकता और अपने मन में कहता, क्या मेरे जीते-जी घर मिट्टी में मिल जायगा? मेरे इन बैलों की सुन्दर जोड़ी के गले में आह! क्या दूसरों को जुआ पड़ेगा? यह सोचते-सोचते उसकी आंखें भर आतीं। वह बैलों से लिपट कर रोने लगा, परन्तु बैलों की आंखों से क्यों आंसू जारी था? वे नांद में मुंह क्यों नहीं डालते थे? क्या उनके हृदय पर भी अपने स्वामी के दु:ख की चोट पहुंच रही थी?

फिर वह अपने झोपड़े को विकल नयनों से निहार कर देखता। और मन में सोचता, क्या हमको इसे घर से निकलना पड़ेगा? यह पूर्वजों की निशानी क्या हमारे जीते-जी छिन जायगी?

कुछ लोग परीक्षा में दृढ़ रहते हैं और कुछ लोग इसकी हल्की आंच भी नहीं सह सकते। चौधरी अपनी खाट पर उदास पड़े घंटों अपने कुलदेव महावीर और महादेव को मनाया करता और उनका गुण गाया करता। उसकी चिंतादग्ध आत्मा को और कोई सहारा न था।

इसमें कोई संदेह न था कि चौधरी की तीनों बहुओं के पास गहने थे, पर स्त्री का गहना ऊख का रस है, जो पेरने ही से निकलता है। चौधरी जाति का ओछा, पर स्वभाव का ऊंचा था। उसे ऐसी नीच बात बहुओं से कहते संकोच होता था। कदाचित् यह नीच विचार उसके हृदय में उत्पन्न ही नहीं हुआ था, किन्तु तीनों बेटे यदि जरा भी बुद्धि से काम लेते तो बूढ़े को देवताओं की शरण लेने की आवश्यकता न होती। परन्तु यहां तो बात ही निराली थी। बड़े लड़के को घाट के काम से फुरसत न थी। बाकी दो लड़के इस जटिल प्रश्न को विचित्र रूप से हल करने के मंसूबे बांध रहे थे।

मंझले झींगुर ने मुंह बना कर कहा—उंह! इस गांव में क्या धरा है? जहां ही कमाऊंगा, वहीं खाऊंगा पर जीतनसिंह की मूंछे एक-एक करके चुन लूंगा।

छोटे फक्कड़ ऐंठ कर बोले—मूंछे तुम चुन लेना! नाक मैं उड़ा दूंगा। नकटी बना घूमेगा।

इस पर दोनों खूब हंसे और मछली मारने चल दिये।

इस गांव में एक बूढ़े ब्राह्मण भी रहते थे। मंदिर में पूजा करते और नित्य अपने यजमानों को दर्शन देने नदी पार जाते, पर खेवे के पैसे न देते। तीसरे दिन वह जमींदार के गुप्तचरों की आंख बचाकर सुक्खू के पास आये और सहानुभूति के स्वर में बोले—चौधरी! कल ही तक मियाद है और तुम अभी तक पड़े-पड़े सो रहे हो। क्यों नहीं घर की चीज ढूंढ-ढांढ़ कर किसी और जगह भेज देते? न हो समधियाने पठवा दो। जो कुछ बच रहे, वही सही। घर की मिट्टी खोद कर थोड़े ही कोई ले जायगा।

चौधरी लेटा था, उठ बैठा और आकाश की ओर निहार कर बोला—जो कुछ उसकी इच्छा है, वह होगा। मुझसे यह ज़ाल न होगा।

इधर कई दिन की निरंतर भक्ति और उपासना के कारण चौधरी का मन शुद्ध और पवित्र हो गया था। उसे छल-प्रपंच से घृणा हो गयी थी। पंडित जी जो इस काम में सिद्धहस्त थे, लज्जित हो गये।

परन्तु चौधरी के घर के अन्य लोगों को ईश्वरेच्छा पर इतना भरोसा न था। धीरे-धीरे घर के बर्तन-भाँडे खिसकाये जाते थे। अनाज का एक दाना-भर घर में न रहने पाया। रात को नाव लदी हुई जाती और उधर से खाली लौटती थी। तीन दिन तक घर में चूल्हा न जला। बूढ़े चौधरी के मुंह में अन्न की कौन कहे पानी की एक बूंद भी न पड़ी। स्त्रियां भाड़ से चने भुना कर चबातीं, और लड़के मछलियां भून-भून कर उड़ाते। परन्तु बूढ़े की इस एकादशी में यदि कोई शरीक था तो वह उसकी बेटी गंगाजली थी। यह बेचारी अपने बूढ़े बाप को चारपाई पर निर्जल छटपटाते देख बिलख-बिलख कर रोती।

लड़कों को अपने माता-पिता से वह प्रेम नहीं होता जा लड़कियों को होता है। गंगाजली इस सोच-विचार में मग्न रहती कि दादा की किस भांति सहायता करूं। यदि हम सब भाई-बहन मिल कर जीतनसिंह के पास जाकर दया-भिक्षा की प्रार्थना करें तो वे अवश्य मान जायेंगे; परन्तु दादा को कब यह स्वीकार होगा। वह यदि एक दिन बड़े साहब के पास चले जायं तो सब कुछ बात की बात में बन जाय। किन्तु उनकी तो जैसे बुद्धि ही मारी गयी है। इसी उधेड़-बुन में उसे एक उपाय सूझ पड़ा, कुम्हलाया हुआ मुखारविंद खिल उठा।

पुजारी तो सुक्खू चौधरी के पास से उठ कर चले गये थे और चौधरी उच्च स्वर से अपने सोये हुए देवताओं को पुकार-पुकार कर बुला रहे थे। निदान गंगाजली उसके पास जा कर खड़ी हो गयी। चौधरी ने उसे देख कर विस्मित स्वर में पूछा—क्यों बेटी? इतनी रात गये क्यों बाहर आयी?

गंगाजली ने कहा—बाहर रहना तो भाग्य में लिखा है, घर में कैसे रहूं।

सुक्खू ने जोर से हांक लगायी, कहां गये तुम कृष्णमुरारी, मेरे दुःख हरो।

गंगाजली खड़ी थी, बैठ गयी और धीरे से बोली—भजन गाते तो आज तीन दिन हो गये। घर बचाने का भी कुछ उपाय सोचा कि इसे यों ही मिट्टी में मिला दोगे? हम लोगों को क्या पेड़ तले रखोगे?

चौधरी ने व्यथित स्वर से कहा—बेटी, मुझे तो कोई उपाय नहीं सूझता। भगवान् जो चाहेंगे, होगा। वेग चलो गिरधर गोपाल, काहे विलंब करो।

गंगाजली ने कहा—मैंने एक उपाय सोचा है, कहो तो कहूं।

चौधरी उठ कर बैठ गये और पूछा—कौन उपाय है बेटी? गंगाजली ने कहा—मेरे गहने झगडू साहू के यहां गिरो रख दो। मैंने जोड़ लिया है। देने-भर के रुपये हो जायंगे।

चौधरी ने ठंडी सांस लेकर कहा—बेटी! तुमको मुझसे यह बात कहते लाज नहीं आती! वेद-शास्त्र में मुझे तुम्हारे गांव के कुएं का पानी पीना भी मना है। तुम्हारी ड्योढ़ी में भी पैर रखने का निषेध है। क्या तुम मुझे नरक में ढकेलना चाहती हो?

गंगाजली उत्तर के लिए पहले ही से तैयार थी। बोली—मैं अपने गहने तुम्हें दिये थोड़े ही देती हूं। इस समय लेकर काम चलाओ, चैत में छुड़ा देना। चौधरी ने कड़क कर कहा—यह मुझसे न होगा।

गंगाजली उत्तेजित हो कर बोली—तुमसे यह न होगा तो मैं आप ही जाऊंगी, मुझसे घर की यह दुर्दशा नहीं देखी जाती।

चौधरी ने झुंझला कर कहा—बिरादरी में कौन मुंह दिखाऊंगा?

गंगाजली ने चिढ़ कर कहा—बिरादरी में कौन ढिंढोरा पीटने जाता है।

चौधरी ने फैसला सुनाया—जगहंसाई के लिए मैं अपना धर्म न बिगाडूंगा।

गंगाजली बिगड़ कर बोली—मेरी बात नहीं मानोगे तो तुम्हारे ऊपर मेरी हुत्या पड़ेगी। मैं आज ही इस बेतवा नदी में कूद पड़गी। तुमसे चाहे घर में आग लगते देखा जाय, पर मुझसे तो न देखा जायगा।

चौधरी ने ठंडी सांस लेकर कातर स्वर में कहा—बेटी, मेरा धर्म नाश मत करो। यदि ऐसा ही है तो अपनी किसी भावज के गहने मांग कर लाओ।

गंगाजली ने गम्भीर स्वर में कहा—भावजों से कौन अपना मुंह नोचवाने जायगा। उनको फिकर होती तो क्या मुंह में दही जमा था, कहतीं नहीं?

चौधरी निरुत्तर हो गये। गंगाजली घर में जा कर गहनों की पिटारी लायी और एक-एक करके सब गहने चौधरी के अंगोछे में बांध दिये। चौधरी ने आंखों में आंसू भर कर कहा—हाय राम, इस शरीर की क्या गति लिखी है! यह कह कर उठे। बहुत सम्हालने पर भी आंखों में आंसू न छिपे।

4

रात का समय था। बेतवा नदी के किनारे-किनारे मार्ग को छोड़कर सुक्खू गहनों की गठरी कांख में दबाये इस तरह चुपके-चुपके चल रहे थे मानो पाप की गठरी लिये जाते हैं। जब वह झगडू साहू के मकान के पास पहुंचे तो ठहर गये आंखें, खूब साफ थी, जिसमें किसी को यह न बोध हो कि चौधरी रोता था।

झगडू साहू धागे की कमानी की एक मोटी ऐनक लगाये बहीखाता फैलाये हुक्का पी रहे थे, और दीपक के धुंधले प्रकाश में उन अक्षरों को पढ़ने की व्यर्थ चेष्टा में लगे थे जिनमें स्याही की किफायत की गयी थी। बार-बार ऐनक को साफ करते और आंख मलते, पर चिराग की बत्ती उसकाना या दोहरी बत्ती लगाना शायद इसलिए उचित नहीं समझते थे कि तेल का अपव्यय होगा। इसी समय सुक्खू चौधरी ने आकर कहा—जै राम जी।

झगडू साहू ने देखा। पहचान कर बोले—जयराम चौधरी! कहो मुकदमे में क्या हुआ? यह लेन-देन बड़े झंझट का काम है। दिन-भर सिर उठाने की छुट्टी नहीं मिलती।

चौधरी ने पोटली को खूब सावधानी से छिपा कर लापरवाही के साथ कहा—अभी तक तो कुछ नहीं हुआ। कल इजरायडिगरी होने वाली है। ठाकुर साहब ने न जाने कब का बैर निकाला है। हमको दो-तीन दिन की भी मुहलत होती तो डिगरी न जारी होने पाती। छोटे साहबे और बड़े साहब दोनों हमको अच्छी तरह जानते हैं। अभी इसी साल मैंने उनसे नदी किनारे घंटों बातें कीं, किन्तु एक तो बरसात के दिन, दूसरे एक दिन की भी मुहलत नहीं, क्या करती। इस समय मुझे रुपयों की चिन्ता है।

झगडू साहू ने विस्मित होकर पूछा—तुमको रुपयों की चिन्ता! घर भरा है, वह किस दिन काम आवेगा! झगडू साहू ने व्यंग्य बाण नहीं छोड़ा था। वास्त में उन्हें और सारे गांव को विश्वास था कि चौधरी के घर में लक्ष्मी महारानी का अखंड राज्य है।

चौधरी का रंग बदलने लगा। बोला—साहू जी! रुपया होता तो किस बात की चिन्ता थी? तुमसे कौन छिपाव है। आज तीन दिन से घर में चूल्हा नहीं जला, रोना-पीटना पड़ा है। अब तो तुम्हारे बसाये बसूंगा। ठाकुर साहब ने तो उजाड़ने में कोई कसर न छोड़ी।

झगड़ू साहू जीतनसिंह को खुश करना जरूर चाहते थे, पर साथ ही चौधरी को भी नाखुश करना मंजूर न था। यदि सूद-दर-सूद छोड़कर मूल तथा ब्याज सहज वसूल हो जाय तो उन्हें चौधरी पर मुफ्त का एहसान लादने में कोई आपत्ति न थी। यदि चौधरी के अफसरों की जान-पहचान के कारण साहू जी का टैक्स से गला छूट जाय, जो अनेकों उपाय करने—अहलकारों की मुट्ठी गरम करने—पर भी नित्य प्रति उनके तोंद की तरह बढ़ता ही जा रहा था, तो क्या पूछना! बोले—

'क्या कहें चौधरी जी, खर्च के मारे आजकल हम भी तबाह हैं। लहने वसूल नहीं होते। टैक्स का रुपया देना पड़ा। हाथ बिल्कुल खाली हो गया। तुम्हें कितना रुपया चाहिए?'

चौधरी ने कहा—सौ रुपये की डिगरी है। खर्च-वर्च मिलाकर दो सौ के लगभग समझो।

झगड़ू अब अपने दांव खेलने लगे। पूछा—तुम्हारे लड़कों ने तुम्हारी कुछ भी मदद न की? वह सब भी तो कुछ न कुछ कमाते ही हैं।

साहू जी का यह निशाना ठीक पड़ा—लड़कों ने लापरवाही से चौधरी के मन में जो कुत्सित भाव भरे थे, वह सजीव हो गये। बोले—भाई, लड़के किसी काम के होते तो यह दिन क्यों देखना पड़ता? उन्हें तो अपने भोग-विलास से मतलब। घर-गृहस्थी का बोझ तो मेरे सिर पर है। मैं इसे जैसे चाहूं, संभालूं उनसे कुछ सरोकार नहीं, मरते दम भी गला नहीं छूटता। मरूंगा तो सब खाल में भूसा भरा कर रख छोड़ेंगे। 'गृह कारज नाना जंजाला।'

झगड़ू ने तीसरा तीर मारा—क्या बहुओं से भी कुछ न बन पड़ा?

चौधरी ने उत्तर दिया—बहू-बेटे अपनी-अपनी मौज में मस्त हैं। मैं तीन दिन तक द्वार पर बिना अन्न-जल के पड़ा था, किसी ने बात भी नहीं पूछी। कहां की सलाह, कहां की बातचीत। बहुओं के पास रुपये न हों, पर गहने तो हैं और वे भी मेरे बनवाये हुए। इस दुर्दिन के समय यदि दो-दो थान उतार देतीं तो क्या मैं छुड़ा न देता? सदा यही दिन थोड़े ही रहेंगे।

झगड़ू समझ गये कि यह महज़ ज़बान का सौदा है और वह ज़बान का सौदा भूलकर भी न करते थे। बोले—तुम्हारे घर के लोग भी अनूठे हैं। क्या इतना भी

नहीं जानते कि बूढ़ा रुपये कहां से लावेगा? अब समय बदल गया। या तो कुछ जायदाद लिखो या गहने गिरों रखो तब जाकर रूपया मिले। इसके बिना रुपये कहां। इसमें भी जायदाद में सैकड़ों बखेड़े पड़े हैं। सुभीता गिरों रखने में ही है। हां, तो जब घरवालों को कोई इसकी फिक्र नहीं तो तुम क्यों व्यर्थ जान देते हो? यही न होगा कि लोग हंसेंगे सो यह लाज कहां तक निबाहोगे?

चौधरी ने अत्यन्त विनीत होकर कहा—साहू जी, यह लाज तो मारे डालती है। तुमसे क्या छिपा है। एक वह दिन था कि हमारे दादा-बाबा महाराज की सवारी के साथ चलते थे और अब एक दिन यह कि घर-घर की दीवार तक बिकने की नौबत आ गई है। कहीं मुंह दिखाने को भी जी नहीं चाहता। यह लो गहनों की पोटली। यदि लोकलाज न होती तो इसे लेकर कभी यहां न आता, परन्तु यह अधर्म इसी लाज निबाहने के कारण करना पड़ा है।

झगडू साहू ने आश्चर्य में होकर पूछा—यह गहने किसके हैं? चौधरी ने सिर झुका कर बड़ी कठिनता से कहा—मेरी बेटी गंगाजली के। झगडू साहू स्तम्भित हो गये। बोले—अरे! राम-राम।

चौधरी ने कातर स्वर में कहा—डूब मरने को जी चाहता है। झगडू ने बड़ी धार्मिकता के साथ स्थिर होकर कहा—शास्त्र में बेटी के गांव का पेड़ देखना मना है।

चौधरी ने दीर्घ निश्वास छोड़कर करुण स्वर में कहा—न जाने नारायण कब मौत देंगे। भाई की तीन लड़कियां ब्याहीं। कभी भूलकर भी उनके द्वार पर मुंह नहीं देखा। परमात्मा ने अब तक तो टेक निबाही है, पर अब न जाने मिट्टी की क्या दुर्दशा होने वाली है।

झगडू साहु, 'लेखा जौ-जौ बख्शीश सौ सौ' के सिद्धांत पर चलते थे। सूद की एक कौड़ी भी छोड़ना उनके लिए हराम था। यदि एक महीने का एक दिन भी लग जाता तो पूरे महीने का सूद वसूल कर लेते। परन्तु नवरात्र में नित्य दुर्गापाठ करवाते थे। पितृपक्ष में रोज ब्राह्मणों को सीधा बांटते थे। बनियों की धर्म में बड़ी निष्ठा होती है। यदि कोई दीन ब्राह्मण लड़की ब्याहने के लिए उनके सामने हाथ पसारता तो वह खाली हाथ न लौटता, भीख मांगने वाले ब्राह्मणों को, चाहे वह कितने ही संडे-मुसंडे हों, उनके दरवाजे पर फटकार नहीं सुननी पड़ती थी। उनके धर्म-शास्त्र में कन्या के गांव के कुएं का पानी पीने से प्यासों मर जाना अच्छा था। वह स्वयं इस सिद्धांत के भक्त थे और इस सिद्धांत के अन्य पक्षपाती उनके लिए

महामान्य देवता थे। वे पिघल गये। मन में सोचा, यह मनुष्य तो कभी ओछे विचारों को मन में नहीं लाया।

निर्दय काल की ठोकर से अधर्म मार्ग पर उतर आया है, तो उसके धर्म की रक्षा करना हमारा कर्तव्य-धर्म है। यह विचार मन में आते ही झगडू साहू गद्दी से मसनद के सहारे उठ बैठे और दृढ़ स्वर में कहा — वही परमात्मा जिसने अब तक तुम्हारी टेक निबाही है, अब भी निबाहेंगे। लड़की के गहने लड़की को दे दो। लड़की जैसी तुम्हारी है वैसी मेरी भी है। यह लो रुपये। आज काम चलाओ। जब हाथ में रूपये आ जायं, दे देना।

चौधरी पर इस सहानुभूति का गहरा असर पड़ा। वह ज़ोर-ज़ोर से रोने लगा। उसे अपने भावों की धुन में कृष्ण भगवान् की मोहिनी मूर्ति सामने विराजमान दिखाई दी। वही झगडू जो सारे गांव में बदनाम था, जिसकी उसने खुद कई बार हाकिमों से शिकायत की थी, आज साक्षात् देवता जान पड़ता था। रुंधे हुए कंठ से गद्गद हो बोला —

झगडू, तुमने इस समय मेरी बात, मेरी लाज, मेरा धर्म कहां तक कहूं मेरा सब कुछ रख लिया। मेरी डूबती नाव पार लगा दी। कृष्ण मुरारी तुम्हारे इस उपकार का फल देंगे और मैं तो तुम्हारा गुण जब तक जीऊंगा, गाता रहूंगा।

धर्म-संकट

'पुरुषों और स्त्रियों में बड़ा अन्तर है। तुम लोगों को हृदय शीशे की तरह कठोर होता है और हमारा हृदय नरम। वह विरह की आंच नहीं सह सकता।'

'शीशा ठेस लगते ही टूट जाता है। नरम वस्तुओं में लचक होती है।'

'चलो बातें न बनाओ। दिन-भर तुम्हारी राह देखूं, रात-भर घड़ी की सूइयां। तब कहीं आपके दर्शन होते हैं।'

'मैं तो सदैव तुम्हें अपने हृदय-मंदिर में छिपाये रखता हूं।'

'ठीक बतलाओ, कब आओगे?'

'ग्यारह बजे, परन्तु पिछला दरवाज़ा खुला रखना।'

'उसे मेरे नयन समझो।'

'अच्छा तो अब बिदा।'

2

पंडित कैलाशनाथ लखनऊ के प्रतिष्ठित बैरिस्टरों में से थे। कई सभाओं के मन्त्री, कई समितियों के सभापति, पत्रों में अच्छे लेख लिखते, प्लेटफार्म पर सारगर्भित व्याख्यान देते। पहले-पहल जब वह यूरोप से लौटे थे तो यह उत्साह अपनी पूरी उमंग पर था, परन्तु ज्यों-ज्यों बैरिस्टरी चमकने लगी, इस उत्साह में कमी आने लगी। और वह ठीक भी था; क्योंकि अब बेकार न थे जो बेगार करते। हां, क्रिकेट का शौक अब तक ज्यों का त्यों बना था। वह कैसर क्लब के संस्थापक और क्रिकेट के प्रसिद्ध खिलाड़ी थे।

यदि मि० कैलाश को क्रिकेट की धुन थी तो उनकी बहन कामिनी को टेनिस का शौक था। इन्हें नित नवीन आमोद-प्रमोद की चाह रहती थी। शहर में कहीं नाटक हो, कोई थियेटर आवे, कोई सरकस, कोई बायसकोप हो कामिनी उसमें न

सम्मिलित हो, यह असम्भव बात थी। मनोविनोद की कोई भी सामग्री उसके लिए उतनी ही आवश्यक थी जितनी वायु और प्रकाश।

मि० कैलाश पश्चिमी सभ्यता के प्रवाह में बहने वाले अपने अन्य सहयोगियों की भांति हिन्दू जाति, हिन्दू सभ्यता, हिन्दी भाषा और हिन्दुस्तान के कट्टर विरोधी थे। हिन्दू सभ्यता उन्हें दोषपूर्ण दिखाई देती थी। अपने इन विचारों को वे अपने ही तक परिमित न रखते थे, बल्कि बड़ी ही ओजस्विनी भाषा में इन विषयों पर लिखते और बोलते थे। हिन्दू सभ्यता के विवेकी भगत उनके इन विवेकशून्य विचारों पर हंसते थे; परन्तु उपहास और विरोध तो सुधारक के पुरस्कार हैं! मि० कैलाश उनकी कुछ परवाह न करते थे। वे कोरे वाक्यवीर ही न थे, कर्मवीर भी पूरे थे। कामिनी की स्वतन्त्रता उनके विचारों का प्रत्यक्ष स्वरूप थी। सौभाग्यवश कामिनी के पिता गोपालनारायण भी इन्हीं विचारों में रंगे हुए थे। वे साल-भर से अमेरिका में विद्याध्ययन करते थे। कामिनी, भाई और पिता के उपदेशों से पूरा-पूरा लाभ उठाने में कमी न करती थी।

3

लखनऊ में अलफ्रेड थियेटर कम्पनी आई हुई थी, शहर में जहां देखिए उसी के तमाशे की चर्चा थी। कामिनी की रातें बड़े आनन्द से कटती थीं। रात-भर थियेटर देखती। दिन को कुछ सोती और कुछ देर वही थियेटर के गीत अलापती। सौन्दर्य और प्रीति के नव रमणीय संसार में रमण करती थी, जहां का दु:ख और क्लेश भी इस संसार के सुख और आनन्द से बढ़कर मोक्षदायी है। यहां तक कि तीन महीने बीत गए। प्रणय की नित्य नई मनोहर शिक्षा और प्रेम में आनन्दमय अनाप-विलाप का हृदय पर कुछ न कुछ असर होना चाहिए था। सो भी इस चढ़ती जवानी में। वह असर हुआ। इसका श्रीगणेश उसी तरह हुआ जैसा कि बहुधा हुआ करता है।

थियेटर हाल में एक सुघड़ सजीले युवक की आंखें कामिनी की ओर उठने लगीं। वह रूपवती और चंचला थी, अतएव पहिले उसे इस चितवन में किसी रहस्य का ज्ञान न हुआ। नेत्रों का सुन्दरता से बड़ा घना सम्बन्ध है। घूरना पुरुषों का और लजाना स्त्रियों का स्वभाव है। कुछ दिनों के बाद कामिनी को इस चितवन में कुछ गुप्त भाव झलकने लगे। मन्त्र अपना काम करने लगा। फिर नयनों में परस्पर बातें होने लगीं। नयन मिल गए। प्रीति गाढ़ी हो गई। कामिनी एक दिन के लिए

भी यदि किसी दूसरे उत्सव में चली जाती तो वहां उसका मन न लगता। जी उचटने लगता। आंखें किसी को ढूंढ़ा करतीं।

अन्त में लज्जा का बांध टूट गया। हृदय के विचार स्वरूपवान् हुए। मौन का ताला टूटा। प्रेमालाप होने लगा। पद्य के बाद गद्य की बारी आई और फिर दोनों मिलान-मन्दिर के द्वार पर आ पहुंचे। इसके पश्चात् जो कुछ हुआ, उसकी झलक हम पहिले देख चुके हैं।

4

इस नवयुवक का नाम रूपचन्द था। पंजाब का रहनेवाला, संस्कृत का शास्त्री, हिन्दी साहित्य को पूर्ण पण्डित, अंगरेजी का एम० ए०, लखनऊ के एक बड़े लोहे के कारखाने का मैनेजर था। घर में रूपवती स्त्री, दो प्यारे बच्चे थे। अपने साथियों में सदाचरण के लिए प्रसिद्ध था। न जवानी की उमंग, न स्वभाव का छिछोरापन। घर-गृहस्थी में जकड़ा हुआ था। मालूम नहीं वह कौन-सा आकर्षण था, जिसने उसे इस तिलिस्म में फंसा लिया, जहां की भूमि, अग्नि और आकाश ज्वाला है, जहां घृणा और पाप है। अभागी कामिनी को क्या कहा जाय, जिसकी प्रीति की बाढ़ ने वीरता और विवेक का बांध तोड़कर अपनी तरल तरंग में नीति और मर्यादा की टूटी-फूटी झोंपड़ी को डुबो दिया। यह पूर्व जन्म के संस्कार थे।

रात को दस बज गए थे। कामिनी लैम्प के सामने बैठी हुई चिट्ठियां लिख रही थी। पहली पत्र रूपचन्द के नाम था।

कैलाश भवन,
लखनऊ

प्राणाधार!

तुम्हारे पत्र को पढ़कर प्राण निकल गये। उफ! अभी एक महीना लगेगा। इतने दिनों में कदाचित् तुम्हें यहां मेरी राख भी न मिलेगी। तुमसे अपने दु:ख क्या रोऊं। बनावट के दोषारोपण से डरती हूं। जो कुछ बीत रही है, वह मैं ही जानती हूं। लेकिन बिना विरह-कथा सुनाये दिल की जलन कैसे जायगी? यह आग कैसे ठंडी होगी? अब मुझे मालूम हुआ कि यदि प्रेम दहकती हुई आग है तो वियोग उसके लिए घृत है। थियेटर अब भी जाती हूं, पर विनोद के लिए नहीं, रोने और बिसूरने के लिए। रोने में ही चित्त को कुछ शान्ति मिलती है। आंसू उमड़े चले आते हैं। मेरा जीवन शुष्क और नीरस हो गया है। न किसी से मिलने को जी चाहता है, न

आमोद-प्रमोद में मन लगता है। परसों डाक्टर केलकर का व्याख्यान था, भाई साहब ने बहुत आग्रह किया, पर मैं न जा सकी। प्यारे, मौत से पहले मत मरो। आनन्द के इन गिने-गिनाये क्षणों में वियोग का दु:ख मत दो। आओ, यथासाध्य शीघ्र आओ, और गले से लगकर मेरे हृदय की ताप बुझाओ। अन्यथा आश्चर्य नहीं कि विरह का यह अथाह सागर मुझे निगल जाय।

तुम्हारी—

कामिनी

इसके बाद कामिनी ने दूसरा पत्र पति को लिखा।

कैलाश भवन,

लखनऊ।

माई डियर गोपाल!

अब तक तुम्हारे दो पत्र आये, परन्तु खेद है कि मैं उनका उत्तर न दे सकी। दो सप्ताह से सिर की पीड़ा से असह्य वेदना सह रही हूं। किसी भांति चित्त को शांति नहीं मिलती, पर अब कुछ स्वस्थ हुं। कुछ चिंता मत करना। तुमने जो नाटक भेजे, उनके लिए मैं हार्दिक धन्यवाद देती हैं। स्वस्थ हो जाने पर पढ़ना आरम्भ करूंगी। तुम वहां के मनोहर दृश्यों का वर्णन मत किया करो। मुझे तुम पर ईर्ष्या होती है। यदि मैं आग्रह करू तो भाई साहब वहां तक पहुंचा तो देंगे, परन्तु इनके खर्च इतने अधिक हैं कि इनसे नियमित रूप से साहाय्य मिलना कठिन है और इस समय तुम पर भार देना भी ठीक नहीं है। ईश्वर चाहेगा तो वह दिन शीघ्र देखने में आयेगा, जब मैं तुम्हारे साथ आनन्दपूर्वक वहां की सैर करूंगी। मैं इस समय तुम्हें कोई कष्ट तो नहीं देना चाहती; पर अपनी आवश्यकताएं किससे कहूं! मेरे पास अब कोई अच्छा गाउन नहीं रहा। किसी उत्सव में जाते लजाती हैं। यदि तुमसे हो सके तो मेरे लिए एक अपने पसन्द का गाउन बनवा कर भेज दो। आवश्यकता तो और भी कई चीजों की है, परन्तु इस समय तुम्हें अधिक कष्ट नहीं देना चाहती, आशा है तुम सकुशल होगे।

तुम्हारी—

कामिनी

5

लखनऊ के सेशन जज के इजलास में बड़ी भीड़ थी। अदालत के कमरे ठसाठस भर गये थे। तिल रखने की जगह न थी। सबकी दृष्टि बड़ी उत्सुकता के साथ जज के सम्मुख खड़ी एक सुन्दर लावण्यमयी मूर्ति पर लगी हुई थी। यह कामिनी थी। उसका मुंह धूमिल हो रहा था। ललाट पर स्वेदबिंदु झलक रहे थे! कमरे में घोर निस्तब्धता थी। केवल वकीलों की कानाफूसी और सैन कभी-कभी इस निस्तब्धता को भंग कर देती थी। अदालत का हाता आदमियों से इस तरह भर गया था कि जान पड़ता था मानो सारा शहर सिमट कर यहीं आ गया है। था भी ऐसा ही। शहर की प्राय: दुकानें बन्द थीं और जो एक-आध खुली भी थीं उन पर लड़के बैठे ताश खेल रहे थे। क्योंकि कोई गाहक न था। शहर से कचहरी तक आदमियों का तांता लगा हुआ था। कामिनी को निमिषमात्र देखने के लिए, उसके मुंह से एक बात सुनने के लिए, इस समय प्रत्येक आदमी अपना सर्वस्व निछावर करने पर तैयार था। वे लोग जो कभी पं० दातादयाल शर्मा जैसे प्रभावशाली वक्ता की वक्तृता सुनने के लिए घर से बाहर नहीं निकले, वे जिन्होंने नवजवान मनचले बेटों को अलफेड थियेटर में जाने की आज्ञा नहीं दी, वे एकांत प्रिय जिन्हें वायसराय के शुभागमन तक की खबर न हुई थी, वे शांति के उपासक जो मुहर्रम की चहल-पहल देखने को अपनी कुटिया से बाहर न निकलते थे, वे सभी आज गिरते-पड़ते; उठते-बैठते कचहरी की ओर दौड़े चले जा रहे थे। बेचारी स्त्रियां अपने भाग्य को कोसती हुई अपनी-अपनी अटारियों पर चढ़कर विवशतापूर्ण उत्सुक दृष्टि से उस तरफ ताक रही थीं जिधर उनके विचार में कचहरी थी। पर उनकी गरीब आंखें निर्दय अट्टालिकाओं की दीवारों से टकरा कर लौट आती थीं। यह सब कुछ इसलिए हो रहा था कि आज अदालत में एक बड़ा मनोहर, अद्भुत अभिनय होने वाला था, जिस पर अलफ्रेड थियेटर के हजारों अभिनय बलिदान थे। आज एक गुप्त रहस्य खुलने वाला था, जो अंधेरे में राई है पर प्रकाश में पर्वताकार हो जाता है। इस घटना के संबंध में लोग टीका-टिप्पणी कर रहे थे। कोई कहता था, यह असंभव है कि रूपचन्द जैसा शिक्षित व्यक्ति ऐसा दूषित कर्म करे। पुलिस का यह बयान है तो हुआ करे। गवाह पुलिस के बयान का समर्थन करते हैं तो किया करें। यह पुलिस का अत्याचार है, अन्याय है; कोई कहता था, भाई सत्य तो यह है कि यह रूप-लावण्य, यह 'खंजन गंजन नयन' और यह हृदय-हारिणी सुन्दर, सलोनी छवि जो कुछ न करे वह थोड़ा हैं। श्रोता इन बातों को बड़े चाव से

इस तरह आश्चर्यान्वित हो मुंह बा कर सुनते थे मानो देववाणी हो रही है। सबकी जीभ पर यही चर्चा थी। खूब नमक-मिर्च लपेटा जाता था। परन्तु इसमें सहानुभूति या समवेदना के लिए जरा भी स्थान न था।

6

पण्डित कैलाशनाथ का बयान खतम हो गया। और कामिनी इजलास पर पधारी। इसका बयान बहुत संक्षिप्त था, मैं अपने कमरे में रात को सो रही थी। कोई एक बजे के करीब चोर-चोर का हल्ला सुनकर मैं चौंक पड़ी और अपनी चारपाई के पास चार आदमियों को हाथापाई करते देखा। मेरे भाई साहब अपने दो चौकीदारों के साथ अभियुक्त को पकड़ते थे और वह जान छुड़ाकर भागना चाहता था। मैं शीघ्रता से उठकर बरामदे में निकल आयी। इसके बाद मैंने चौकीदार को अपराधी के साथ पुलिस स्टेशन की ओर जाते देखा।

रूपचन्द ने कामिनी का बयान सुना और एक ठण्डी सांस ली। नेत्रों के आगे से पर्दा हट गया। कामिनी, तू ऐसी कृतघ्न, ऐसी अन्यायी, ऐसी पिशाचिनी, ऐसी दुरात्मा है! क्या तेरी वह प्रीति, वह विरह-वेदना, वह प्रेमोदगार, सब धोखे की टट्टी थी? तूने कितनी बार कहा है कि दृढ़ता प्रेम मंदिर की पहली सीढ़ी है। तूने कितनी बार नयनों में आंसू भरकर इस गोद में मुंह छिपाकर मुझसे कहा है कि मैं तुम्हारी हो गयी है मेरी लाज अब तुम्हारे हाथ है। परन्तु हाय! आज प्रेम-परीक्षा के समय तेरी वह सब बाते खोटी उतरीं। आह! तूने दगा दिया और मेरा जीवन मिट्टी में मिला दिया।

रूपचन्द विचार-तरंगों में निमग्न था। उसके वकील ने कामिनी से जिरह करना प्रारम्भ किया।

वकील—क्या तुम सत्यनिष्ठा के साथ कह सकती हो कि रूपचन्द तुम्हारे मकाने पर अक्सर नहीं जाया करता था?

कामिनी—मैंने कभी उसे अपने घर पर नहीं देखी।

वकील—क्या तुम शपथ-पूर्वक कह सकती हो कि तुम उसके साथ कभी थियेटर देखने नहीं गयीं?

कामिनी—मैने उसे कभी नहीं देखा।

वकील—क्या तुम शपथ होकर कह सकती हो कि तुमने उसे प्रेम-पत्र नहीं लिखे?

शिकारी के चंगुल में फंसे हुए पक्षी की तरह पत्र का नाम सुनते ही कामिनी के होश-हवास उड़ गये, हाथ-पैर फूल गये। मुंह न खुल सका। जज ने, वकील ने और दो सहस्र आंखों ने उसकी तरफ उत्सुकता से देखा।

रूपचंद का मुंह खिल गया। उसके हृदय में आशा का उदय हुआ। जहां फूल था वहां कांटा पैदा हुआ। मन में कहने लगा, कुलटा कामिनी! अपने सुख और अपने कपट मान-प्रतिष्ठा पर मेरे और मेरे परिवार की हत्या करने वाली कामिनी!! तू अब भी मेरे हाथ में है। मैं अब भी तुझे इस कृतघ्नता और कपट का दण्ड दे सकता हूं। तेरे पत्र जिन्हें तूने हृदय से लिखा है या नहीं, मालूम नहीं, परन्तु जो मेरे हृदय के ताप को शीतल करने के लिए मोहिनी मंत्र थे, वह सब मेरे पास हैं और वह इसी समय तेरा सब भेद खोलेंगे। इस क्रोध से उन्मत्त होकर रूपचन्द ने अपने कोट के पाकेट में हाथ डाला! जज ने, वकीलों ने, और दो सहस्र नेत्रों ने उसकी तरफ चातक की भांति देखा।

तब कामिनी की विकल आंखें चारों ओर से हताश होकर रूपचन्द की ओर पहुंचीं। उनमें इस समय लज्जा थी; दया-भिक्षा की प्रार्थना थी और व्याकुलता थी, वह मन ही मन कहती थी, मैं स्त्री हूं, अबला हूं, ओछी हूं। तुम पुरुष हो, बलवान् हो, साहसी हो; यह तुम्हारे स्वभाव के विपरीत है। मैं कभी तुम्हारी थी और यद्यपि समझ मुझे तुमसे अलग किये देती है किन्तु मेरी लाज तुम्हारे हाथ में है। तुम मेरी रक्षा करो। आंख मिलते ही रूपचन्द उसके मन की बात ताड़ गये। उनके नेत्रों ने उत्तर दिया—यदि तुम्हारी लाज मेरे हाथ में है तो इस पर कोई आंच नहीं आने पावेगी। तुम्हारी लाज पर आज मेरा सर्वस्व निछावर है।

अभियुक्त के वकील ने कामिनी से पुन: वही प्रश्न किया—क्या तुम शपथपूर्वक कह सकती हो कि तुमने रूपचंद को प्रेम-पत्र नहीं लिखे?

कामिनी ने कातर स्वर में उत्तर दिया—मैं शपथपूर्वक कहती हूं कि मैंने उसे कभी कोई पत्र नहीं लिखे और अदालत से अपील करती हूं कि वह मुझे इन घृणास्पद अश्लील आक्रमणों से बचावे।

अभियोग की कार्रवाई समाप्त हो गयी। अब अपराधी के बयान की बारी आई। इसकी तरफ से कोई गवाह न थे। परन्तु वकीलों को, जज को, और अधीर जनता को पूरा-पूरा विश्वास था कि अभियुक्त का बयान पुलिस के मायावी महल को क्षणमात्र में छिन्न-भिन्न कर देगा। रूपचन्द इजलास के सम्मुख आया। इसके मुखारविन्द पर आत्म-बल का तेज़ झलक रहा था और नेत्रों में साहस और शान्ति। दर्शक-मण्डली उतावली होकर अदालत के कमरे में घुस पड़ी। रूपचन्द इस समय

का चांद था या देवलोक का दूत ; सहस्रों नयन उसकी ओर लगे थे। किन्तु हृदय को कितना कौतूहल हुआ जब रूपचन्द ने अत्यन्त शान्तचित्त से अपना अपराध स्वीकार कर लिया! लोग एक-दूसरे का मुंह ताकने लगे।

अभियुक्त का बयान समाप्त होते ही कोलाहल मच गया। सभी इसकी आलोचना-प्रत्यालोचना करने लगे। सबके मुंह पर आश्चर्य था, संदेह था, और निराशा थी। कामिनी की कृतघ्नता और निठुरता पर धिक्कार हो रही थी। प्रत्येक मनुष्य शपथ खाने पर तैयार था कि रूपचंद सर्वथा निर्दोष है। प्रेम ने उसके मुंह पर ताला लगा दिया है। पर कुछ ऐसे भी दूसरे के दुःख में प्रसन्न होने वाले स्वभाव के लोग थे जो उसके इस साहस पर हंसते और मजाक उड़ाते थे।

दो घंटे बीत गये। अदालत में पुनः एक बार शान्ति का राज्य हुआ। जज साहब फैसला सुनाने के लिए खड़े हुए। फैसला बहुत संक्षिप्त था। अभियुक्त जवान है, शिक्षित है और सभ्य है। अतएव आंखों वाला अंधा है। इसे शिक्षाप्रद दंड देना आवश्यक है। अपराध स्वीकार करने से उसका दण्ड कम नहीं होता है। अत: मैं उसे पांच वर्ष के सपरिश्रम कारावास की सजा देता हूं।

दो हजार मनुष्यों ने हृदय थामकर फैसला सुना। मालूम होता था कि कलेजे में भाले चुभ गये हैं! सभी का मुंह निराशाजनक क्रोध से रक्त वर्ण हो रहा था। यह अन्याय है, कठोरता और बेरहमी है। परन्तु रूपचन्द के मुंह पर शान्ति विराज रही थी।

सेवा-मार्ग

तारा ने बारह वर्ष तक दुर्गा की तपस्या की। न पलंग पर सोयी, न केशों को संवारा और न नेत्रों में सुर्मा लगाया। पृथ्वी पर सोनी, गेरुआ वस्त्र पहनती और रूखी रोटियां खाती, उसको मुख मुरझायी कली की भांति था, नेत्र ज्योतिहीन और हृदय एक शून्य बीहड़ मैदान। उसे केवल यही लौ लगी थी कि दुर्गा के दर्शन पाऊं। शरीर मोमबत्ती की तरह घुलता था। पर, यह लौ दिल से न जाती थी। यही उसकी इच्छा थी, यही उसका जीवनोद्देश्य। घर के लोग उसे पागल कहते। माता समझाती—बेटी, तुझे क्या हो गया है? क्या तू सारा जीवन रो-रोकर काटेगी? इस समय के देवता पत्थर के होते हैं। पत्थर को भी कभी किसी ने पिघलते देखा है? देख तेरी सखियां पुष्प की भांति विकसित हो रही हैं, नदी की तरह बढ़ रही हैं; क्या तुझे मुझ पर दया नहीं आती? तारा कहती है—माता, अब तो जो लगन लगी, वह लगी। या तो देवी के दर्शन पाऊंगी, या यही इच्छा लिए हुए संसार से पयान कर जाऊंगी। तुम समझ लो मैं मर गयी।

इस प्रकार पूरे बारह वर्ष व्यतीत हो गये और तब देवी प्रसन्न हुई। रात्रि का समय था। चारों ओर सन्नाटा छाया हुआ था। मन्दिर में एक धुंधला-सा घी का दीपक जल रहा था। तारा दुर्गा के पैरों पर माथा नवाये सच्ची भक्ति का परिचय दे रही थी। यकायक उस पाषाणमूर्ति देवी के तन में स्फूर्ति प्रकट हुई। तारा के रोंगटे खड़े हो गये। वह धुंधला दीपक देदीव्यमान हो गया, मन्दिर में चित्ताकर्षक सुगंध फैल गयी और वायु में सजीवता प्रतीत होने लगी। देवी का उज्ज्वल रूप पूर्ण चन्द्रमा की भांति चमकने लगा। ज्योतिहीन नेत्र जगमगा उठे। होंठ खुल गये। आवाज आयी—तारा, मैं तुमसे प्रसन्न हूं, मांग, क्या वर मांगती है?

तारा खड़ी हो गयी। उसका शरीर इस भांति कांप रहा था जैसे प्रात:काल के समय कम्पित स्वर में किसी कृषक के गाने की ध्वनि। उसे मालूम हो रहा था मानो वह वायु में उड़ी जा रही है। उसे अपने हृदय में उच्च विचारपूर्ण प्रकाश का आभास हो रहा था। उसने दोनों हाथ जोड़ कर भक्ति-भाव से कहा, भगवती, तुमने मेरी बारह वर्ष की तपस्या पूरी की; किस मुख से तुम्हारा गुणानुवाद गाऊं। मुझे

संसार की वे अलभ्य वस्तुएं प्रदान हो जो इच्छाओं की सीमा और मेरी अभिलाषाओं का अंत हैं। मैं वह ऐश्वर्य चाहती हूं जो सूर्य को भी मात कर दे।

देवी ने मुस्करा कर कहा—स्वीकृत है।

तारी—वह धन जो कालचक्र को भी लज्जित करे।

देवी ने मुस्करा कर कहा—स्वीकृत है।

तारा—वह सौंदर्य जो अद्वितीय हो।

देवी ने मुस्करा कर कहा—यह भी स्वीकृत है।

2

तारा कुंवरि ने शेष रात्रि जागकर व्यतीत की। प्रभातकाल के समय उसकी आँखें, क्षण-भर के लिए, झपक गयीं। जागी तो देखा कि मैं सिर से पांव तक हीरे व जवाहिरों से लदी हूं। उसके विशाल भवन के कलश आकाश से बातें कर रहे थे—सारा भवन संगमरमर से बना हुआ, अमूल्य पत्थरों से जड़ा हुआ। द्वार पर नौबत बज रही थी। उसके आनन्ददायक सुहावने शब्द आकाश में गूंज रहे थे। द्वार पर मीलों तक हरियाली छायी थी। दासियां स्वर्णाभूषणों से शादी हुई, सुनहरे कपड़े पहने हुए चारों ओर दौड़ती थीं। तारा को देखते ही वे स्वर्ण के लोटे और कटोरे लेकर दौड़ीं। तारा ने देखा कि मेरा पलंग हाथी-दांत का है। भूमि पर बड़े कोमल बिछौने बिछे हैं। सिरहाने की ओर एक बड़ा सुन्दर ऊंचा शीशा रखा हुआ है। तारा ने उसमें अपना रूप देखा, चकित रह गयी। उसका सुन्दर रूप चन्द्रमा को भी लज्जित करता था। दीवार पर अनेकानेक सुप्रसिद्ध चित्रकारों के मनमोहक चित्र टंगे थे। पर, ये सब के सब तारा की सुन्दरता के आगे तुच्छ थे। तारा को अपनी सुन्दरता को गर्व हुआ। वह कई दासियों को लेकर वाटिका में गयी। वहां की छटा देखकर वह मुग्ध हो गयी। वायु में गुलाब और केसर धुले हुए थे, रंग-बिरंग के पुष्प, वायु के मंद-मंद झोंकों से, मतवालों की तरह झूम रहे थे। तारा ने एक गुलाब का फूल तोड़ लिया और उसके रंग और कोमलता की अपने अधर-पल्लव से समानता करने लगी। गुलाब में वह कोमलता न थी। वाटिका के मध्य में एक बिल्लौर जटित हौज था। इसमें हंस और बत्तख किलोलें कर रहे थे। यकायक तारा को ध्यान आया, मेरे घर के लोग कहां हैं। दासियों से पूछा। उन्होंने कहा—श्रीमती, वे लोग पुराने घर में हैं। तारा ने अपनी अटारी पर जाकर देखा। उसे अपना पहला घर एक साधारण झोपड़े की तरह दृष्टिगोचर हुआ। उसकी

बहनें उसकी साधारण दासियों के समान भी न थीं। माँ को देखा, वह आंगन में बैठी, चरखा कात रही थी। तारा पहले सोचा करती थी कि जब मेरे दिन चमकेंगे तब मैं इन लोगों को भी अपने साथ रखूंगी और उनकी भली भांति सेवा करूंगी। पर इस समय धन के गर्व ने उसकी पवित्र हार्दिक इच्छा को निर्बल बना दिया था। उसने घर वालों को स्नेह-रहित दृष्टि से देखा और तब वह उस मनोहर गान को सुनने चली गयी जिसकी प्रतिध्वनि उसके कानों में आ रही थी।

एकबारगी जोर से धड़ाका हुआ ; बिजली चमकी और बिजली की छटाओं में से एक ज्योतिस्वरूप नवयुवक निकल कर तारा के सामने नम्रता से खड़ा हो गया। तारा ने पूछा—तुम कौन हो? नवयुवक ने कहा—श्रीमती, मुझे विद्युत सिंह कहते हैं। मैं श्रीमती का आज्ञाकारी सेवक हूं।

उसके विदा होते ही वायु के उष्ण झोंके चलने लगे। आकाश में एक प्रकाश दृष्टिगोचर हुआ। वह क्षणमात्र में उतर कर तारा कुंवरि के समीप ठहर गया। उसमें से एक ज्वालामुखी मनुष्य ने निकल कर तारा के पदों को चूमा। तारा ने पूछा—तुम कौन हो? उत्तर दिया—श्रीमती, मेरा नाम अग्निसिंह है। मैं श्रीमती का आज्ञाकारी सेवक हूं।

वह अभी जाने भी ने पाया था कि एकबारगी सारी महल ज्योति से प्रकाशमान हो गया। जान पड़ता था, सैकड़ों बिजलियां मिलकर चमक रही हैं। वायु सेवक हो गयी। एक जगमगाता हुआ सिंहासन आकाश पर दीख पड़ा। वह शीघ्रता से पृथ्वी की ओर चला और तारा कुंवरि के पास आकर ठहर गया। उससे एक प्रकाशमय रूप का बालक, जिसके रूप से गम्भीरता प्रकट होती थी, निकल कर तारा के सामने शिष्टभाव से खड़ा हो गया। तारा ने पूछा—तुम कौन हो? बालक ने उत्तर दिया—श्रीमती, मुझे, मिस्टर रेडियम कहते हैं। मैं श्रीमती का आज्ञापालक हूं।

एक दिन तारा अपनी आनन्दवाटिका में टहल रही थी। अचानक किसी के गाने का मनोहर शब्द सुनाई दिया। तारा विक्षिप्त हो गई। उसके दरबार में संसार के अच्छे-अच्छे गवैया मौजूद थे, पर वह चित्ताकर्षकता, जो इन सुरों में थी, कभी अवगत न हुई थी। तारा ने गायक को बुला भेजा।

एक क्षण के अनंतर वाटिका में एक साधु आया, सिर पर जटाएं, शरीर में भस्म रमाये। उसके साथ एक टूटा हुआ बीन था। उसी से वह प्रभावशाली स्वर निकलता जो हृदय के अनुरक्त स्वरों से कहीं प्रिय था। साधु आकर हौज के किनारे बैठ गया। उसने तारा के सामने शिष्ट भाव नहीं दिखाया। आश्चर्य से इधर-उधर दृष्टि नहीं डाली। उस रमणीय स्थान पर वह अपनी सुर अलापने लगा। तारा का

चित्त विचलित हो उठा। दिल में अपार अनुराग का संचार हुआ। मदमत्त होकर टहलने लगी। साधु के सुमनोहर मधुर आलाप से पक्षी मग्न हो गए। पानी में लहरें उठने लगीं। वृक्ष झूमने लगे। तारा ने उन चित्ताकर्षक सुरों से एक चित्र खिंचते हुए देखा। धीरे-धीरे चित्र प्रकट होने लगा। उसमें स्फूर्ति आई। और तब वह खड़े होकर नृत्य करने लगा। तारा चौंक पड़ी। उसने देखा कि यह मेरा ही चित्र है। नहीं, मैं ही हूं। मैं ही बीन की तान पर नृत्य कर रही हूं। उसे आश्चर्य हुआ कि मैं संसार की अभ्य वस्तुओं की रानी हूं अथवा एक स्वर-चित्र! वह सिर धुनने लगी और मतवाली होकर साधु के पैरों से जा लगी। उसकी दृष्टि में एक आश्चर्यजनक परिवर्तन हो गया। सामने के फले-फूले वृक्ष, तरंगें मारता हुआ हौज और मनोहर कुंज सब लोप हो गए। केवल वही साधु बैठा बीन बजा रहा था, और वह स्वयं उसकी तालों पर थिरक रही थी। वह साधु अब प्रकाशमय तारा और अलौकिक सौंदर्य की मूर्ति बन गया था। जब मधुर अलाप बन्द हुआ तब तारा होश में आई। उसको चित्त हाथ से जा चुका था। वह उस विलक्षण साधु के हाथों बिक चुकी थी।

तारा बोली—स्वामी जी! यह महल, यह धन, यह सुख और सौंदर्य सब आपके चरण-कमल पर निछावर है। इस अंधेरे महल को अपने कोमल चरणों से प्रकाशमान कीजिए।

साधु—साधुओं को महल और धन का क्या काम? मैं इस घर में नहीं ठहर सकता।

तारा—संसार के सारे सुख आपके लिए उपस्थित हैं।

साधु—मुझे सुखों की कामना नहीं।

तारा—मैं आजीवन आपकी दासी रहूंगी। यह कह कर तारा ने आईनों में अपने अलौकिक सौंदर्य की छटा देखी और उसके नेत्रों में चंचलता आ गई।

साधु—नहीं तारा कुंवरि, मैं इस योग्य नहीं हूं। यह कह कर साधु ने बीन उठाया और द्वार की ओर चला। तारा का गर्व टूक-टूक हो गया। लज्जा से सिर झुक गया। वह मूर्च्छित होकर भूमि पर गिर पड़ी। मन में सोचा, मैं धन में, ऐश्वर्य में, सौंदर्य में, जो अपनी समता नहीं रखती, एक साधु की दृष्टि में इतनी तुच्छ!!

3

तारा को अब किसी प्रकार चैन नहीं था। उसे अपना भवन, ऐश्वर्य भयानक मालूम होने लगा। बसे, साधु का एक चन्द्रस्वरूप उसकी आंखों में नाच रहा था

और उसका स्वर्गीय गान कानों में गूंज रहा था। उसने अपने गुप्तचरों को बुलाया और साधु का पता लगाने की आज्ञा दी। बहुत छानबीन के पश्चात् उसकी कुटी का पता लगा। तारा नित्यप्रति, वायुयान पर बैठकर, साधु के पास जाती। कभी उस पर लाल, जवाहिर लुटाती, कभी रत्न और आभूषणों की छटा दिखाती। पर, साधु इससे तनिक भी विचलित न हुआ। तारा के मायाजाल का उस पर कुछ भी असर न हुआ।

तब, तारा कुंवरि फिर दुर्गा के मंदिर में गई और देवी के चरणों पर सिर रखकर बोली—माता, तुमने मुझे संसार के सारे दुर्लभ पदार्थ प्रदान किये। मैंने समझा था कि ऐश्वर्य में संसार को दास बना लेने की शक्ति है। पर मुझे अब ज्ञान हुआ कि प्रेम पर ऐश्वर्य, सौंदर्य और वैभव का कुछ भी अधिकार नहीं। अब एक बार मुझ पर फिर वही कृपादृष्टि हो। कुछ ऐसा कीजिए कि जिस निष्ठुर के प्रेम में मैं मरी जा रही हूं, उसे भी मुझे देखे बिना चैन न आवे—उसकी आंखों में भी नींद हराम हो जाय, वह भी मेरे प्रेम-मद में चूर हो जाय।

देवी के होंठ खुले। वह मुस्कराई, उसके अधर-पल्लव विकसित हुए। बोली सुनाई दी—तारा, मैं संसार के सारे पदार्थ प्रदान कर सकती हूं, पर स्वर्ग सुख मेरी शक्ति से बाहर है। "प्रेम' स्वर्ग सुख का मूल है।

तारा—माता, संसार के सारे ऐश्वर्य मुझे जंजाल जान पड़ते हैं। बताइए, मैं अपने प्रीतम को कैसे पाऊंगी?

देवी—उसका एक ही मार्ग है। पर है वह बहुत कठिन। 'भला, तुम उस पर चल सकोगी?

तारा—वह कितना ही कठिन हो, मैं उस मार्ग का अवलम्बन अवश्य करुंगी।

देवी—अच्छा तो सुनो, वह सेवा-मार्ग है। सेवा करो, प्रेम सेवा ही से। मिल सकता है।

4

तारा ने अपने बहुमूल्य आभूषणों और रंगीन वस्त्रों को उतार दिया। दासियों से विदा हुई। राजभवन को त्याग दिया, अकेले, नंगे पैर साधु की कुटी में चली आई और सेवा-मार्ग का अवलम्बन किया।

वह कुछ रात रहे उठती। कुटी में झाड़ू देती। साधु के लिए गंगा से जल लाती। जंगलों से पुष्प चुनती। साधु नींद में होते तो वह उन्हें पंखा झलती। जंगली फूल तोड़ लाती और केले के पत्तल बना कर साधु के सम्मुख रखती। साधु नदी में स्नान करने जाया करते थे। तारा रास्ते के कंकर चुनती। उसने कुटी के चारों ओर पुष्प लगाये। गंगा से पानी लाकर सींचती। उन्हें हरा-भरा देखकर प्रसन्न होती। उसने मदार की रुई बटोरी, साधु के लिए नर्म गद्दे तैयार किये। अब और कोई कामना न थी। सेवा स्वयं अपना पुरस्कार और फल थी।

तार को कई-कई दिन उपवास करना पड़ता था। हाथों में गट्ठे पड़ गये। पैर कांटों से छलनी हो गये। धूप से कोमल गात मुरझा गया; पर उसके हृदय में अब स्वार्थ और गर्व का शासन न था। वहां अब प्रेम का राज था; वहां अब उसे सेवा की लगन थी—जिससे कलुषता की जगह आनन्द का स्रोत बहता है। और कांटे पुष्प बन जाते हैं; जहां अश्रु-धारा की जगह नेत्रों से अमृतजल की वर्षा होती और दु:ख-विलाप की जगह आनन्द के राग निकलते हैं, जहां के पत्थर रुई से ज्यादा कोमल हैं और शीतले वायु से भी मनोहर। तारा भूल गई कि मैं सौंदर्य में अद्वितीय हूं। धन-विलासिनी तारा अब केवल प्रेम की दासी थी।

साधु को वन के खगों और मृगों से प्रेम था। वे कुटी के पास एकत्रित हो जाते। तारा उन्हें पानी पिलाती, दाने चुगाती, गोद लेकर उनका दुलार करती। विषधर सांप और भयानक जंतु उसके प्रेम प्रभाव से उसके सेवक हो गये।

बहुधा रोगी मनुष्य साधु के पास आशीर्वाद लेने आते थे। तारा रोगियों की सेवा-शुश्रूषा करती, जंगल से जड़ी-बूटियां ढूंढ़ लाती, उनके लिए औषधि बनाती, उनके घाव धोती, घावों पर मरहम रखती, रात-भर बैठी उन्हें पंखे झलती। साधु के आशीर्वाद को उसकी सेवा प्रभावयुक्त बना देती थी।

इस प्रकार कितने ही वर्ष बीत गये। गर्मी के दिन थे, पृथ्वी तवे की तरह जल रही थी। हरे-भरे वृक्ष सूखे जाते थे। गंगा गर्मी से सिमट गई थी। तारा को पानी के लिए बहुत दूर रेत में चलना पड़ता। उसका कोमल अंग चूर-चूर हो जाता। जलती हुई रेत में तलवे भुन जाते। इसी दशा में एक दिन वह हताश होकर एक वृक्ष के नीचे क्षणभर दम लेने के लिए बैठ गई। उसके नेत्र बन्द हो गये। उसने देखा, देवी मेरे सम्मुख खड़ी, कृपादृष्टि से मुझे देख रही है। तारा ने दौड़कर उनके पदों को चूमा।

देवी ने पूछा—तारा, तेरी अभिलाषा पूरी हुई?

तारा—हां माता, मेरी अभिलाषा पूरी हुई।

देवी—तुझे प्रेम मिल गया?

तारा—नहीं माता, मुझे उससे भी उत्तम पदार्थ मिल गया। मुझे प्रेम के हीरे के बदले सेवा का पारस मिल गया। मुझे ज्ञान हुआ कि प्रेम सेवा को चाकर है सेवा के सामने सिर झुका कर अब मैं प्रेम-भिक्षा नहीं चाहती। अब मुझे किसी दुसरे सुख की अभिलाषा नहीं। सेवा ने मुझे प्रेम, आदर, सुख सबसे निवृत्त कर दिया।

देवी इस बार मुस्कराई नहीं। उसने तारों को हृदय से लगाया और दृष्टि से ओझल हो गई।

5

संध्या का समय था। आकाश में तारे ऐसे चमकते थे जैसे कमल पर पानी की बूंदें। वायु में चित्ताकर्षक शीतलता आ गई थी। तारा एक वृक्ष के नीचे खड़ी चिड़ियों को दाना चुगाती थी कि यकायक साधु ने आकर उसके चरणों पर सिर झुकाया और बोला—तारा, तुमने मुझे जीत लिया। तुम्हारा ऐश्वर्य, धन और सौंदर्य जो कुछ न कर सका, वह तुम्हारी सेवा ने कर दिखाया। तुमने मुझे अपने प्रेम में आसक्त कर लिया। अब मैं तुम्हारा दास हूँ। बोलो, तुम मुझसे क्या चाहती हो? तुम्हारे संकेत पर अब मैं अपना योग और वैराग्य सब कुछ न्यौछावर कर देने के लिए प्रस्तुत हूँ।

तारा—स्वामी जी, मुझे अब कोई इच्छा नहीं। मैं केवल सेवा की आज्ञा चाहती हैं।

साधु—मैं दिखा दूंगा कि योग साधकर भी मनुष्य का हृदय निर्जीव नहीं होता। मैं भंवरे के सदृश तुम्हारे सौंदर्य पर मंड़राऊंगा। पपीहे की तरह तुम्हारे प्रेम की रट लगाऊंगा। हम दोनों प्रेम की नौका पर ऐश्वर्य और वैभव-नदी की सैर करेंगे, प्रम-कुंजों में बैठकर प्रेम-चर्चा करेंगे और आनन्द के मनोहर राग गावेगे।

तारा ने कहा—स्वामी जी, सेवा-मार्ग पर चल कर मैं अब अभिलाषाओं से पूरी हो गई। अब हृदय में और कोई इच्छा शेष नहीं है।

साधु ने इन शब्दों को सुना, तारा के चरणों पर माथा नवाया और गंगा की ओर चल दिया।

शिकारी राजकुमार

मई का महीना और मध्याह्न का समय था। सूर्य की आंखें सामने से हट कर सिर पर जा पहुंची थीं, इसलिए उनमें शील न था। ऐसा विदित होता था कि मानो पृथ्वी उसके भय से थर-थर कांप रही थी। ठीक ऐसे ही समय एक मनुष्य एक हिरन के पीछे उन्मत्त भाव से घोड़ा फेंके चला आता था। उसका मुंह लाल हो रहा था और घोड़ा पसीने से लथ-पथ। किन्तु मृग भी ऐसा भागता था, मानो वायुवेग से जा रहा था। ऐसा प्रतीत होता था कि उसके पद स्पर्श नहीं करते। इसी दौड़ की जीत-हार पर उसका जीवन निर्भर था।

पछुआ हवा बड़े जोर से चल रही थी। ऐसा जान पड़ता था मानो अग्नि और धूल की वर्षा हो रही हो। घोड़े के नेत्र रक्तवर्ण हो रहे थे और अश्वारोही के सारे शरीर का रुधिर उबल-सा रहा था। किन्तु मृग का भागना उसे इस बात का अवसर न देता था कि वह अपनी बन्दूक को सम्भाले। कितने ही ऊख के खेत, ढाक के वन और पहाड़ सामने पड़े और तुरन्त ही 'सपने की सम्पत्ति' की भांति अदृश्य हो गये।

क्रमशः मृग पीछे की ओर मुड़ा। सामने एक नदी का बड़ा ही ऊंची कगार, दीवार की भांति खड़ा था। आगे भागने की राह बन्द थी, और उस पर से कूदना मानो मृत्यु के मुख में कूदना था। हिरन का शरीर शिथिल पड़ गया। उसने एक करुणा-भरी दृष्टि चारों ओर फेरी। किन्तु उसे हर तरफ मृत्यु ही मृत्यु दृष्टिगोचर होती थी। अश्वारोही के लिए इतना समय बहुत था। उसकी बन्दूक से गोली क्या छूटी मानो मृत्यु ने एक महाभयंकर जयध्वनि के साथ अग्नि की एक प्रचंड ज्वाला उगल दी। हिरन भूमि पर लोट गया।

2

मृग पृथ्वी पर पड़ा तड़प रहा था और अश्वारोही की भयंकर और हिंसा-प्रिय आंखों से प्रसन्नता की ज्योति निकल रही थी। ऐसा जान पड़ता था कि उसने

असाध्य साधन कर लिया। उसने उस पशु के शव को नापने के बाद उसके सीगों को बड़े ध्यान से देखा और मन ही मन प्रसन्न हो रहा था कि इससे कमरे की सजावट दूनी हो जायगी और नेत्र सर्वदा उस सजावट का आनन्द सुख से भोगेंगे।

जब तक वह इस ध्यान में मग्न था उसको सूर्य की प्रचंड किरणों का लेशमात्र भी ध्यान न था; किन्तु ज्यों ही उसका ध्यान उधर से फिरा, वह उष्णता से विह्वल हो उठा और करुणापूर्ण आंखें नदी की ओर डालीं; लेकिन वहां तक पहुंचने का कोई भी मार्ग न देख पड़ा और न कोई वृक्ष ही देख पड़ा, जिसकी छांह में जरा विश्राम करता।

इसी चिन्तावस्था में एक अति दीर्घकाय पुरुष नीचे से उछल कर कगार के ऊपर आया और अश्वारोही के सम्मुख खड़ा हो गया। अश्वारोही उसको देख बहुत अचम्भित हुआ। नवागंतुक एक बहुत ही सुन्दर और हृष्ट-पुष्ट मनुष्य था। मुख के भाव उसके हृदय की स्वच्छता और चरित्र की निर्मलता का पता देते थे। वह बहुत ही दृढ़प्रतिज्ञ, आशा-निराशा तथा भय से बिलकुल बेपरवाह-सा जान पड़ता था।

मृग को देखकर उस संन्यासी ने बड़े स्वाधीन भाव से कहा—राजकुमार, तुम्हें आज बहुत ही अच्छा शिकार हाथ लगा। इतना बड़ा मृग इस सीमा में कदाचित् ही दिखाई पड़ता है।

राजकुमार के अचम्भे की सीमा न रही। उसने देखा कि साधु उसे पहचानता है।

राजकुमार बोला—जी हां, मैं भी यही खयाल करता हूं। मैंने भी आज तक इतना बड़ा हिरन नहीं देखा। लेकिन इसके पीछे आज बहुत हैरान होना पड़ा।

संन्यासी ने दयापूर्वक कहा—निःसंदेह तुम्हें दुःख उठाना पड़ा होगा। तुम्हारा मुख लाल हो रहा है और घोड़ा भी बेदम हो गया है। क्या तुम्हारे संगी बहुत पीछे रह गये?

इसका उत्तर राजकुमार ने बिलकुल बेपरवाही से दिया, मानो उसे इसकी कुछ भी चिन्ता न थी।

संन्यासी ने कहा—यहां ऐसी कड़ी धूप और आंधी में खड़े तुम कब तक उनकी राह देखोगे? मेरी कुटी में चलकर जरा विश्राम कर लो। तुम्हें परमात्मा ने ऐश्वर्य दिया है, लेकिन कुछ देर के लिए संन्यासाश्रम का रंग भी देखो और वनस्पतियों और नदी के शीतल जल का स्वाद लो।

यह कह कर संन्यासी ने उस मृग के रक्तमय मृत शरीर को ऐसी सुगमता से उठा कर कंधे पर धर लिया मानो वह एक घास का गट्ठा था और राजकुमार से

कहा—मैं तो प्राय: कगार से ही नीचे उतर जाया करता हूं, किन्तु तुम्हारा घोड़ा सम्भव है, न उतर सके। अतएव दिन की राह छोड़कर छ: मास की राह चलेंगे। घाट यहां से थोड़ी ही दूर है और वहीं मेरी कुटी है।

राजकुमार संन्यासी के पीछे चला। उसे संन्यासी के शारीरिक बल पर अचम्भा हो रहा था। आधे घण्टे तक दोनों चुपचाप चलते रहे। इसके बाद ढालू भूमि मिलनी शुरू हुई और थोड़ी देर में घाट आ पहुंचा। वहीं कदम्ब-कुंज की घनी छाया में जहां सर्वदा मृगों की सभा सुशोभित रहती, नदी की तरंगों का मधुर स्वर सर्वदा सुनाई दिया करता है, जहां हरियाली पर मयूर थिरकता, कपोतादि पक्षी मस्त होकर झूमते, लता-द्रुमादि से सुशोभित संन्यासी की एक छोटी-सी कुटी थी।

3

संन्यासी की कुटी हरे-भरे वृक्षों के नीचे सरलता और संतोष का चित्र बन रही थी। राजकुमार की अवस्था वहां पहुंचते ही बदल गई थी। यहां की शीतल वायु का प्रभाव उस पर ऐसा पड़ा जैसा मुरझाते हुए वृक्ष पर वर्षा का। उसे आज विदित हुआ कि तृप्ति कुछ स्वादिष्ट व्यंजनों ही पर निर्भर नहीं है और न निद्रा सुनहरे तकियों की ही आवश्यकता रखती है।

शीतल, मंद, सुगंध वायु चल रही थी। सूर्य भगवान् अस्ताचल को पयान करते हुए इस लोक को तृषित नेत्रों से देखते जाते थे और संन्यासी एक वृक्ष के नीचे बैठा हुआ गा रहा था:—

"उधो कर्मन की गति न्यारी"

राजकुमार के कानों में स्वर की भनक पड़ी, उठ बैठा और सुनने लगा। उसने बड़े-बड़े कलावंतों के गाने-सुनें थे, किन्तु आज जैसा आनन्द उसे कभी प्राप्त नहीं हुआ था। इस पद ने उसके ऊपर मानो मोहिनी-मंत्र का जाल बिछा दिया। वह बिलकुल बेसुध हो गया। संन्यासी की धुन में कोयल की कूक सरीखी मधुरता थी।

सम्मुख नदी का जल गुलाबी चादर की भांति प्रतीत होता था। कुलद्वय की रेत चंदन की चौक-सी दीखती थी। राजकुमार को यह दृश्य स्वर्गीय-सा जान पड़ने लगा। उस पर तैरने वाले जल-जंतु ज्योतिर्मय आत्मा के सदृश देख पड़ते थे, जो गाने का आनंद उठा कर मत्त-से हो गये थे।

जब गाना समाप्त हो गया, राजकुमार जाकर संन्यासी के सामने बैठ गया और भक्तिपूर्वक बोला—महात्मन्! आपका प्रेम और वैराग्य सराहनीय है। मेरे हृदय पर इसका जो प्रभाव पड़ा है, वह चिरस्थायी रहेगा। यद्यपि सम्मुख प्रशंसा करना सर्वथा अनुचित है, किन्तु इतना मैं अवश्य कहूंगा कि आपके प्रेम की गम्भीरता सराहनीय है। यदि मैं गृहस्थी के बंधन में न पड़ा होता तो आपके चरणों से पृथक् होने का ध्यान स्वप्न में भी न करता।

इसी अनुरागावस्था में राजकुमार कितनी ही ऐसी बातें कह गया जो कि स्पष्टरूप से उसके आंतरिक भावों का विरोध करती थीं। संन्यासी मुस्कुराकर बोला—तुम्हारी बातों से मैं बहुत प्रसन्न हूं। और मेरी उत्कट इच्छा है कि तुमको कुछ ठहराऊं, किन्तु यदि मैं जाने भी हैं तो इस सूर्यास्त के समय तुम जा नहीं सकते। तुम्हारा रीवां पहुंचना दुष्कर हो जायगा। तुम जैसे आखेट-प्रिय हो वैसा मैं भी हूँ। हम दोनों को अपने-अपने गुण दिखाने का अच्छा अवसर प्राप्त हुआ है। कदाचित् तुम भय से न रुकते, किन्तु शिकार के लालच से अवश्य रहोगे।

राजकुमार को तुरंत ही मालूम हो गया कि जो बातें उन्होंने अभी-अभी संन्यासी से कही थीं, वे बिलकुल ऊपरी और दिखावे की थीं और हार्दिक भाव उनसे प्रकट नहीं हुए थे। आजन्म संन्यासी के समीप रहना तो दूर, वहाँ एक रात बिताना उसको कठिन जान पड़ने लगा। घरवाले उद्विग्न हो जायंगे और मालूम नहीं क्या सोचेंगे। साथियों की जान संकट में होगी। घोड़ा बेदम हो रहा है। उस पर चालीस मील जाना बहुत ही कठिन और बड़े साहस का काम है। लेकिन यह महात्मा शिकार खेलते हैं—यह बड़ी अजीब बात है। कदाचित् यह वेदांती हैं, ऐसे वेदांती जो जीवन और मृत्यु मनुष्य के हाथ नहीं मानते। इनके साथ शिकार में बड़ा आनंद आवेगा।

यह सब सोच-विचार कर उन्होंने संन्यासी का आतिथ्य स्वीकार किया, उन्हें धन्यवाद दिया और अपने भाग्य की प्रशंसा की, जिसने उन्हें कुछ काल तक और साधु संग से लाभ उठाने का अवसर दिया।

4

रात दस बजे का समय था। घनी अंधियारी छायी हुई थी। संन्यासी ने कहा—अब हमारे चलने का समय हो गया है।

राजकुमार पहले ही से प्रस्तुत था! बंदूक कंधे पर रख कर बोला—इस अंधकार में शुकर अधिकतर मिलेंगे; किन्तु ये पशु बड़े भयानक हैं।

संन्यासी ने एक सोटा हाथ में लिया और कहा—कदाचित् इससे भी अच्छे शिकार हाथ आवें। मैं जब अकेला जाता हूं, कभी खाली नहीं लौटता। आज तो हम दो हैं।

दोनों शिकारी नदी के तट पर नालों और रेतों के टीलों को पार करते और झाड़ियों से अटकते चुपचाप चले जा रहे थे। एक ओर श्यामवर्ण नदी थी, जिसमें नक्षत्रों का प्रतिबिम्ब नाचता दिखायी देता था और लहरें गान कर रही थीं। दूसरी ओर घनघोर अंधकार, जिसमें कभी-कभी केवल खद्योतों के चमकने से एक क्षण स्थायी प्रकाश फैल जाता था। मालूम होता था कि वे भी अंधेरे में निकलने से डरते हैं।

ऐसी अवस्था में कोई एक घंटा चलने के बाद वह एक ऐसे स्थान पर पहुंचे, जहां एक ऊंचे टीले पर घने वृक्षों के नीचे आग जलती दिखायी पड़ी। उसी समय इन लोगों को मालूम हुआ कि संसार में इनके अतिरिक्त और भी कई वस्तुएं हैं।

संन्यासी ने ठहरने का संकेत किया। दोनों एक पेड़ की ओट में खड़े हो कर ध्यानपूर्वक देखने लगे। राजकुमार ने बंदूक भर ली। टीले पर एक बड़ा छायादार वट-वृक्ष था। उसी के नीचे अंधकार में दस-बारह मनुष्य अस्त्र-शस्त्रों से सुसज्जित मिर्जई पहने चरस का दम लगा रहे थे। इनमें से प्राय: सभी लम्बे थे। सभी के सीने चौड़े और सभी हृष्ट-पुष्ट। मालूम होता था कि सैनिकों का एक दल विश्राम कर रहा है।

राजकुमार ने पूछा—यह लोग शिकारी हैं? संन्यासी ने धीरे से कहा—बड़े शिकारी हैं। ये राह चलते यात्रियों का शिकार करते हैं। ये बड़े भयानक हिंस्र पशु हैं; इनके अत्याचार से गांव के गांव बर्बाद हो गये और जितनों को इन्होंने मारा है, उनका हिसाब परमात्मा ही जानता है। यदि आपको शिकार करना हो तो इनका शिकार कीजिए। ऐसा शिकार आप बहुत प्रयत्न करने पर भी नहीं पा सकते। यही पशु हैं, जिन पर आपको शस्त्रों का प्रहार करना उचित है। राजाओं और अधिकारियों के शिकार यही हैं। इससे आपका नाम और यश फलेगा।

राजकुमार के जी में आया कि दो-एक को मार डालें, किन्तु संन्यासी ने रोका और कहा—इन्हें छेड़ना ठीक नहीं। अगर यह कुछ उपद्रव न करें, तो भी बच कर निकल जायंगे। आगे चलो, सम्भव है कि इससे भी अच्छे शिकार हाथ आवें।

तिथि सप्तमी थी। चंद्रमा भी उदय हो गया। इन लोगों ने नदी का किनारा छोड़ दिया था। जंगल भी पीछे रह गया था। सामने एक कच्ची सड़क दिखायी पड़ी और थोड़ी देर में कुछ बस्ती भी दिखाई पड़ने लगी। संन्यासी एक विशाल प्रासाद के सामने आ कर रुक गये और राजकुमार से बोले—आओ, इस मौलसिरी के वृक्ष पर बैठें। परन्तु देखो, बोलना मत। नहीं तो दोनों की जान के लाले पड़ जायेंगे। इसमें एक बड़ा भयानक हिंस जीव रहता है, जिसने अनगिनत जीवधारियों का वध किया। कदाचित् हम लोग आज इसको संसार से मुक्त कर दें।

राजकुमार बहुत प्रसन्न हुआ। सोचने लगा, चलो, रात-भर की दौड़ें तो सुफल हुईं। दोनों मौलसिरी पर चढ़ कर बैठ गये। राजकुमार ने अपनी बंदूक संभाल ली। और शिकार की, जिसे वह तेंदुआ समझे हुए था, बाट देखने लगा।

रात आधी से अधिक व्यतीत हो चुकी थी। यकायक महल के समीप कुछ हलचल मालूम हुई और बैठक के द्वार खुल गये। मोमबत्तियों के जलाने से सारा हाता प्रकाशवान हो गया। कमरे के हर कोने में सुख की सामग्री दिखाई दे रही थी। बीच में एक हृष्ट-पुष्ट मनुष्य गले में रेशमी चादर डाले, माथे पर केसर का अर्ध लम्बाकार तिलक लगाये, मसनद के सहारे बैठा सुनहरी मुंहनाल से लच्छेदार धुआं फेंक रहा था। इतने ही में उन्होंने देखा कि नर्तकियों के दल के दल चले आ रहे हैं। उसके हाव-भाव व कटाक्ष के शर चलने लगे। समाजियों ने सुर मिलाया। गाना आरम्भ हुआ और साथ ही साथ मद्यपान भी चलने लगा।

राजकुमार ने अचंभित हो कर पूछा—यह तो कोई बहुत बड़ा रईस जान पड़ता है।

संन्यासी ने उत्तर दिया—नहीं, यह रईस नहीं हैं, एक बड़े मंदिर के महंत हैं, साधु हैं। संसार का त्याग कर चुके हैं। सांसारिक वस्तुओं की ओर आंख नहीं उठाते, पूर्ण ब्रह्मज्ञान की बातें करते हैं। यह सब सामान इनकी आत्मा की प्रसन्नता के लिए है। इंद्रियों को वश में किये हुए इन्हें बहुत दिन हुए। सहस्रों सीधे-सादे मनुष्य इन पर विश्वास करते हैं। इनको अपना देवता समझते हैं—यदि आप शिकार करना चाहते हैं तो इनका कीजिए। यही राजाओं और अधिकारियों के शिकार हैं। ऐसे रंगे हुए सियारों से संसार को मुक्त करना आपका परम धर्म है। इससे आपकी प्रजा का हित होगा तथा आपका नाम और यश फैलेगा।

5

दोनों शिकारी नीचे उतरे। संन्यासी ने कहा—अब रात अधिक बीत चुकी है। तुम बहुत थक गये होगे। किन्तु राजकुमारों के साथ आखेट करने का अवसर मुझे बहुत कम प्राप्त होता है। अतएव एक शिकार का पता और लगा कर तब लौटेंगे।

राजकुमार को इन शिकारों में सच्चे उपदेश का सुख प्राप्त हो रहा था। बोला—स्वामी जी, थकने का नाम न लीजिए। यदि मैं वर्षों आपकी सेवा में रहता तो और न जाने कितने ऐसे आखेट करना सीख जाता!

दोनों फिर आगे बढ़े। अब रास्ता स्वच्छ और चौड़ा था। हां, सड़कं कदाचित् कच्ची ही थी। सड़क के दोनों ओर वृक्षों की पंक्तियां थीं। किसी-किसी आम्र वृक्ष के नीचे रखवाले सो रहे थे। घंटे-भर बाद दोनों शिकारियों ने एक ऐसी बस्ती में प्रवेश किया, जहां की सड़कों, लालटेनों और अट्टालिकाओं से मालूम होता था कि कोई बड़ा नगर है। संन्यासी जी एक विशाल भवन के सामने एक वृक्ष के नीचे ठहर गये और राजकुमार से बोले—यह सरकारी कचहरी है। यहां राज्य का एक बड़ा कर्मचारी रहता है। उसे सूबेदार कहते हैं। इसकी कचहरी दिन को भी लगती है और रात को भी। यहां न्याय सुवर्ण और रत्नादिकों के मोल बिकता है। यहां की न्यायप्रियता द्रव्य पर निर्भर है। धनवान दरिद्रों को पैरों तले कुचलते हैं और उनकी गोहार कोई भी नहीं सुनता।

यही बात हो रही थी कि यकायक कोठे पर दो आदमी दिखलायी पड़े। दोनों शिकारी वृक्ष की ओट में छिप गये। संन्यासी ने कहा—शायद सूबेदार साहब कोई मामला तय कर रहे हैं।

ऊपर से आवाज आयी, तुमने एक विधवा स्त्री की जायदाद ले ली है, मैं इसे भली भांति जानता हूं। यह कोई छोटा मामला नहीं है। इसमें एक सहस्र से कम पर मैं बातचीत करना नहीं चाहता।

राजकुमार में इससे अधिक सुनने की शक्ति न रही। क्रोध के मारे नेत्र लाल हो गये। यही जी चाहता था कि इस निर्दयी का अभी वध कर दें; किन्तु संन्यासी जी ने रोका। बोला—आज इस शिकार का समय नहीं है। यदि आप ढूंढंगे तो ऐसे शिकार बहुत मिलेंगे! मैंने इनके कुछ ठिकाने बतल दिये हैं। अब प्रात:काल होने में अधिक विलम्ब नहीं है। कुटी अभी यहां से दस मील होगी। आइए, शीघ्र चलें।

6

दोनों शिकारी तीन बजते-बजते फिर कुटी में लौट आये। उस समय बड़ी सुहावनी रात थी। शीतल समीर ने हिला-हिला कर वृक्षों और पत्तों की निद्रा भंग करना आरम्भ कर दिया था।

आध घंटे में राजकुमार तैयार हो गये। संन्यासी को अपना विश्वास और कृतज्ञता प्रकट करते हुए उनके चरणों पर अपना मस्तक नवाया और घोड़े पर सवार झे गये।

संन्यासी ने उनकी पीठ पर कृपा-पूर्वक हाथ फेरा। आशीर्वाद दे कर बोले—राजकुमार, तुमसे भेंट होने से मेरा चित्त बहुत प्रसन्न हुआ। परमात्मा ने तुम्हें अपनी सृष्टि पर राज करने के हेतु जन्म दिया। तुम्हारा धर्म है कि सदा प्रजापालक बनो। तुम्हें पशुओं का वध करना उचित नहीं। इन दीन पशुओं के वध करने में कोई बहादुरी नहीं, कोई साहस नहीं। सच्चा साहस और सच्ची बहादुरी दीनों की रक्षा और उनकी सहायता करने में है। विश्वास मानो, जो मनुष्य केवल चित्त-विनोदार्थ जीव-हिंसा करता है, वह निर्दयी घातक से भी कठोर-हृदय है। वह घातक के लिए जीविका है, किन्तु शिकारी के लिए केवल दिल बहलाने का एक सामान। तुम्हारे लिए ऐसे शिकारों की आवश्यकता है, जिससे तुम्हारी प्रजा को सुख पहुंचे। नि:शब्द पशुओं का वध न करके तुमको उन हिंसकों के पीछे दौड़ना चाहिए, जो धोखा-धड़ी से दूसरों का वध करते हैं। ऐसे आखेट करो जिससे तुम्हारी आत्मा को शांति मिले। तुम्हारी कीर्ति संसार में फैले। तुम्हारा काम वध करना नहीं, जीवित रखना है। यदि वध करो तो केवल जीवित रखने के लिए। यही तुम्हारा धर्म है। जाओ, परमात्मा तुम्हारा कल्याण करें।

बलिदान

मनुष्य की आर्थिक अवस्था का सबसे ज्यादा असर उसके नाम पर पड़ता है। मौजे बेला के मंगरू ठाकुर जबसे कान्सटिबिल हो गए हैं, उनका नाम मंगलसिंह हो गया है। अब उन्हें कोई मंगरू कहने का साहस नहीं कर सकता। कल्लू अहीर ने जबसे हलके के थानेदार साहब से मित्रता कर ली है और गांव का मुखिया हो गया है, उसका नाम कालिका दीन हो गया है। अब उसे कोई कल्लू कहे तो आंखें लाल-पीली करता है। इसी प्रकार हरखचन्द्र कुरमी अब हरखू हो गया है। आज से बीस साल पहले उसके यहां शक्कर बनती थी, कई हल की खेती होती थी और कारोबार खूब फैला हुआ था। लेकिन विदेशी शक्कर की आमद ने उसे मटियामेट कर दिया। धीरे-धीरे कारखाना टूट गया, जमीन टूट गई, गाहक टूट गए और वह भी टूट गया। सत्तर वर्ष का बूढ़ा, जो एक तकियेदार माचे पर बैठा हुआ नारियल पिया करता था, अब सिर पर टोकरी लिए खाद फेंकने जाता है। परन्तु उसके मुख पर अब भी एक प्रकार की गम्भीरता, बातचीत में अब भी एक प्रकार की अकड़, चाल ढाल में अब भी एक प्रकार का स्वाभिमान भरा हुआ है। इन पर काल की गति का प्रभाव नहीं पड़ा। रस्सी जल गई, पर बल नहीं टूटा। भले दिन मनुष्य के चरित्र पर, सदैव के लिए अपना चिह्न छोड़ जाते हैं। हरखू के पास अब केवल पांच बीघा जमीन है। केवल दो बैल हैं। एक ही हल की खेती होती है।

लेकिन पंचायतों में, आपस की कलह में, उसकी सम्मति अब भी सम्मान की दृष्टि से देखी जाती है। वह जो बात कहता है, बेलाग कहता है। और गांव के अनपढ़े उसके सामने मुंह नहीं खोल सकते।

हरखू ने अपने जीवन में कभी दवा नहीं खाई। वह बीमार जरूर पड़ता, कुआर मास में मलेरिया से कभी न बचता था। लेकिन दस-पांच दिन में वह बिना दवा खाये ही चंगा हो जाता था। इस वर्ष भी कार्तिक में बीमार पड़ा और यह समझ कर कि अच्छा तो हो ही जाऊंगा, उसने कुछ परवाह न की। परन्तु अब की ज्वर मौत का परवाना लेकर चला था। एक सप्ताह बीता, दूसरा सप्ताह बीता, पूरा

महीना बीत गया, पर हरखू चारपाई से न उठा। अब उसे दवा की जरूरत मालूम हुई, उसका लड़का गिरधारी, कभी नीम के सीखें पिलाता, कभी गुर्च का सत्, कभी गदापूरना की जड़, पर इन औषधियों से कोई फायदा न होता था। हरखू को विश्वास हो गया कि अब संसार से चलने के दिन आ गए।

एक दिन मंगलसिंह उसे देखने गए, बेचारा टूटी खाट पर पड़ा राम-राम जप रहा था। मंगलसिंह ने कहा—बाबा, बिना दवा खाये अच्छे न होंगे, कुनैन क्यों नहीं खाते? हरखू ने उदासीन भाव से कहा—तो लेते आना।

दूसरे दिन कालिका दीन ने आ कर कहा—बाबा, दो-चार दिन कोई दवा खा लो। अब तुम्हारी जवानी की देह थोड़े ही है कि बिना दवा-दर्पण के अच्छे हो जाओगे?

हरखू ने उसी मन्द भाव से कहा—तो लेते आना। लेकिन रोगी को देख आना एक बात है, दवा ला कर उसे देना दूसरी बात है। पहली बात शिष्टाचार से होती है, दूसरी सच्ची समवेदना से। न मंगलसिंह ने खबर ली; न कालिकादीन ने, न किसी तीसरे ही ने। हरखू दालान में खाट पर पड़ा रहता। मंगलसिंह कभी नजर आ जाते तो कहता—भैया, वह दवा नहीं लाये? मंगलसिंह कतराकर निकल जाते। कालिकादीन दिखाई देते तो उनसे भी यही प्रश्न करता; लेकिन वह भी नजर बचा लेता। या तो उसे सूझता ही नहीं था कि दवा पैसों के बिना नहीं आती, या वह पैसों को जान से भी प्रिय समझता था, अथवा वह जीवन से निराश हो गया था। उसने कभी दवा के दाम की बात नहीं की। दवा न आई। उसकी दशा दिनों-दिन बिगड़ती गई। यहां तक कि पांच महीने कष्ट भोगने के बाद उसने ठीक होली के दिन शरीर त्याग दिया। गिरधारी ने उसका शव बड़ी धूमधाम से निकाला। क्रिया-कर्म बड़े हौसले से किया। कई गांव के ब्राह्मणों को निमंत्रित किया।

बेला में होली न मनाई गई, न अबीर और गुलाल उड़ी, न डफली बजी, न भंग की नालियां बहीं। कुछ लोग मन में हरखू को कोसते जरूर थे कि इस बुड्ढे को आज ही मरना था, दो-चार दिन बाद मरता।

लेकिन इतना निर्लज्ज कोई न था कि शोक में आनन्द मनाता। वह शहर नहीं था, जहां कोई किसी के काम में शरीक नहीं होता, जहां पड़ोसी के रोने-पीटने की आवाज हमारे कानों तक नहीं पहुंचती।

2

हरखू के खेत गांववालों की नजर पर चढ़े हुए थे। पांचों बीघा जमीन कुएं के निकट, खाद-पांस से लदी हुई मेड़-बांध से ठीक थी। उनमें तीन-तीन फसलें पैदा होती थीं। हरखू के मरते ही उन पर चारों ओर से धावे होने लगे। गिरधारी तो क्रिया-कर्म में फंसा हुआ था। उधर गांव के मनचले किसान लाला ओंकारनाथ को चैन न लेने देते थे, नजराने की बड़ी-बड़ी रकमें पेश हो रही थीं। कोई साल-भर का लगान पेशगी देने पर तैयार था, कोई नजराने की दूनी रकम का दस्तावेज लिखने पर तुला हुआ था, लेकिन ओंकारनाथ सबको टालते रहते थे। उनको विचार था कि गिरधारी का हक सबसे ज्यादा है। वह अगर दूसरों से भी कम नजराना दे तो खेत उसी को देने चाहिए। अस्तु, अब गिरधारी क्रिया-कर्म से निवृत्त हो गया और चैत का महीना भी समाप्त होने आया, तब जमींदार साहिब ने गिरधारी को बुलाया और उससे पूछा—खेतों के बारे में क्या कहते हो? गिरधारी ने रोकर कहा—उन्हीं खेतों ही का आसरा है, जोतूंगा नहीं तो क्या करूंगा।

ओंकारनाथ—नहीं, जरूर जोतो, खेत तुम्हारे हैं। मैं तुमसे छोड़ने को नहीं कहता हूं। हरखू ने उन्हें बीस साल तक जोता। उन पर तुम्हारा हक है। लेकिन तुम देखते हो अब जमीन की दर कितनी बढ़ गई है। तुम आठ रुपये बीघे पर जोतते थे, मुझे 10 रू० मिल रहे हैं। और नजराने के रुपये सौ अलग। तुम्हारी रिआयत करके लगान वही रखता हूं, पर नजराने के रुपये तुम्हें देने पड़ेंगे।

गिरधारी—सरकार, मेरे घर में तो इस समय रोटियों का भी ठिकाना नहीं है। इतने रुपये कहा से लाऊंगा? जो कुछ जमा-जथा थी, दादा के काम में उठ गई। अनाज खलिहान में है। लेकिन दादा के बीमार हो जाने से उपज भी अच्छी नहीं हुई है। रुपये कहां से लाऊं?

ओंकारनाथ—यह सच है, लेकिन मैं इससे ज्यादा रिआयत नहीं कर सकता।

गिरधारी—नहीं सरकार, ऐसा न कहिए। नहीं तो हम बिना मारे मर जायंगे। आप बड़े होकर कहते हैं तो मैं बैल-बधिया बेचकर पचास रुपया कर सकता हूं। इससे बेशी की हिम्मत नहीं पड़ती।

ओंकारनाथ चिढ़ कर बोले—तुम समझते हो कि हम ये रुपये लेकर अपने घर में रख लेते हैं और चैन की बंसी बजाते हैं। लेकिन हमारे ऊपर जो कुछ गुजरती है, हमीं जानते हैं। कहीं यह चंदा, कहीं वह इनाम। इनके मारे कचूमर

निकल जाता है। बड़े दिन में सैकड़ों रुपये डालियों में उड़ जाते हैं। जिसे डाली न दो, वही मुंह फुलाता है। जिन चीजों के लिए लड़के तरस कर रह जाते हैं, उन्हें बाहर से मंगाकर डालियों में सजाता हूं: उस पर कभी कानूनगो आ गए, कभी तहसीलदार, कभी डिप्टी साहब का लश्कर आ गया। सब मेरे मेहमान होते हैं। अगर न करूं तो नक्कू बनूं और सबकी आंखों में कांटा बन जाऊं। साल में हजार बारह सौ मोदी को इस रसद-खुराक के मद में देने पड़ते हैं। यह सब कहां से आवे? बस, यही जी चाहता है कि छोड़कर निकल जाऊं लेकिन हमें तो परमात्मा ने इसलिए बनाया है कि एक से रुपया सता कर लें और दूसरे को रो-रो कर दें, यही हमारा काम है। तुम्हारे साथ इतनी रिआयत कर रहा हूं। लेकिन तुम इतनी रिआयत पर भी खुश नहीं होते तो हरि इच्छा। नजराने में एक पैसे की भी रिआयत न होगी। अगर एक हफ्ते के अन्दर रुपये दाखिल करोगे तो खेत जोतने पाओगे, नहीं तो नहीं, मैं कोई दूसरा प्रबन्ध कर दूंगा।

3

गिरधारी उदास और निराश होकर घर आया। 100 रू० का प्रबन्ध करना उसके काबू के बाहर था। सोचने लगा—अगर दोनों बैल बेच दें तो खेत ही लेकर क्या करूंगा। घर बेचूं तो यहां लेने वाला ही कौन है? और फिर बाप-दादों का नाम डूबता है। चार-पांच पेड़ हैं, लेकिन उन्हें बेचकर 25 रुपये या 30 रु० से अधिक न मिलेगे। उधार लूं तो देता कौन है? अभी बनिये के 50 रु० सिर पर चढ़े हैं। वह एक पैसा भी न देगा। घर में गहने भी तो नहीं हैं। नहीं, उन्हीं को बेचता। ले-दे कर हंसली बनवाई थी, वह भी बनिये के घर पड़ी हुई है। साल-भर हो गया, छुड़ाने की नौबत न आई। गिरधारी और उसकी स्त्री सुमागी दोनों ही इसी चिंता में पड़े रहते हैं, लेकिन कोई उपाय न सूझता था। गिरधारी को खाना-पीना अच्छा न लगता, रात को नींद न आती। खेतों के निकलने का ध्यान आते ही उसके हृदय में हुक-सी उठने लगती। हाय! वह भूमि जिसे हमने वर्षों जोता, जिसे खाद से पाटा, जिसमें मेड़ें रक्खीं, जिसकी मेड़ें बनायीं उसका मजा अब दूसरा उठायेगा।

ये खेत गिरधारी के जीवन के अंश हो गए थे। उनकी एक-एक अंगुल भूमि उसके रक्त से रंगी हुई थी। उनका एक-एक परमाणु उसके पसीने से तर हो गया था।

उनके नाम उसकी जिह्वा पर उसी तरह आते थे जिस तरह अपने तीनों बच्चों के। कोई चौबीसों था, कोई बाइसों था, कोई नालेवाला, कोई तलैयावाला। इन नामों के स्मरण होते ही खेतों का चित्र उसकी आंखों के सामने खिंच जाता था। वह इन खेतों की चर्चा इस तरह करता मानो वे सजीव हैं। मानो उसके भले-बुरे के साथी हैं। उसके जीवन की सारी आशाएं, सारी इच्छाएं, सारे मनसूबे, सारी मन की मिठाइयां, सारे हवाई किले इन्हीं खेतों पर अवलम्बित थे। इनके बिना वह जीवन की कल्पना ही नहीं कर सकता था। और वे ही अब हाथ से निकल जाते हैं। वह घबड़ा कर घर से निकल जाता और घंटों उन्हीं खेतों के मेड़ों पर बैठा हुआ रोता, मानो उनसे विदा हो रहा हो। इस तरह एक सप्ताह बीत गया और गिरधारी रुपये का कोई बन्दोबस्त न कर सका। आठवें दिन उसे मालूम हुआ कि कालिकादीन ने 100 रुपये नजराने देकर 10 रु० बीघे पर खेत ले लिए। गिरधारी ने एक ठंडी सांस ली। एक क्षण बाद वह अपने दादा का नाम लेकर बिलख-बिलख रोने लगा। उस दिन घर में चूल्हा नहीं जला। ऐसा मालूम होता था मानो हरखू आज ही मरा।

4

लेकिन सुभागी यों चुपचाप बैठनेवाली स्त्री न थी। वह क्रोध से भरी हुई कालिकादीन के घर गयी और उसकी स्त्री को खूब लथेड़ा—कल का बानी आज का सेठ, खेत जोतने चले हैं। देखें, कौन मेरे खेत में हल ले जाता है! अपना और उसका लोहू एक कर दूं। पड़ोसियों ने उसका पक्ष किया, सच तो है, आपस में यह चढ़ा-ऊपरी नहीं करना चाहिए। नारायण ने धन दिया है, तो क्या गरीबों को कुचलते फिरेंगे। सुभागी ने समझा, मैंने मैदान मार लिया। उसका चित्त शांत हो गया। किन्तु वही वायु जो पानी में लहरें पैदा करती है, वृक्षों को जड़ से उखाड़ डालती है। सुभागी तो पड़ोसियों की पंचायत में अपने दुखड़े रोती और कालिकादीन की स्त्री से छेड़-छेड़ लड़ती। इधर गिरधारी अपने द्वार पर बैठा हुआ सोचता, अब मेरा क्या हाल होगा? अब यह जीवन कैसे कटेगा? ये लड़के किसके द्वार पर जाएंगे? मजदूरी का विचार करते ही उसका हृदय व्याकुल हो जाता। इतने दिनों तक स्वाधीनता और सम्मान का सुख भोगने के बाद अधम चाकरी की शरण लेने के बदले वह मर जाना अच्छा समझता था। वह अब तक गृहस्थ था, उसकी गणना गांव के भले आदमियों में थी, उसे गांव के मामले में बोलने का अधिकार था। उसके घर में धन न थी, पर मान था। नाई, बढ़ई, कुम्हार, पुरोहित, भाट,

चौकीदार, ये सब उसका मुंह ताकते थे। अब यह मर्यादा कहां! अब कौन उसकी बात पूछेगा! कौन उसके द्वार पर जावेगा? अब उसे किसी के बराबर बैठने का, किसी के बीच में बोलने का हक नहीं रहा। अब उसे पेट के लिए दूसरों की गुलामी करनी पड़ेगी। अब पहर रात रहे कौन बैलों को नांद में लगावेगा। वह दिन अब कहां, जब गीत गा-गाकर हल चलाता था। चोटी का पसीना एड़ी तक आता था, पर जरा भी थकावट न आती थी। अपने लहलहाते हुए खेतों को देख कर फूला न समाता था। खलिहान में अनाज का ढेर सामने रक्खे अपने को राजा समझता था। अब अनाज के टोकरे भर-भर कर कौन लावेगा?

अब खत्ते कहां? बेखार कहां? यही सोचते-सोचते गिरधारी की आंखों से आंसू की झड़ी लग जाती थी। गांव के दो-चार सज्जन, जो कालिकादीन से जलते थे, कभी-कभी गिरधारी को तसल्ली देने आया करते थे, पर वह उनसे भी खुल कर न बोलता। उसे मालूम होता था कि मैं सबकी नजर में गिर गया हूं।

अगर कोई समझाता कि तुमने क्रिया-कर्म में व्यर्थ इतने रुपये उड़ा दिये, तो उसे बहुत दु:ख होता। वह अपने उस काम पर जरा भी न पछताता। मेरे भाग्य में जो लिखा है वह होगा; पर दादा के ऋण से उऋण हो गया। उन्होंने अपनी ज़िन्दगी में चार को खिला कर खाया। क्या मरने के पीछे उन्हें पिंडे-पानी को तरसाता।

इस प्रकार तीन मास बीत गये और असाढ़ आ पहुंचा। आकाश में घटाएं आयीं, पानी गिरा, किसान हल-जुए ठीक करने लगे। बढ़ई हलों की मरम्मत करने लगा। गिरधारी पागल की तरह कभी घर के भीतर जाता, कभी बाहर आता, अपने हलों को निकाल-निकाल देखता; उसकी मुठिया टूट गयी है, इसकी फाल ढीती हो गयी है, जुए में सैला नहीं है। यह देखते-देखते वह एक क्षण अपने को भूल गया। दौड़ा हुआ बढ़ई के यहां गया और बोला—रज्जू, मेरे हल भी बिगड़े हुए हैं, चलो बना दो। रज्जू ने उसकी ओर करूणाभाव से देखा और अपना काम करने लगा। गिरधारी को होश आ गया, नींद से चौंक पड़ा, ग्लानि से उसका सिर झुक गया, आंखें भर आयीं। चुपचाप घर चला आया।

गांव के चारों ओर हलचल मची हुई थी। कोई सन के बीज खोजता फिरता था, कोई जमींदार के चौपाल से धान के बीज लिए आता था, कहीं सलाह होती थी, किस खेत में क्या बोना चाहिए, कहीं चर्चा होती थी कि पानी बहुत बरस गया, दो-चार दिन ठहर कर बोना चाहिए। गिरधारी ये बातें सुनता और जलहीन मछली की तरह तड़पता था।

5

एक दिन सन्ध्या समय गिरधारी खड़ा अपने बैलों को खुजला रहा था कि मंगलसिंह आये और इधर-उधर की बातें करके बोले—गोईं को बांध कर कब तक खिलाओगे? निकाल क्यों नहीं देते? गिरधारी ने मलिन भाव से कहा—हां, कोई गाहक आवे तो निकाल दूं।

मंगलसिंह—एक गाहक तो हमीं हैं, हमीं को दे दो।

गिरधारी अभी कुछ उत्तर न देने पाया था कि तुलसी बनिया आया और गरज कर बोला—गिरधर, तुम्हें रुपये देने हैं कि नहीं, वैसा कहो। तीन महीने से हीला-हवाला करते चले आते हो। अब कौन खेती करते हो कि तुम्हारी फसल को अगोरे बैठे रहें।

गिरधारी ने दीनता से कहा—साह, जैसे इतने दिनों माने हो आज और मान जाओ। कल तुम्हारी एक-एक कौड़ी चुका दूंगा।

मंगल और तुलसी ने इशारे से बातें कीं और तुलसी भुनभुनाता हुआ चला गया। तब गिरधारी मंगलसिंह से बोला—तुम इन्हें ले लो तो घर के घर ही में रह जाय। कभी-कभी आंख से देख तो लिया करूंगा।

मंगल—मुझे अभी तो ऐसा कोई काम नहीं, लेकिन घर पर सलाह करूंगा।

गिरधारी—मुझे तुलसी के रुपये देने हैं, नहीं तो खिलाने को तो भूसा है।

मंगल—यह बड़ा बदमाश है, कहीं नालिश न कर दे।

सरल हृदय गिरधारी धमकी में आ गया। कार्यकुशल मंगलसिंह को सस्ता सौदा करने का यह अच्छा सुअवसर मिला। 80 रू० की जोड़ी 60 रू० में ठीक कर ली।

गिरधारी ने अब बैलों को न जाने किस आशा से बांध कर खिलाया था। आज आशा का वह कल्पित सूत्र भी टूट गया। मंगलसिंह गिरधारी की खाट पर बैठे रुपये गिन रहे थे और गिरधारी बैलों के पास विषादमय नेत्रों से उनके मुंह की ओर ताक रहा था। आह! यह मेरे खेतों के कमाने वाले, मेरे जीवन के आधार, मेरे अन्नदाता, मेरी मान-मर्यादा की रक्षा करने वाले, जिनके लिए पहर रात से उठकर छांटी काटता था, जिनके खली-दाने की चिंता अपने खाने से ज्यादा रहती थी, जिनके लिए सारा घर दिन-भर हरियाली उखाड़ा करता था। ये मेरी आशा की दो आंखें, मेरे इरादे के दो तारे, मेरे अच्छे दिनों के दो चिह्न, मेरे दो हाथ, अब मुझसे विदा हो रहे हैं।

अब मंगलसिंह ने रुपये गिन कर रख दिए और बैलों को ले चले तब गिरधारी उनके कंधों पर सिर रख कर खूब फूट-फूट कर रोया। जैसे कन्या मायके से विदा होते समय मां-बाप के पैरों को नहीं छोड़ती, उसी तरह गिरधारी इन बैलों को न छोड़ता था। सुभागी भी दालान में खड़ी रो रही थी और छोटा लड़का मंगलसिंह को एक बांस की छड़ी से मार रहा था।

रात को गिरधारी ने कुछ नहीं खाया। चारपाई पर पड़ा रहा! प्रातःकाल सुभागी चिलम भर कर ले गयी तो वह चारपाई पर न था। उसने समझा कहीं गये होंगे। लेकिन जब दो-तीन घड़ी दिन चढ़ आया और और वह न लौटा तो उसने रोना-धोना शुरू किया। गांव के लोग जमा हो गये, चारों ओर खोज होने लगी, पर गिरधारी का पता न चला।

6

संध्या हो गयी। अंधेरा छा रहा था। सुभागी ने दिया जला कर गिरधारी के सिरहाने रख दिया था और बैठी द्वार की ओर ताक रही थी कि सहसा उसे पैरों की आहट मालूम हुई। सुभागी का हृदय धड़क उठा। वह दौड़ कर बाहर आयी, और इधर-उधर ताकने लगी। उसने देखा कि गिरधारी बैलों की नाद के पास सिर झुकाए खड़ा है।

सुभागी बोल उठी—घर आओ, वहां खड़े क्या कर रहे हो, आज सारे दिन कहां रहे? यह कहते हुए वह गिरधारी की ओर चली। गिरधारी ने कुछ उत्तर न दिया। वह पीछे हटने लगा और थोड़ी दूर जाकर गायब हो गया। सुभागी चिल्लायी और मूर्छित होकर गिर पड़ी।

दूसरे दिन कालिकादीन हल लेकर अपने खेत पर पहुंचे, अभी कुछ अंधेरा था। बैलों को हल में लगा रहे थे कि यकायक उन्होंने देखा कि गिरधारी खेत की मेड़ पर खड़ा है—वही मिर्जई, वही पगड़ी, वही सोटा।

कालिकादीन ने कहा—अरे गिरधारी! मरदे आदमी, तुम यहां खड़े हो, और बेचारी सुभागी हैरान हो रही है। कहां से आ रहे हो? यह कहते हुए बैलों को छोड़ कर गिरधारी की ओर चले, गिरधारी पीछे हटने लगा और पीछे वाले कुएं में कूद पड़ा। कालिकादीन ने चीख मारी और हल-बैल वहीं छोड़ कर भागा। सारे गांव में शोर मच गया, और लोग नाना प्रकार की कल्पनाएं करने लगे। कालिकादीन को गिरधारी वाले खेतों में जाने की हिम्मत न पड़ी।

गिरधारी को गायब हुए 6 महीने बीत चुके हैं। उसका बड़ा लड़का अब एक ईंट के भट्टे पर काम करता है और 20 रु महीना घर आता है। अब वह कमीज और अंग्रेजी जूता पहनता है; घर में दोनों जून तरकारी पकती है और जौ के बदले गेहूं खाया जाता है; लेकिन गांव में उसका कुछ भी आदर नहीं। यह अब मजूना है। सुभागी अब पराये गांव में आये हुए कुत्तों की भांति दुबकती फिरती है। वह अब पंचायत में नहीं बैठती। वह अब मजूर की मां है। कालिकादीन ने गिरधारी के खेतों से इस्तीफा दे दिया, क्योंकि गिरधारी अभी तक अपने खेतों के चारों तरफ मंडराया करता है। अंधेरा होते ही वह मेड़ पर आकर बैठ जाता है और कभी-कभी रात को उसके रोने की आवाज सुनायी देती है। वह किसी से बोलता नहीं, किसी को छेड़ता नहीं। उसे केवल अपने खेतों को देखकर संतोष होता है। दिया जलने के बाद उधर का रास्ता बंद हो जाता है।

लाला ओंकारनाथ बहुत चाहते हैं कि ये खेत उठ जायं, लेकिन गांव के लोग अब उन खेतों का नाम लेते डरते हैं।

बोध

पंडित चंद्रधर ने एक अपर प्राइमरी में मुदरिंसी तो कर ली थी, किन्तु सदा पछताया करते कि कहां से इस जंजाल में आ फंसे। यदि किसी अन्य विभाग में नौकर होते तो अब तक हाथ में चार पैसे होते, आराम से जीवन व्यतीत होता। यहां तो महीने-भर प्रतीक्षा करने के पीछे कहीं पंद्रह रुपये देखने को मिलते हैं। वह भी इधर आये, उधर गायब। न खाने का सुख, न पहनने का आराम। हमसे तो मजूर ही भले।

पंडित जी के पड़ोस में दो महाशय और रहते थे। एक ठाकुर अतिबलसिंह, वह थाने में हेड कान्सटेबुल थे। दूसरे मुंशी बैजनाथ, वह तहसील में सियाहेनवीस थे। इन दोनों आदमियों का वेतन पंडित से कुछ अधिक न था, तब भी उनकी चैन से गुजरती थी। संध्या को वह कचहरी से आते, बच्चों को पैसे और मिठाइयां देते। दोनों आदमियों के पास टहलवे थे। घर में कुरसियां, मेजें, फर्श आदि सामग्रियां मौजूद थीं। ठाकुर साहब शाम को आराम कुरसी पर लेट जाते और खुशबूदार खमीरा पीते। मुंशी जी को शराब-कबाब का व्यसन था। अपने सुसज्जित कमरे में बैठे हुए बोतल की बोतल साफ कर देते। जब कुछ नशा होता तो हारमोनियम बजाते। सारे मुहल्ले में उनका रोबदाब था। उन दोनों महाशयों को आते-जाते देखकर बनिये उठ कर सलाम करते। उनके लिए बाजार में अलग भाव था। चार पैसे की चीज टके में लाते। लकड़ी-ईंधन मुफ्त में मिलता। पंडित जी उनके ठाट-बाट को देख कर कुढ़ते और अपने भाग्य को कोसते। वह लोग इतना भी न जानते थे कि पृथ्वी सूर्य का चक्कर लगाती है अथवा सूर्य पृथ्वी का। साधारण पहाड़ों का भी ज्ञान न था, जिस पर भी ईश्वर ने उन्हें इतनी प्रभुती दे रखी थी। यह लोग पंडित जी पर बड़ी कृपा रखते थे। कभी सेर-आध सेर दूध भेज देते और कभी थोड़ी-सी तरकारियां। किन्तु इनके बदले में पंडित जी को ठाकुर साहब के दो और मुंशी जी के तीन लड़कों की निगरानी करनी पड़ती। ठाकुर साहब कहते, पंडित जी! यह लड़के हर घड़ी खेला करते हैं, जरा इनकी खबर लेते रहिए। मुंशी जी कहते,

यह लड़के आवारा हुए जाते हैं, जरा इनका ख्याल रखिए। यह बातें बड़ी अनुग्रहपूर्ण रीति से कही जाती थीं मानो पंडित जी उनके गुलाम हैं। पंडित जी को यह व्यवहार असह्य था, किन्तु इन लोगों को नाराज करने का साहस न कर सकते थे, उनकी बदौलत कभी-कभी दूध-दही के दर्शन हो जाते, कभी अचार-चटनी चख लेते। केवल इतना ही नहीं, बाजार से चीजें भी सस्ती लाते। इसलिए बेचारे इस अनीति को विष की घूंट के समान पीते। इस दुरवस्था से निकलने के लिए उन्होंने बड़े-बड़े यत्न किये थे। प्रार्थना-पत्र लिखे, अफसरों की खुशामदें कीं, पर आशा पूरी न हुई। अत में हार कर बैठ रहे। हां, इतना था कि अपने काम में त्रुटि न होने देते। ठीक समय पर जाते, देर करके आते, मन लगा कर पढ़ाते इससे उनके अफसर लोग खुश थे। साल में कुछ इनाम देते और वेतन वृद्धि का जब कभी अवसर आता, उनका विशेष ध्यान रखते हैं परन्तु इस विभाग की वेतन-वृद्धि ऊसर की खेती है। बड़े भाग से हाथ लगती है। बस्ती के लोग उनसे संतुष्ट थे। लड़कों की संख्या बढ़ गई थी और पाठशाला के लड़के भी उन पर जान देते थे। कोई उनके घर आकर पानी भर देता, कोई उनकी बकरी के लिए पत्तियां तोड़ लाता। पंडित जी इसी को बहुत समझते थे।

2

एक बार सावन के महीने में मुंशी बैजनाथ और ठाकुर अतिबलसिंह ने श्री अयोध्या जी की यात्रा की सलाह की। दूर की यात्रा थी। हफ्तों पहले से तैयारियां होने लगीं। बरसात के दिन, सपरिवार जाने में अड़चन थी; किन्तु स्त्रियां किसी भांति भी न मानती थीं। अंत में विवश होकर दोनों महाशयों ने एक-एक सप्ताह की छुट्टी ली और अयोध्या जी चले। पंडित जी को भी साथ चलने के लिए बाध्य किया। मेले-ठेले में एक फालतू आदमी से बड़े काम निकलते हैं। पंडित जी असमंजस में पड़े, परन्तु जब उन लोगों ने उनका व्यय देना स्वीकार किया तो इन्कार न कर सके और अयोध्या जी की यात्रा का ऐसा सुअवसर पाकर न रुक सके।

बिल्हौर से एक बजे रात को गाड़ी छूटती थी। यह लोग खा-पीकर स्टेशन पर आ बैठे। जिस समय गाड़ी आई, चारों ओर भगदड़-सी पड़ गई—हजारों यात्री जा रहे थे। उस उतावली में मुंशी जी पहले निकल गए। पंडित जी और ठाकुर साहब साथ थे। एक कमरे में बैठे। इस आफत में कौन किसका रास्ता देखता है।

गाड़ियों में जगह की बड़ी कमी थी, परन्तु जिस कमरे में ठाकुर साहब थे उसमें केवल चार मनुष्य थे। वह सब लेटे हुए थे। ठाकुर साहब चाहते थे कि वह उठ जायें तो जगह निकल आये। उन्होंने एक मनुष्य से डांट कर कहा—उठ बैठो जी, देखते नहीं हम लोग खड़े हैं।

मुसाफिर लेटे-लेटे बोला—क्यों उठ बैठें जी? कुछ तुम्हारे बैठने का ठेका लिया है?

ठाकुर—क्या हमने किराया नहीं दिया है?

मुसाफिर—जिसे किराया दिया हो, उससे जा कर जगह मांगो।

ठाकुर—जरा होश की बातें करो। इस डब्बे में दस यात्रियों के बैठने की आज्ञा है।

मुसाफिर—यह थाना नहीं है, जरा जबान संभाल कर बातें कीजिए।

ठाकुर—तुम कौन हो जी?

मुसाफिर—हम वही हैं जिस पर आपने खुफियाफरोशी का अपराध लगाया था और जिसके द्वार से आप नकद 25 रु० लेकर टले थे।

ठाकुर—अहा! अब पहचाना। परन्तु मैंने तो तुम्हारे साथ रियायत की थी। चालान कर देता तो तुम सजा पा जाते।

मुसाफिर—और मैंने भी तो तुम्हारे साथ रियायत की कि गाड़ी में खड़ा रहने दिया। ढकेल देता तो तुम नीचे जाते और तुम्हारी हड्डी-पसली का पता न लगता।

इतने में दूसरा लेटा हुआ यात्री जोर से ठट्टा मार कर हंसा और बोला—और क्यों दरोगा साहब, मुझे क्यों नहीं उठाते?

ठाकुर साहब क्रोध से लाल हो रहे थे। सोचते थे अगर थाने में होता तो इनकी जबान खींच लेता, पर इस समय बुरे फंसे थे। वह बलवान मनुष्य थे पर यह दोनों मनुष्य भी हट्टे-कट्टे देख पड़ते थे।

ठाकुर—सन्दूक नीचे रख दो, बस जगह हो जाय।

दूसरा मुसाफिर बोला—और आप ही क्यों न नीचे बैठ जाएं। इसमें कौन-सी हेठी हुई जाती है। यह थाना थोड़े ही है कि आपके रोब में फर्क पड़ जायगा।

ठाकुर साहब ने उसकी ओर भी ध्यान से देखकर पूछा—क्या तुम्हें भी मुझसे कोई बैर है?

'जी हां, मैं तो आपके खून का प्यासा हूं।'

'मैंने तुम्हारा क्या बिगाड़ा है, तुम्हारी तो सूरत भी नहीं देखी।

दू० मु०—आपने मेरी सूरत न देखी होगी पर आपके डंडे ने देखी है। इसी कल के मेले में आपने मुझे कई डंडे लगाये। मैं चुपचाप तमाशा देखता था पर आपने आकर मेरा कचूमर निकाल दिया। मैं चुप रह गया, घाव दिल पर लगा हुआ है। आज उसकी दवा मिलेगी।

यह कह कर उसने और भी पांव फैला दिया और क्रोध-पूर्ण नेत्रों से देखने लगा। पंडित जी अब तक चुपचाप खड़े थे। डरते थे कि कहीं मार-पीट न हो जाय। अवसर पाकर ठाकुर साहब को समझाया। ज्योंही तीसरा स्टेशन आया, ठाकुर साहब ने बाल-बच्चों को वहां से निकाल कर दूसरे कमरे में बैठाया। इन दोनों दुष्टों ने उनका असबाब उठा-उठा कर जमीन पर फेंक दिया। जब ठाकुर साहब गाड़ी से उतरने लगे तो उन्होंने उनको ऐसा धक्का दिया कि बेचारे प्लेटफार्म पर गिर पड़े। गार्ड से कहने दौड़े थे कि इंजिन ने सीटी दी, जा कर गाड़ी में बैठ गये।

उधर मुंशी बैजनाथ की और भी बुरी दशा थी। सारी रात जागते गुजारी। जरा पैर फैलाने की जगह न थी। आज उन्होंने जेब में बोतल भर कर रख ली। प्रत्येक स्टेशन पर कोयला-पानी ले लेते थे। फल यह हुआ कि पाचन-क्रिया में विघ्न पड़ गया। एक बार उल्टी हुई और पेट में मरोड़ होने लगी। बेचारे बड़ी मुश्किल में पड़े। चाहते थे कि किसी भांति लेट जायं, पर वहां पैर हिलाने की भी जगह न थी। लखनऊ तक तो उन्होंने किसी तरह जब्त किया। आगे चल कर विवश हो गये। एक स्टेशन पर उतर पड़े। प्लेटफार्म पर लेट गये। पत्नी भी घबरायी। बच्चों को लेकर उतर पड़ी। असबाब उतारा परंतु जल्दी में ट्रंक उतारना भूल गयी। गाड़ी चल दी। दरोगा जी ने अपने मित्र को इस दशा में देखा तो वह भी उतर पड़े। समझ गये कि हजरत आज ज्यादा चढ़ा गये। देखा तो मुंशी जी की दशा बिगड़ गयी थी। ज्वर, पेट में दर्द, नसों में तनाव, कै और दस्त। बड़ा खटका हुआ। स्टेशन मास्टर ने यह हाल देखा तो समझे हैजा हो गया है। हुक्म दिया, रोगी को अभी बाहर ले जाओ। विवश होकर लोग मुंशी जी को एक पेड़ के नीचे उठा लाये। उनकी पत्नी रोने लगी। हकीम-डॉक्टर की तलाश हुई। पता लगा कि डिस्ट्रिक्ट बोर्ड की तरफ से वहां एक छोटा-सा अस्पताल है। लोगों के जान में जान आयी। किसी से यह भी मालूम हुआ कि डाक्टर साहब बिल्हौर के रहने वाले हैं। ढाढ़स बंधा। दरोगा जी अस्पताल दौड़े। डाक्टर साहब से समाचार कह सुनाया और कहा—आप चल कर जरा उन्हें देख तो लीजिए।

डाक्टर का नाम था चोखेलाल। कम्पौंडर थे, लोग आदर से डाक्टर कहा करते थे। सब वृत्तांत सुन कर रुखाई से बोले—सबेरे के समय मुझे बाहर जाने की आज्ञा नहीं है।

दरोगा—तो क्या मुंशी जी को यहीं लावें?

चोखेलाल—हां, आपका जी चाहे लाइए।

दरोगा जी ने दौड़-धूप कर एक डोली का प्रबंध किया। मुंशी जी को लाद कर अस्पताल लाये। ज्योंही बरामदे में पैर रखा चोखेलाल ने डांट कर कहा—हैजे (विशूचिका) के रोगी को ऊपर लाने की आज्ञा नहीं है।

बैजनाथ अचेत तो थे नहीं, आवाज सुनी, पहचाना, धीरे से बोले—अरे यह तो बिल्हौर ही के हैं—भला-सा नाम है। तहसील में आया-जाया करते हैं।

'क्यों महाशय। मुझे पहचानते हैं?'

चोखेलाल—जी हां, खूब पहचानता हूं।

बैजनाथ—पहचान कर भी इतनी निठुरता। मेरी जान निकल रही है। ज़रा देखिए, मुझे क्या हो गया?

चोखे—हां, यह सब कर दूंगा और मेरा काम ही क्या? फीस?

दरोगा जी—अस्पताल में कैसी फीस जनाबेमन।

चोखे—वैसी ही जैसी इन मुंशी जी ने मुझसे वसूल की थी जनाबेमन।

दरोगा जी—आप कहते हैं, मेरी समझ में नहीं आता।

चोखे—मेरा घर बिल्हौर में है। वहां मेरी थोड़ी-सी जमीन है। साल में दो बार उसकी देखभाल को जाना पड़ता है। जब तहसील में लगान भरने जाता हूं मुंशी जी डांटकर अपना हक वसूल कर लेते हैं। न दूं तो शाम तक खड़ा रहना पड़े। स्याहा न हो। फिर जनाब, कभी गाड़ी नाव पर, कभी नाव गाड़ी पर। मेरी फीस दस रुपये निकालिए। देखूं, दवा दूं तो अपनी राह लीजिए।

दरोगा—दस रुपये!!

चोखे—जी हां, और यहां ठहरना चाहें तो दस रूपये रोज़।

दरोगा जी विवश हो गये। बैजनाथ की स्त्री से रुपये मागे। तब उसे अपने बक्स की याद आयी। छाती पीट ली। दरोगा जी के पास भी अधिक रुपये नहीं थे, किसी तरह दस रुपये निकालकर चोखेलाल को दिये—उन्होंने दवा दी। दिन-भर कुछ फायदा न हुआ। रात को दशा संभली। दूसरे दिन फिर दवा की आवश्यकता हुई। मुंशियाइन का एक गहना जो 20 रू० से कम का न था बाजार में बेचा गया। तब काम चला। शाम तक मुंशी जी चंगे हुए। रात को गाड़ी पर बैठकर खुब गालियां दीं।

श्री अयोध्या जी में पहुंच कर स्थान की खोज हुई। पंडों के घर जगह न थी। घर-घर में आदमी भरे हुए थे। सारी बस्ती छान मारी पर कहीं ठिकाना न मिला। अंत में यह निश्चय हुआ कि किसी पेड़ के नीचे डेरा जमाना चाहिए। किन्तु जिस पेड़ के नीचे जाते थे वहीं यात्री पड़े मिलते। खुले मैदान में, रेत पर पड़े रहने के सिवा और कोई उपाय न था। एक स्वच्छ स्थान देखकर बिस्तरे बिछाये और लेटे। इतने में बादल घिर आये। बूंदें गिरने लगीं। बिजली चमकने लगी। गरज से कान के परदे फटे जाते थे। लड़के रोते थे। स्त्रियों के कलेजे कांप रहे थे। अब यहां ठहरना दुस्सह था, पर जायें कहां।

अकस्मात् एक मनुष्य नदी की तरफ से लालटेन लिये आता हुआ दिखायी दिया—वह निकट पहुंच गया तो पंडितजी ने उसे देखा। आकृति कुछ पहिचानी हुई मालूम हुई किंतु यह विचार न आया कि कहां देखा है। पास जाकर बोले—क्यों भाई साहब, यहां यात्रियों के ठहरने के लिए जगह न मिलेगी? वह मनुष्य रूक गया। पंडितजी की ओर ध्यान से देखकर बोला—आप पंडित चन्द्रधर तो नहीं है?

पंडितजी प्रसन्न होकर बोले—जी हां। आप मुझे कैसे जानते हैं?

उस मनुष्य ने सादर पंडित जी के चरण छुए और बोला—मैं आपका पुराना शिष्य हूं। मेरा नाम कृपाशंकर है। मेरे पिता कुछ दिनों बिल्हौर में डाक-मुंशी रहे थे। उन्हीं दिनों मैं आपकी सेवा में पढ़ता था।

पंडितजी की स्मृति जागी, बोले—ओहो तुम्हीं हो कृपाशंकर! तब तो तुम दुबले-पतले लड़के थे, कोई आठ-नौ साल हुए होंगे।

कृपा—जी हां, नवा साल था। मैंने वहां से आकर इन्ट्रेंस पास किया, अब यहां म्युनिसिपिल्टी में नौकर हूं। कहिए आप तो अच्छी तरह रहे। सौभाग्य था कि आपके दर्शन हो गये।

पंडित—मुझे भी तुमसे मिलकर बड़ा आनन्द हुआ। तुम्हारे पिता अब कहां हैं?

कृपा—उनका तो देहांत हो गया। माता साथ हैं। आप यहां कब आये?

पंडित—आज ही आया हूँ। पंडों के घर जगह न मिली। विवश होकर यहीं रात काटने की ठहरी।

कृपा—बाल-बच्चे भी साथ हैं?

पंडित—नहीं, मैं तो अकेले ही आया हूं। पर मेरे साथ दरोगा जी और सियाहेनवीस साहब हैं—उनके बाल-बच्चे भी साथ हैं।

कृपा—कुल कितने मनुष्य होंगे?

पंडित जी — हैं तो दस किन्तु थोड़ी-सी जगह में निर्वाह कर लेंगे।

कृपा — नहीं साहब, बहुत-सी जगह लीजिए। मेरा बड़ा मकान खाली पड़ा है। चलिए, आराम से एक, दो, तीन दिन रहिए। मेरा परम सौभाग्य है कि आपकी कुछ सेवा करने का अवसर मिला।

कृपाशंकर ने कई कुली बुलाये। असबाब उठवाया और सबको अपने मकान पर ले गया। साफ-सुथरा घर था। नौकर ने चटपट चारपाइयां बिछा दीं। घर में पूरियां पकने लगीं। कृपाशंकर हाथ बांधे सेवक की भांति दौड़ता था। हृदयोल्लास से उसका मुख-कमल चमक रहा था। उसकी विनय और नम्रता ने सबको मुग्ध कर लिया।

और सब लोग तो खा-पीकर सोये। किन्तु पंडित चन्द्रधर को नींद नहीं आयी। उनकी विचार शक्ति इस यात्रा की घटनाओं का उल्लेख कर रही थी। रेलगाड़ी की रगड़-झगड़ और चिकित्सालय की नोच-खसोट के सम्मुख कृपाशंकर की सहृदयता और शालीनता प्रकाशमय दिखाई देती थी।

पंडित जी ने आज शिक्षक का गौरव समझा।

उन्हें आज इस पद की महानता ज्ञात हुई।

यह लोग तीन दिन अयोध्या रहे। किसी बात का कष्ट न हुआ। कृपाशंकर ने उनके साथ जाकर प्रत्येक धाम का दर्शन कराया।

तीसरे दिन जब लोग चलने लगे तो वह स्टेशन तक पहुंचाने आया। जब गाड़ी ने सीटी दी तो उसने सजल नेत्रों से पंडित जी के चरण छुए और बोला, कभी-कभी इस सेवक को याद करते रहिएगा।

पंडित जी घर पहुंचे तो उनके स्वभाव में बड़ा परिवर्तन हो गया था। उन्होंने फिर किसी दूसरे विभाग में जाने की चेष्टा नहीं की।

सचाई का उपहार

तहसीली मदरसा बरांव के प्रथमाध्यापक मुंशी भवानीसहाय को बागबानी का कुछ व्यसन था। क्यारियों में भांति-भांति के फूल और पत्तियां लगा रखी थीं। दरवाजों पर लताएं चढ़ा दी थीं। इससे मदरसे की शोभा अधिक हो गयी थी। वह मिडिल कक्षा के लड़कों से भी अपने बगीचे के सींचने और साफ करने में मदद लिया करते थे। अधिकांश लड़के इस काम को रुचिपूर्वक करते। इससे उनका मनोरंजन होता था किन्तु दरजे में चार-पांच लड़के जमींदारों के थे। उनमें कुछ ऐसी दुर्जनता थी कि यह मनोरंजक कार्य भी उन्हें बेगार प्रतीत होता। उन्होंने बाल्यकाल से आलस्य में जीवन व्यतीत किया था। अमीरी का झूठा अभिमान दिल में भरा हुआ था। वह हाथ से कोई काम करना निंदा की बात समझते थे। उन्हें इस बगीचे से घृणा थी। जब उनके काम करने की बारी आती तो कोई-न-कोई बहाना करके उड़ जाते। इतना ही नहीं, दूसरे लड़कों को भी बहकाते और कहते-पढ़ें फारसी, बेचें तेल! यदि खुरपी, कुदाल ही करना है तो मदरसे में किताबों से सिर मारने की क्या जरूरत? यहां पढ़ने आते हैं, कुछ मजदूरी करने नहीं आते। मुंशी जी इस अवज्ञा के लिए उन्हें कभी-कभी दण्ड दे देते थे। इससे उनका द्वेष और भी बढ़ता था। अंत में यहां तक नौबत पहुंची कि एक दिन उन लड़कों ने सलाह करके उस पुष्प-वाटिका को विध्वंस करने का निश्चय किया। दस बजे मदरसा लगता था, किन्तु उस दिन वह आठ ही बजे आ गये और बगीचे में घुसकर उसे उजाड़ने लगे। कहीं पौधे उखाड़ फेंके, कहीं क्यारियों को रौंद डाला, पानी की नालियां तोड़ डालीं, क्यारियों की मेंडे खोद डालीं। मारे भय के छाती धड़क रही थी कि कहीं कोई देखता न हो। लेकिन एक छोटी-सी फुलवारी को उजाड़ते कितनी देर लगती है। दस मिनिट में हरा-भरा बाग नष्ट हो गया। तब यह लड़के शीघ्रता से निकले, लेकिन दरवाजे तक आये थे कि उन्हें अपने एक सहपाठी की सूरत दिखायी दी। यह एक दुबला-पतला दरिद्र और चतुर लड़का था। उसका नाम बाजबहादुर था। बड़ा गम्भीर, शांत लड़का था। ऊधम पार्टी के लड़के उससे जलते थे। उसे देखते ही उनका रक्त सूख गया। विश्वास हो गया कि इसने जरूर देख लिया।

यह मुंशी जी से कहे बिना न रहेगा। बुरे फंसे, आज कुशल नहीं है। यह राक्षस इस समय यहां क्या करने आया था। आपस में इशारे हुए। यह सलाह हुई कि इसे मिला लेना चाहिए। जगतसिंह उनका मुखिया था। आगे बढ़कर बोला—बाजबहादुर! सबेरे कैसे आ गये? हमने तो आज तुम लोगों के गले की फांसी छुड़ा दी। लाला बहुत दिक किया करता था, यह करो, वह करो। मगर यार,देखो कहीं मुंशी जी से मत जड़ देना, नहीं तो लेने के देने पड़ जायेंगे।

जयराम ने कहा—कह क्या देंगे, अपने ही तो हैं, हमने जो कुछ किया है वह सबके लिए किया है, केवल अपनी भलाई के लिए नहीं। चलो यार, तुम्हें बाजार की सैर करा दें, मुंह मीठा करा दें।

बाजबहादुर ने कहा—नहीं, मुझे आज घर का पाठ याद करने का अवकाश नहीं मिला। यहीं बैठकर पढ़ूंगा।

जगतसिंह—अच्छा मुंशी जी से कहोगे तो न?

बाजबहादुर—मैं स्वयं कुछ न कहूंगा, लेकिन उन्होंने मुझसे पूछा तो?

जगतसिह—कह देना मुझे नहीं मालूम।

बाजबहादुर—यह झूठ मुझसे न बोला जायगा।

जयराम—अगर तुमने चुगली खायी और हमारे ऊपर मार पड़ी तो हम तुम्हें पीटे बिना न छोड़ेंगे।

बाजबहादुर—हमने कह दिया कि चुगली न खायेंगे लेकिन मुंशी जी ने पूछा तो झूठ भी न बोलेंगे।

जयराम—तो हम तुम्हारी हड्डियां भी तोड़ देंगे।

बाजबहादुर—इसका तुम्हें अधिकार है।

2

दस बजे जब मदरसा लगा और मुंशी भवानीसहाय ने बाग की यह दुर्दशा देखी तो क्रोध से आग हो गये। बाग के उजड़ने का इतना खेद न था जितना लड़कों की शरारत का। यदि किसी साँड़ ने यह दुष्कृत्य किया होता तो वह केवल हाथ मलकर रह जाते। किन्तु लड़कों के इस अत्याचार को सहन न कर सके। ज्योंही लड़के दरजे में बैठे, वह तीवर बदले हुए आये और पूछा—यह बाग किसने उजाड़ा है?

कमरे में सन्नाटा छा गया। अपराधियों के चेहरे पर हवाइयाँ उड़ने लगीं। मिडिल कक्षा के पच्चीस विद्यार्थियों में कोई ऐसा न था जो इस घटना को न जानता

हो किन्तु किसी में यह साहस न था कि उठकर साफ-साफ कह दे। सब सिर झुकाये मौन धारण किये बैठे थे।

मुंशी जी का क्रोध और भी प्रचण्ड हुआ। चिल्लाकर बोले—मुझे विश्वास है कि यह तुम्हीं लोगों में से किसी की शरारत है। जिसे मालूम हो स्पष्ट कह दे, नहीं तो मैं एक सिरे से पीटना शुरू करूंगा। फिर कोई यह न कहे कि हम निरपराध मारे गये।

एक लड़का भी न बोला। वही सन्नाटा!

मुंशी—देवीप्रसाद तुम जानते हो?

देवी—जी नहीं, मुझे कुछ नहीं मालूम।

'शिवदास, तुम जानते हो?'

'जी नहीं, मुझे कुछ नहीं मालूम।'

'बाजबहादुर, तुम कभी झूठ नहीं बोलते तुम्हें मालूम है?'

बाजबहादुर खड़ा हो गया, उसके मुख-मण्डल पर वीरत्व का प्रकाश था। नेत्रों में साहस झलक रहा था। बोला—जी हां! मुंशी जी ने कहा—शाबाश!

अपराधियों ने बाजबहादुर की ओर रक्त वर्ण आंखों से देखा और मन में कहा—अच्छा!

3

भवानीसहाय बड़े धैर्यवान् मनुष्य थे। यथाशक्ति लड़कों को यातना नहीं देते थे। किन्तु ऐसी दुष्टता का दण्ड देने में वह लेशमात्र भी दया न दिखाते थे। छड़ी मंगाकर पांचों अपराधियों को दस-दस छड़ियाँ लगायीं, सारे दिन बेंच पर खड़ा रखा और चाल-चलन के रजिस्टर में उनके नाम के सामने काले चिह्न बना दिये।

बाजबहादुर से शरारत पार्टी वाले लड़के यों ही जला करते थे, आज उसकी सचाई के कारण उसके खून के प्यासे हो गये। यंत्रणा में सहानुभूति पैदा करने की शक्ति होती है। इस समय दरजे के अधिकांश लड़के अपराधियों के मित्र हो रहे थे। उनमें षड्यंत्र रचा जाने लगा कि आज बाजबहादुर की खबर ली जाय। ऐसा मारो कि फिर मदरसे में मुंह न दिखावे। यह हमारे घर का भेदी है। दगाबाज! बड़ा सच्चे की दुम बना है! आज इस सचाई का हाल मालूम हो जायगा! बेचारे बाजबहादुर को इस गुप्त-लीला की जरा भी खबर न थी। विद्रोहियों ने उसे अंधकार में रखने का पूरा यत्न किया था।

छुट्टी होने के बाद बाजबहादुर घर की तरफ चला। रास्ते में एक अमरूद का बाग था। वहाँ जगतसिंह और जयराम कई लड़कों के साथ खड़े थे। बाजबहादुर चौंका, समझ गया कि यह लोग मुझे छेड़ने पर उतारू हैं। किन्तु बचने का कोई उपाय न था। कुछ हिचकता हुआ आगे बढ़ा। जगतसिंह बोला —आओ लाला! बहुत राह दिखायी। आओ, सचाई का इनाम लेते जाओ।

बाजबहादुर—रास्ते से हट जाओ, मुझे जाने दो।

जयराम—जरा सचाई का मजा तो चखते जाइए।

बाजबहादुर—मैंने तुमसे कह दिया था कि जब मेरा नाम लेकर पूछेंगे तो मैं बता दूंगा।

जयराम—हमने भी तो कह दिया था कि तुम्हें इस काम का इनाम दिये बिना न छोड़ेंगे।

यह कहते ही वह बाजबहादुर की तरफ घूंसा तानकर बढ़ा। जगतसिंह ने उसके दोनों हाथ पकड़ने चाहे। जयराम का छोटा भाई शिवराम अमरूद की एक टहनी लेकर झपटा। शेष लड़के चारों तरफ खड़े होकर तमाशा देखने लगे। यह "रिजर्व सेना थी जो आवश्यकता पड़ने पर मित्रदल की सहायता के लिए तैयार थी। बाजबहादुर दुर्बल लड़का था। उसकी मरम्मत करने को वह तीन मजबूत लड़के काफी थे। सब लोग यही समझ रहे थे कि क्षण-भर में यह तीनों उसे गिरा लेंगे। बाजबहादुर ने जब यह देखा कि शत्रुओं ने शस्त्र-प्रहार करना शुरू कर दिया तो उसने कनखियों से इधर-उधर देखा, तब तेजी से झपट कर शिवराम के हाथ से अमरूद की टहनी छीन ली और दो कदम पीछे हटकर टहनी ताने हुए बोला—तुम मुझे सचाई का इनाम या सजा देने वाले कौन होते हो?

दोनों ओर से दाँव-पेंच होने लगे। बाजबहादुर था तो कमजोर, पर अत्यन्त चपल और सतर्क, उस पर सत्य का विश्वास हृदय को और भी बलवान् बनाये हुए था। सत्य चाहे सिर कटा दे, लेकिन कदम पीछे नहीं हटाता। कई मिनट तक बाजबहादुर उछल-उछल कर वार करता और हटाता रहा। लेकिन अमरूद की टहनी कहां तक थाम सकती। जरा देर में उसकी धज्जियां उड़ गयीं। जब तक वह तलवार उसके हाथ में रही कोई उसके निकट आने की हिम्मत न करता था। निहत्था होने पर वह ठोकरों और घूंसों से जवाब देता रहा। मगर अंत में अधिक संख्या ने विजय पायी। बाजबहादुर की पसली में शिवराम का एक घूंसा ऐसा पड़ा कि वह बेदम होकर गिर पड़ा। आंखें पथरा गयीं; और मूर्छा-सी आ गयी। शत्रुओं

ने यह दशा देखी तो उनके हाथों के तोते उड़ गये। समझे इसकी जान निकल गयी। बेतहाशा भागे।

कोई दस मिनट के पीछे बाजबहादुर सचेत हुआ। कलेजे पर चोट लग गयी। घाव ओछा पड़ा था, तिस पर भी खड़े होने की ताकत न थी। साहस करके उठा और लंगड़ाता हुआ घर की ओर चला।

उधर यह विजय दल भागते-भागते जयराम के मकान पर पहुंचा। रास्ते ही में सारा दल तितर-बितर हो गया। कोई इधर से निकल भागा, कोई उधर से, कठिन समस्या आ पड़ी थी। जयराम के घर तक केवल तीन सुदृढ़ लड़के पहुंचे। वहां पहुंच कर उनकी जान में जान आयी।

जयराम—कहीं मर न गया हो। मेरा घूसा बैठ गया था।

जगतसिंह—तुम्हें पसली में नहीं मारना था। अगर तिल्ली फट गयी होगी तो न बचेगा!

जयराम—यार, मैंने जान के थोड़े ही मारा था। संयोग ही था। अब बताओ क्या किया जाय?

जगत—करना क्या है, चुपचाप बैठे रहो।

जयराम—कहीं मैं अकेला तो न फंसूंगा?

जगत—अकेले कौन फंसेगा, सबके साथ चलेंगे।

जयराम—अगर बाजबहादुर मरा नहीं है तो उठकर सीधे मुंशी जी के पास जायगा।

जगत—और मुंशी जी कल हम लोगों की खाल अवश्य उधेड़ेंगे।

जयराम—इसलिए मेरी सलाह है कि कल मदरसे जाओ ही नहीं। नाम कटा के दूसरी जगह चलें। नहीं तो बीमारी का बहाना करके बैठे रहें। महीने-दो महीने के बाद जब मामला ठण्डा पड़ जायगा तो देखा जायगा।

शिवराम—और जो परीक्षा होने वाली है।

जयराम—ओ हो! इसका तो खयाल ही न था। एक ही महीना तो और रह गया है।

जगत—तुम्हें अबकी जरूर वजीफा मिलता।

जयराम—हां, मैंने बहुत परिश्रम किया था। तो फिर?

जगत—कुछ नहीं तरक्की तो हो ही जायगी। वजीफे से हाथ धोना पड़ेगा।

जयराम—बाजबहादुर के हाथ लग जायगा।

जगत—बहुत अच्छा होगा! बेचारे ने मार भी तो खाई है।

दूसरे दिन मदरसा लगा। जगतसिंह, जयराम और शिवराम तीनों गायब थे। वली मुहम्मद पैर में पट्टी बांधे आये थे, लेकिन भय के मारे बुरा हाल था। कल के दर्शकगण भी थरथरा रहे थे कि कहीं हम लोग भी गेहूं के साथ घुन की तरह न पिस जाएं। बाजबहादुर नियमानुसार अपने काम में लगा हुआ था। ऐसा मालूम होता था मानो उसे कल की बातें याद ही नहीं हैं। किसी से उनकी चर्चा न की। हां, आज वह अपने स्वभाव के प्रतिकूल कुछ प्रसन्नचित्त देख पड़ता था। विशेषत: कल के योद्धाओं से वह अधिक हिला-मिला हुआ था। वह चाहता था कि यह लोग मेरी ओर से नि:शंक हो जाए। रात-भर की विवेचना के पश्चात् उसने यही निश्चय किया था। और जब संध्या समय वह घर चला तो उसे अपनी उदारता का फल मिल चुका था। उसके शत्रु लज्जित थे और उसकी प्रशंसा करते थे।

मगर वह तीनों अपराधी दूसरे दिन भी न आये। तीसरे दिन भी उनका कहीं पता न था। वह घर से मदरसे को चलते लेकिन देहात की तरफ निकल जाते। वहां दिन-भर किसी वृक्ष के नीचे बैठे रहते, अथवा गुल्ली-डंडे खेलते। शाम को घर चले आते।

उन्होंने यह पता तो लगा लिया था कि इस समर के अन्य सभी योद्धागण मदरसे आते हैं और मुंशी जी उनसे कुछ नहीं बोलते किन्तु चित्त से शंका दूर न होती थी। बाजबहादुर ने जरूर कहा होगा। हम लोगों के जाने की देर है। गये और बेभाव की पड़ी। यही सोचकर मदरसे आने का साहस न कर सकते।

4

चौथे दिन प्रात:काल तीनों अपराधी बैठे सोच रहे थे कि आज किधर चलना चाहिए। इतने में बाजबहादुर आता हुआ दिखाई दिया। इन लोगों को आश्चर्य तो हुआ परन्तु उसे अपने द्वार पर आते देखकर कुछ आशा बंध गई। यह लोग अभी बोलने भी न पाये थे कि बाजबहादुर ने कहा—क्यों मित्रो, तुम लोग मदरसे क्यों नहीं आते? तीन दिन से गैरहाजिरी हो रही है।

जगत—मदरसे क्या जाएं, जान भारी पड़ी है? मुंशी जी एक हड्डी भी न छोड़ेंगे।

बाजबहादुर—क्यों, वली मुहम्मद, दुर्गा, सभी तो जाते हैं, मुंशी जी ने किसी से भी कुछ कहा?

जयराम—तुमने उन लोगों को छोड़ दिया होगा, लेकिन हमें भला तुम क्यों छोड़ने लगे। तुमने एक-एक की तो तीन-तीन जड़ी होगी।

बाज॰—आज मदरसे चलकर इसकी परीक्षा ही कर लो।

जगत—यह झांसे रहने दीजिए। हमें पिटवाने की चाल है।

बाज॰—शिकायत की कौन बात थी। तुमने मुझे मारा, मैंने तुम्हें मारा। अगर तुम्हारा घूंसा न पड़ता तो मैं तुम लोगों को रणक्षेत्र से भगा कर दम लेता। आपस के झगड़ों की शिकायत करने की मेरी आदत नहीं है।

जगत—चलूं तो यार लेकिन विश्वास नहीं आता! तुम हमें झांसे दे रहे हो, वहां कचूमर निकलवा लोगे।

बाज॰—तुम जानते हो झूठ बोलने की मेरी बान नहीं है!

यह शब्द बाजबहादुर ने ऐसी विश्वासोत्पादक रीति से कहे कि उन लोगों का भ्रम दूर हो गया! बाजबहादुर के चले आने के पश्चात् तीनों देर तक उसकी बातों की विवेचना करते रहे! अन्त में यही निश्चय हुआ कि आज चलना चाहिए!

ठीक दस बजे तीनों मित्र मदरसे पहुंच गये, किन्तु चित्त में आशंकित थे! चेहरे का रंग उड़ा हुआ था।

मुंशी जी कमरे में आये। लड़कों ने खड़े होकर उनका स्वागत किया, उन्होंने तीनों मित्रों की ओर तीव्र दृष्टि से देखकर केवल इतना कहा—तुम लोग तीन दिन से ग़ैरहाज़िर हो। देखो दरजे में जो इम्तहानी सवाल हुए हैं उन्हें नकल कर लो।

फिर पढ़ाने में मग्न हो गये!

5

जब पानी पीने के लिए लड़कों को आध घंटे का अवकाश मिला तो तीनों मित्र और उनके सहयोगी जमा होकर बातें करने लगे।

जयराम—हम तो जान पर खेलकर मदरसे आते थे, मगर बाजबहादुर है। बात का धनी।

वली मुहम्मद—मुझे तो ऐसा मालूम होता है वह आदमी नहीं देवता है। यह आंखों देखी बात न होती तो मुझे कभी इस पर विश्वास न आता।

जगत—भलमनसी इसी को कहते हैं। हमसे बड़ी भूल हुई कि उसके साथ ऐसा अन्याय किया।

दुर्गा—चलो उससे क्षमा मांगें।

जयराम — हां, यह तुम्हें खूब सूझी। आज ही।

जब मदरसा बन्द हुआ तो दरजे के सब लड़के मिलकर बाजबहादुर के पास गए। जगतसिंह उनको नेता बनकर बोला, भाई साहेब! हम सब-के-सब तुम्हारे अपराधी हैं। तुम्हारे साथ हम लोगों ने जो अत्याचार किया है उस पर हम हृदय से लज्जित हैं। हमारा अपराध क्षमा करो। तुम सज्जनता की मूर्ति हो, हम लोग उजड्ड, और मूर्ख हैं; हमें अब क्षमा प्रदान करो।

बाजबहादुर की आंखों में आंसू भर आये — बोले, मैं पहले भी तुम लोगों को अपना भाई समझता था और अब भी वही समझता हूं। भाइयों के झगड़े में क्षमा कैसी?

सब-के-सब उसके गले मिले। इसकी चर्चा सारे मदरसे में फैल गई। सारा मदरसा बाजबहादुर की पूजा करने लगा। वह अपने मदरसे का मुखिया, नेता और सिरमौर बन गया।

पहले उसे सचाई का दंड मिला, अबकी
सचाई का उपहार मिला।

ज्वालामुखी

डिग्री लेने के बाद मैं नित्य लाइब्रेरी जाया करता! पत्रों या किताबों का अवलोकन करने के लिए नहीं। किताबों को तो मैंने छूने की कसम खा ली थी। जिस दिन गजट में अपना नाम देखा उसी दिन मिल और कैंट को उठाकर ताक पर रख दिया। मैं केवल अंगरेजी पत्रों के वांटेड' कालमों को देखा करता। जीवन-यात्रा की फिक्र सवार थी। मेरे दादा या परदादा ने किसी अंगरेज को गदर के दिन में बचाया होता, अथवा किसी इलाके का जमींदार होता तो कहीं 'नामिनेशन' के लिए उद्योग करता। पर मेरे पास कोई सिफारिश न थी। शोक! कुते, बिल्लियों और मोटरों की मांग सबको थी। पर बी० ए० पास का कोई पुरसांहाल न था! महीनों इसी तरह दौड़ते गुजर गये, पर अपनी रुचि के अनुसार कोई जगह न नजर आई। मुझे अक्सर अपने बी० ए० होने पर क्रोध आता था। ड्राइवर, फायरमैन, मिस्त्री, खानसामा या बावर्ची होता तो मुझे इतने दिनों तक बेकार न बैठना पड़ता।

एक दिन मैं चारपाई पर लेटा हुआ एक पत्र पढ़ रहा था कि मुझे एक मांग अपनी इच्छा के अनुसार दिखाई दी। किसी रईस को एक ऐसे प्राइवेट सेक्रेटरी की जरूरत थी जो विद्वान् रसिक, सहृदय और रूपवान् हो। वेतन एक हजार मासिक! मैं उछल पड़ा। कहीं मेरा भाग्य उदय हो जाता और यह पद मुझे मिल जाता तो जिन्दगी चैन से कट जाती। उसी दिन मैंने अपना विनय-पत्र अपने फोटो के साथ रवाना कर दिया। पर अपने आत्मीयगणों में किसी से इसका जिक्र न किया कि कहीं लोग मेरी हंसी न उड़ाएं। मेरे लिए 30 रुपये मासिक भी बहुत थे। एक हजार कौन देगा? पर दिल से यह ख्याल दूर न होता। बैठे-बैठे शेख़चिल्ली के मन्सूबे बांधा करता। फिर होश में आकर अपने को समझाता कि मुझ में ऐसे ऊंचे पद के लिए कौन-सी योग्यता है। मैं अभी कालेज से निकला हुआ पुस्तकों का पुतला हूं। दुनिया से बेखबर। इस पद के लिए एक से एक विद्वान्, अनुभवी पुरुष मुंह फैलाये बैठे होंगे। मेरे लिए कोई आशा नहीं। मैं रूपवान् सही, सजीला सही

मगर पदों के लिए केवल रूपवान् होना काफी नहीं होता। विज्ञापन में इसकी चर्चा करने से केवल इतना अभिप्राय होगा कि कुरूप आदमी की जरूरत नहीं, और यही उचित भी है। बल्कि बहुत सजीलापन तो ऊंचे पदों के लिए कुछ शोभा नहीं देता। मध्यम श्रेणी की तोंद, भरा हुआ शरीर, फूले हुए गाल, और गौरवयुक्त वाक्-शैली, यह उच्च पदाधिकारियों के लक्षण हैं और मुझे इनमें से एक भी मयस्सर नहीं। इसी आशा और भय में एक सप्ताह गुजर गया। और अब मैं निराश हो गया—मैं भी कैसा ओछा हूं कि एक बेसिर-पैर की बात के पीछे ऐसा फूल उठा; इसी को लड़कपन कहते हैं। जहां तक मेरा ख्याल है किसी दिल्लगीबाज ने आज के शिक्षित समाज की मूर्खता की परीक्षा करने के लिए यह स्वांग रचा है। मुझे इतना भी न सूझा। मगर आठवें दिन प्रात:काल तार के चपरासी ने मुझे आवाज़ दी। मेरे हृदय में गुदगुदी-सी होने लगी। लपका हुआ आया। तार खोलकर देखा, लिखा था—स्वीकार है, शीघ्र आओ ऐशगढ़।

मगर यह सुख-संवाद पाकर मुझे वह आनन्द न हुआ जिसकी आशा थी। मैं कुछ देर तक खड़ा सोचता रहा। किसी तरह विश्वास न आता था। जरूर किसी दिल्लगीबाज की शरारत है। मगर कोई मुजायका नहीं, मुझे भी इसका मुंहतोड़ जवाब देना चाहिए। तार दे दूं कि एक महीने की तनख्वाह भेज दो। आप ही सारी कलई खूब जायगी! मगर फिर विचार किया कहीं वास्तव में नसीब जागा हो तो उद्दंडता से बना-बनाया खेल बिगड़ जायगा। चलो दिल्लगी ही सही! जीवन में यह घटना भी स्मरणीय रहेगी। इस तिलिस्म को खोल ही डालूं! यह निश्चय करके तार द्वारा आने की सूचना दे दी और सीधे रेलवे स्टेशन पर पहुंचा। पूछने पर मालूम हुआ कि वह स्थान दक्खिन की ओर है। टाइमटेबिल में उसका वृत्तांत विस्तार के साथ लिखा हुआ था। स्थान अति रमणीय है, पर जलवायु स्वास्थ्यकर नहीं। हां, हृष्ट-पुष्ट नवयुवकों पर उसका असर शीघ्र नहीं होता। दृश्य बहुत मनोहर हैं पर जहरीले जानवर बहुत मिलते हैं। यथासाध्य अंधेरे घाटियों में न जाना चाहिए। यह वृत्तांत पढ़कर उत्सुकता और भी बढ़ी। जहरीले जानवर हैं तो हुआ करें, कहां नहीं हैं। मैं अंधेरी घाटियों के पास भूलकर भी न जाऊंगा। आकर सफर का सामान ठीक किया और ईश्वर का नाम लेकर नियत समय पर स्टेशन की तरफ चला। पर अपने अलापी मित्रों से इसका जिक्र न किया, क्योंकि मुझे पूरा विश्वास था कि दो ही चार दिन में अपना-सा मुंह लेकर लौटना पड़ेगा।

2

गाड़ी पर बैठा तो शाम हो गई थी। कुछ देर तक तो सिगार और पत्रों में दिल बहलता रहा। फिर मालूम नहीं कब नींद आ गई। आंख खुली और खिड़की से बाहर की तरफ झांका तो उषाकाल का मनोहर दृश्य दिखाई दिया। दोनों ओर हरे वृक्षों से ढ़की हुई पर्वत श्रेणियां, उन पर चरती हुई उजली-उजली गायें और भेड़े सूर्य की सुनहरी किरणों में रंगी हुई बहुत सुन्दर मालूम होती थीं। जी चाहता था कि कहीं मेरी कुटिया भी इन्हीं सुखद पहाड़ियों में होती, जंगल के फल खाती, झरनों का ताज़ा पानी पीता और आनन्द के गीत गाता। यकायक दृश्य बदला। एक विस्तृत झील दिखाई दी जिसमें कमल खिले हुए थे। कहीं उजले-उजले पक्षी तैरते थे और कहीं छोटी-छोटी डोंगियां निर्बल आत्माओं के सदृश डगमगाती चली जाती थीं। यह दृश्य भी बदला। पहाड़ियों के दामन में एक गांव नज़र आया, झाड़ियों और वृक्षों से ढंका हुआ मानो शांति और संतोष ने यहां अपना निवास-स्थान बनाया हो। कहीं बच्चे खेलते थे, कहीं गाय के बछड़े किलोल करते थे। फिर एक घना जंगल मिला। झुंड के झुंड हिरन दिखाई दिये जो गाड़ी की हहकार सुनते ही चौकड़ियां भरते दूर भाग जाते थे। यह सब दृश्य स्वप्न के चित्रों के समान आंखों के सामने आते थे और एक क्षण में गायब हो जाते थे। उनमें एक अवर्णनीय शांतिदायिनी शोभा थी जिससे दृश्य में आकांक्षाओं के आवेग उठने लगते थे।

आखिर ऐशगढ़ निकट आया। मैंने बिस्तर सम्भाला। ज़रा देर में सिग्नल दिखाई दिया। मेरी छाती धड़कने लगी। गाड़ी रुकी। मैंने उतर कर इधर-उधर देखा, कुलियों को पुकारने लगा कि इतने में दो वरदी पहने हुए आदमियों ने आकर मुझे सलाम किया और पूछा —आप˙˙˙से आ रहे हैं न, चलिए मोटर तैयार हैं। मेरी बाछें खिल गईं। अब तक कभी मोटर पर बैठने का सौभाग्य न हुआ था। शान के साथ जा बैठा। मन में बहुत लज्जित था कि ऐसे फटेहाल क्यों आया, अगर जानता कि सचमुच सौभाग्य-सूर्य चमका है तो ठाठ-बाट से आता। खैर, मोटर चली। दोनों तरफ मौलसिरी के सधन वृक्ष थे। सड़क पर लाल बजरी बिछी हुई थी। सड़क हरे-भरे मैदान में किसी सुरम्य जलधारा के सदृश बल खाती चली गई थी। दस मिनट भी न गुजरे होंगे कि सामने एक शांतिमय सागर दिखाई दिया। सागर के उस पार पहाड़ी पर एक विशाल भवन बना हुआ था। भवन अभिमान से सिर उठाये हुए था, सागर संतोष से नीचे लेटा हुआ, सारा दृश्य काव्य, श्रृंगार और आमोद से भरा हुआ था।

हम सदर दरवाज़े पर पहुंचे, कई आदमियों ने दौड़कर मेरा स्वागत किया। इनमें से एक शौकीन मुंशी जी थे, जो बाल संवारे आंखों में सुर्मा लगाये हुए थे। मेरे लिए जो कमरा सजाया गया था उसके द्वार पर मुझे पहुंचा कर बोले—सरकार ने फरमाया है, इस समय आप आराम करें। सन्ध्या समय मुलाकात कीजिएगा।

मुझे अब तक इसकी कुछ खबर न थी कि यह 'सरकार' कौन हैं, न मुझे किसी से पूछने का साहस हुआ, क्योंकि अपने स्वामी के नाम तक से अनभिज्ञ होने का परिचय नहीं देना चाहता था। मगर इसमें कोई सन्देह नहीं कि मेरा स्वामी बड़ा सज्जन मनुष्य था। मुझे इतने आदर-सत्कार की कदापि आशा न थी। अपने सुसज्जित कमरे में जाकर जब मैं एक आराम कुर्सी पर बैठा तो हर्ष से विह्वल हो गया। पहाड़ियों की तरफ से शीतल वायु के मंद-मंद झोंके आ रहे थे। सामने छज्जा था। नीचे झील थी, सांप के केंचुले के सदृश छाया और प्रकाश से पूर्ण, और मैं, जिसे भाग्यदेवी ने सदैव अपना सौतेला लड़का समझा था इस समय जीवन में पहली बार निर्विघ्न आनन्द का सुख उठा रहा था।

तीसरे पहर उन्हीं शौकीन मुंशी जी ने आकर इत्तला दी कि सरकार ने याद किया है। मैंने इस बीच में बाल बना लिए थे। तुरन्त अपना सर्वोत्तम सूट पहना और मुंशी जी के साथ सरकार की सेवा में चला। इस समय मेरे मन में यह शंका उठ रही थी कि कहीं मेरी बातचीत से स्वामी असंतुष्ट न हो जाएं। और उन्होंने मेरे विषय में जो विचार स्थिर किये हों उनमें कोई अन्तर न पड़ जाय। तथापि मैं अपनी योग्यता का परिचय देने के लिए खूब तैयार था। हम कई बरामदों से होते हुए अन्त में सरकार के कमरे के दरवाजे पर पहुंचे। रेशंमी परदा पड़ा हुआ था। मुंशीजी ने परदा उठाकर मुझे इशारे से बुलाया। मैंने कांपते हुए हृदय से कमरे में कदम रक्खा और आश्चर्य से चकित हो गया! मेरे सामने सौन्दर्य की ज्वाला दीप्तिमान थी।

3

फूल भी सुन्दर है और दीपक भी सुन्दर है। फूल में ठंडक और सुगंधि है, दीपक में प्रकाश और उद्दीपन। फूल पर भ्रमर उड़-उड़कर उसका रस लेता है, दीपक पर पतंग जलकर राख हो जाता है। मेरे सामने कारचोबी मसनद पर जो सुन्दरी विराजमान थी, वह सौंदर्य की प्रकाशमय ज्वाला थी। फूल की पंखुड़ियां हो सकती हैं, ज्वाला को विभक्त करना असम्भव है। उसके एक-एक अंग की प्रशंसा

करना ज्वाला को काटना है। वह नखशिख तक एक ज्वाला थी, वही दीपक, वही चमक, वही लालिमा, वही प्रभा। कोई चित्रकार प्रतिभा सौंदर्य का इससे अच्छा चित्र नहीं खींच सकता था। रमणी ने मेरी तरफ वात्सल्य दृष्टि से देखकर कहा— आपको सफर में कोई विशेष कष्ट तो नहीं हुआ?

मैंने सम्भल कर उत्तर दिया—जी नहीं, कोई कष्ट नहीं हुआ।

रमणी—यह स्थान पसन्द आया?

मैंने साहसपूर्ण उत्साह के साथ जवाब दिया, ऐसा सुन्दर स्थान पृथ्वी पर न होगा। हां, गाइड बुक देखने से विदित हुआ कि यहां का जलवायु जैसा सुखद प्रकट होता है, यथार्थ मैं वैसा नहीं, विषैले पशुओं की भी शिकायत थी।

यह सुनते ही रमणी का मुखसूर्य कांतिहीन हो गया। मैंने तो यह चर्चा इसलिए कर दी थी जिससे प्रकट हो जाय कि यहां आने में मुझे भी कुछ त्याग करना पड़ा है। पर मुझे ऐसा मालूम हुआ कि इस चर्चा से उसे कोई विशेष दु:ख हुआ। पर क्षण-भर में सूर्य मेधमंडल से बाहर निकल आया, बोली—यह स्थान अपनी रमणीयता के कारण बहुधा लोगों की आंखों में खटकता है। गुण का निरादर करने वाले सभी होते हैं। और यदि जलवायु कुछ हानिकर हो भी तो आप जैसे बलवान् मनुष्य को इसकी क्या चिन्ता हो सकती है। रहे विषैले जीव-जंतु, वह आपके नेत्रों के सामने विचार रहे हैं। अगर मोर, हिरन और हंस विषैले जीव हैं तो निस्संदेह यहां विषैले जीव बहुत हैं।

मुझे संशय हुआ कि कहीं मेरे कथन से उसका चित्त खिन्न हो गया हो, गर्व से बोला—गाइड बुकों पर विश्वास करना सर्वथा भूल है।

इस वाक्य से सुन्दरी का हृदय खिल गया, बोली—आप स्पष्टवादी मालूम होते हैं और यह मनुष्य का एक उच्च गुण है। मैं आपका चित्र देखते ही इतना समझ गयी थी। आपको यह सुनकर आश्चर्य होगा कि इस पद के लिए मेरे पास एक लाख से अधिक प्रार्थना-पत्र आये थे। कितने ही एम० ए० थे, कोई डी० एस० सी० था, कोई जर्मनी से पी-एच० डी० की उपाधि प्राप्त किये हुए था, मानो यहां मुझे किसी दार्शनिक विषय की जांच करानी थी। मुझे अबकी यह अनुभव हुआ कि देश में उच्च शिक्षित मनुष्यों की इतनी भरमार है। कई महाशयों ने स्वरचित ग्रंथों की नामावली लिखी थी मानो देश में लेखकों और पंडितों ही की आवश्यकता है। कालगति का लेशमात्र भी परिचय नहीं है। प्राचीन कर्मकथाएं अब केवल अंधभक्तों के रसास्वादन के लिए ही हैं, उनसे और कोई लाभ नहीं है। यह भौतिक उन्नति का समय है। आजकल लोग भौतिक सुख पर अपने प्राण अर्पण कर

देते हैं। कितने ही लोगों ने अपने चित्र भी भेजे थे। कैसी-कैसी विचित्र मूर्तियां थीं जिन्हें देख कर घंटों हंसिए। मैंने उन सभी को एक अलबम में लगा लिया है और अवकाश मिलने पर जब हंसने की इच्छ होती है तो उन्हें देखा करती हूं। मैं उस विद्या को रोग समझती हूँ जो मनुष्य को वनमानुष बना दे! आपका चित्र देखते ही आंखें मुग्ध हो गयीं, तत्क्षण आपको बुलाने को तार दे दिया।

मालूम नहीं क्यों, अपने गुणस्वभाव की प्रशंसा की अपेक्षा हम अपने बाह्य गुणों की प्रशंसा से अधिक संतुष्ट होते हैं और एक सुन्दरी के मुक्तकंठ से तो वह चलते हुए जादू के समान है। बोला—यथासाध्य आपको मुझसे असंतुष्ट होने का अवसर न मिलेगा!

सुन्दरी ने मेरी ओर प्रशंसापूर्ण नेत्रों से देख कर कहा—इसका मुझे पहले ही से विश्वास है। आइए अब कुछ काम की बातें हो जायं। इस घर को आप अपना ही समझिए और संकोच छोड़कर आनन्द से रहिए। मेरे भक्तों की संख्या बहुत है। वह संसार के प्रत्येक भाग में उपस्थित हैं और बहुधा मुझसे अनेक प्रकार की जिज्ञासा किया करते हैं। उन सबको मैं आपके सुपुर्द करती हूं। आपको उनमें भिन्न-भिन्न स्वभाव के मनुष्य मिलेंगे! कोई मुझसे सहायता मांगता है, कोई मेरी निंदा करता है, कोई सराहता है, कोई गालियां देता है। इन सब प्राणियों को संतुष्ट रखना आपका काम है। देखिए यह आज के पत्रों का ढेर है। एक महाशय कहते हैं, बहुत दिन हुए आपकी प्रेरणा से मैं अपने बड़े भाई की मृत्यु के बाद उनकी सम्पत्ति का अधिकारी बन बैठा था। अब उनका पुत्र वयस प्राप्त कर चुका है और मुझसे अपने पिता की जायदाद लौटाना चाहता है। इतने दिनों तक उस सम्पत्ति का उपयोग करने के पश्चात् अब उसका हाथ से निकलना अखर रहा है, आपकी इस विषय में क्या सम्मति है? इनको उत्तर दीजिए कि इस में कूटनीति से काम लो, अपने भतीजे को कपट-प्रेम से मिला लो और जब वह नि:शंक हो जाये तो उससे एक सादे स्टाम्प पर हस्ताक्षर करा लो। इसके पीछे पटवारी और अन्य कर्मचारियों की मदद से इसी स्टाम्प पर जायदाद का बैनामा लिखा लो। यदि एक लगा कर दो मिलते हों तो आगा-पीछा मत करो।

यह उत्तर सुनकर मुझे बड़ा कौतूहल हुआ। नीति-ज्ञान को धक्का-सा लगा। सोचने लगा, यह रमणी कौन है और क्यों ऐसे अनर्थ का परामर्श देती है। ऐसे खुल्लम-खुल्ला तो कोई वकील भी किसी को यह राय न देगा। उसकी ओर संदेहात्मक भाव से देख कर बोला—यह तो सर्वथा न्याय-विरुद्ध प्रतीत होता है।

कामिनी खिलखिला कर हंस पड़ी और बोली—न्याय की आपने भली कही। यह केवल धर्मान्ध मनुष्यों का मन का समझौता है, संसार में इसका अस्तित्व नहीं। बाप ऋण ले कर मर जाय, लड़का कौड़ी-कौड़ी भरे। विद्वान् लोग इसे न्याय कहते हैं, मैं घोर अत्याचार समझती हूं। इस न्याय के परदे में गांठ के पूरे महाजन की हेकड़ी साफ झलक रही है। एक डाकू किसी भद्र पुरुष के घर में डाका मारता है, लोग उसे पकड़ कर कैद कर देते हैं। धर्मात्मा लोग इसे भी न्याय कहते हैं, किन्तु यहां भी वही धन और अधिकार की प्रचंडता है। भद्र पुरुष ने कितने ही घरों को लूटा, कितनों ही का गला दबाया और इस प्रकार धन संचय किया, किसी को भी उन्हें आंख दिखाने का साहस न हुआ। डाकू ने जब उनका गला दबाया तो वह अपने धन और प्रभुत्व के बल से उस पर वज्रप्रहार कर बैठे। मैं इसे न्याय नहीं कहती। संसार में धन, छल, कपट, धूर्त्तता का राज्य है, यही जीवन-संग्राम है, यहां प्रत्येक साधन जिससे हमारा काम निकले, जिससे हम अपने शत्रुओं पर विजय पा सकें, न्यायानुकूल और उचित हैं। धर्म-युद्ध के दिन अब नहीं रहे। यह देखिए, यह एक दूसरे सज्जन का पत्र है। वह कहते हैं, मैंने प्रथम श्रेणी में एम० ए० पास किया, प्रथम श्रेणी में कानून की परीक्षा पास की, पर अब कोई मेरी बात भी नहीं पूछता। अब तक यह आशा थी कि योग्यता और परिश्रम का अवश्य ही कुछ फल मिलेगा, पर तीन साल के अनुभव से ज्ञात हुआ कि यह केवल धार्मिक नियम है। तीन साल में घर की पूंजी भी खा चुका। अब विवश होकर आपकी शरण लेता हूं। मुझ हतभाग्य मनुष्य पर दया कीजिए और मेरा बेड़ा पार लगाइए। इनको उत्तर दीजिए कि जाली दस्तावेजें बनवाइए और झूठे दावे चला कर उनकी डिगरी करा लीजिए। थोड़े ही दिनों में आपका क्लेश निवारण हो जायगा। यह देखिए, एक सज्जन और कहते हैं, लड़की सयानी हो गयी है, जहां जाता हूं लोग दायज की गठरी मांगते हैं। यहां पेट की रोटियों का भी ठिकाना नहीं, किसी तरह भलमनसी निभा रहा हूं, चारो ओर निंदा हो रही है, जो आज्ञा हो उसका पालन करूं। इन्हें लिखिए, कन्या का विवाह किसी बुड्ढे खुर्राट सेठ से कर दीजिए। वह दायज लेने की जगह कुछ उल्टे और दे जायगा। अब आप समझ गये होंगे कि ऐसे जिज्ञासुओं को किस ढंग से उत्तर देने की आवश्यकता है। उत्तर संक्षिप्त होना चाहिए, बहुत टीका-टिप्पणी व्यर्थ होती है। अभी कुछ दिनों तक आपको यह काम कठिन जान पड़ेगा, पर आप चतुर मनुष्य हैं, शीघ्र ही आपको इस काम का अभ्यास हो जायगा। तब आपको मालूम होगा कि इससे सहज और कोई काम नहीं है।

आपके द्वारा सैकड़ों दारुण दुःख भोगनेवालों का कल्याण होगा और वह आजन्म आपका यश गायेंगे।

4

मुझे यहां रहते एक महीने से अधिक हो गया पर अब तक मुझ पर यह रहस्य न खुला कि यह सुन्दरी कौन है? मैं किसका सेवक हूं? इसके पास इतना अतुल धन, ऐसी-ऐसी विलास की सामग्रियां कहां से आती हैं? जिधर देखता था ऐश्वर्य ही का आडम्बर दिखायी देता था। मेरे आश्चर्य की सीमा न थी मानो किसी तिलिस्म में आ फंसा हूं। इन जिज्ञासुओं का इस रमणी से क्या सम्बन्ध है, यह भेद भी न खुलता था। मुझे नित्य उससे साक्षात् होता था, उसके सम्मुख आते ही मैं अचेत-सा हो जाता था। उसकी चितवनों में एक प्रबल आकर्षण था जो मेरे प्राणों को खींच लिया करता था। मैं वाक्-शून्य हो जाता, केवल छुपी हुई आंखों से उसे देखा करता था। पर मुझे उसके मृदुल मुसकान और रसमयी आलोचनाओं तथा मधुर, काव्यमय भावों में प्रेमानन्द की जगह एक प्रबल मानसिक अशांति का अनुभव होता था। उसकी चितवनें केवल हृदय को बाणों के समान छेदती थीं, उसके कटाक्ष चित्त को व्यस्त करते थे। शिकारी अपने शिकार को खेलाने में जो आनंद पाता है वही उस परम सुन्दरी को मेरी प्रेमातुरता में प्राप्त होता था। वह एक सौंदर्य-ज्वाला जलाने के सिवाय और क्या कर सकती है। तिस पर भी मैं पतंग की भांति उस ज्वाला पर अपने को समर्पण करना चाहता था। यही आकांक्षा होती थी कि उन पद-कमलों पर सिर रख कर प्राण दे दें। यह केवल एक उपासक की भक्ति थी, काम और वासना से शून्य।

कभी-कभी जब वह संध्या समय अपने मोटर-बोट पर बैठ कर सागर की सैर करती तो ऐसा जान पड़ता था मानो चंद्रमा आकाश लालिमा में तैर रहा है। मुझे इस दृश्य में अनुपम सुख प्राप्त होता था।

मुझे अब अपने नियत कार्यों में खूब अभ्यास हो गया था। मेरे पास प्रतिदिन पत्रों का एक पोथा पहुंच जाता था। मालूम नहीं किस डाक से आता था। लिफाफों पर कोई मोहर न होती थी। मुझे इन जिज्ञासुओं में बहुधा वह लोग मिलते थे जिनका मेरी दृष्टि में बड़ा आदर था, कितने ही ऐसे महात्मा थे जिनमें मुझे श्रद्धा थी। बड़े-बड़े विद्वान्, लेखक और अध्यापक, बड़े-बड़े ऐश्वर्यवान् रईस, यहां तक कि कितने ही धर्म के आचार्य, नित्य अपनी राम-कहानी सुनाते थे। उनकी दशा

अत्यंत करूणाजनक थी। वह सब के सब मुझे रंगे हुए सियार दिखायी देते थे। जिन लेखकों को मैं अपनी भाषा का स्तम्भ समझता था, उनसे घृणा होने लगी। वह केवल उचक्के थे, जिनकी सारी कीर्ति चोरी, अनुवाद और कतर-ब्योंत पर निर्भर थी। जिन धर्म के आचार्यों को मैं पूज्य समझता था, वह स्वार्थ, तृष्णा और घोर नीचता के दलदल में फंसे हुए दिखायी देते थे। मुझे धीरे-धीरे यह अनुभव हो रहा था कि संसार की उत्पत्ति से अब तक, लाखों शताब्दियां बीत जाने पर भी, मनुष्य वैसा ही क्रूर, वैसा ही वासनाओं का गुलाम बना हुआ है। बल्कि उस समय के लोग सरल प्रकृति के कारण इतने कुटिल, दुराग्रहों में इतने चालाक न होते थे।

एक दिन संध्या समय उस रमणी ने मुझे बुलाया। मैं अपने घमंड में यह समझता था कि मेरे बांकेपन का कुछ न कुछ असर उस पर भी होता था। अपनी सर्वोत्तम सूट पहना, बाल संवारे और विरक्त भाव से जा कर बैठ गया। यदि वह मुझे अपना शिकार बना कर खेलती थी तो मैं भी शिकार बनकर उसे खेलाना चाहता था।

ज्योंही मैं पहुंचा, उस लावण्यमयी ने मुस्करा कर मेरा स्वागत किया, पर मुखचंद्र कुछ मलीन था। मैंने अधीर होकर पूछा—सरकार का जी तो अच्छा है?

उसने निराश भाव से उत्तर दिया—जी हां, एक महीने से एक कठिन रोग में फंस गयी हैं। अब तक किसी भांति अपने को संभाल सकी हूं, पर अब रोग असाध्य होता जाता है। उसकी औषधि एक निर्दय मनुष्य के पास है। वह मुझे प्रतिदिन तड़पते देखता है, पर उसका पाषाण हृदय जरा भी नहीं पसीजता।

मैं इशारा समझ गया। सारे शरीर में एक बिजली-सी दौड़ गयी। सांस बड़े वेग से चलने लगी। एक उन्मत्तता का अनुभव होने लगा। निर्भय होकर बोला—सम्भव हैं, जिसे आपने निर्दय समझ रखा हो, वह भी आपको ऐसा ही समझता हो और भय से मुंह खोलने का साहस न कर सकता हो।

सुन्दरी ने कहा—तो कोई ऐसा उपाय बताइए जिससे दोनों ओर की आग बुझे। प्रियतम! अब मैं अपने हृदय की दहकती हुई विरहाग्नि को नहीं छिपा सकती। मेरा सर्वस्व आपकी भेंट है! मेरे पास वह खजाने हैं, जो कभी खाली न होंगे। मेरे पास वह साधन है, जो आपको कीर्ति के शिखर पर पहुंचा देंगे। समस्त संसार को आपके पैरों पर झुका सकती हूं। बड़े-बड़े सम्राट भी मेरी आज्ञा को नहीं टाल सकते। मेरे पास वह मन्त्र है, जिससे मैं मनुष्य के मनोवेगों को क्षणमात्र में पलट सकती हूं। आइए मेरे हृदय से लिपट कर इस दाह-क्रांति को शांत कीजिए।

रमणी के चेहरे पर जलती हुई आग की-सी कांति थी। वह दोनों हाथ फैलाये कामोन्मत्त होकर मेरी ओर बढ़ी। उसकी आंखों से आग की चिनगारियां निकल रही थीं। परन्तु जिस प्रकार अग्नि से पारा दूर भागता है उसी प्रकार मैं भी उसके सामने से एक कदम पीछे हट गया। उसकी इस प्रेमातुरता से मैं भयभीत हो गया जैसे कोई निर्धन मनुष्य किसी के हाथों सोने की ईंट लेते हुए भयभीत हो जाय। मेरा चित्त एक अज्ञात शंका से कांप उठा। रमणी ने मेरी ओर अग्निमय नेत्रों से देखा मानो किसी सिंहनी के मुंह से उसका आहार छिन जाय और सरोष होकर बोली —यह भीरुता क्यों?

मैं—मैं आपका एक तुच्छ सेवक हूं, इस महान् आदर का पात्र नहीं।

रमणी—आप मुझसे घृणा करते हैं।

मैं—यह आपका मेरे साथ अन्याय है। मैं इस योग्य भी तो नहीं कि आपके तलुवों को आंखों से लगाऊं। आप दीपक हैं; मैं पतंग हूं; मेरे लिए इतना ही बहुत है।

रमणी नैराश्यपूर्ण क्रोध के साथ बैठ गयी और बोली—वास्तव में आप निर्दयी हैं, मैं ऐसा न समझती थी। आप में अभी तक अपनी शिक्षा के कुसंस्कार लिपटे हुए हैं, पुस्तकों और सदाचार की बेड़ी आपके पैरों से नहीं निकली।

मैं शीघ्र ही अपने कमरे में चला आया और चित्त के स्थिर होने पर जब मैं इस घटना पर विचार करने लगा तो मुझे ऐसा मालूम हुआ कि मैं अग्निकुण्ड में गिरते-गिरते बचा। कोई गुप्त शक्ति मेरी सहायक हो गयी। यह गुप्त शक्ति क्या थी?

5

मैं जिस कमरे में ठहरा हुआ था, उसके सामने झील के दूसरी तरफ एक छोटा-सा झोंपड़ा था। उसमें एक वृद्ध पुरुष रहा करते थे। उनकी कमर तो झुक गयी थी, पर चेहरा तेजमय था। वह कभी-कभी इस महल में आया करते थे। रमणी न जाने क्यों उनसे घृणा करती थी, मन में उनसे कुछ डरती थी। उन्हें देखते ही घबरा जाती, मानो किसी असमंजस में पड़ी हुई है, उसका मुख फीका पड़ जाता, जाकर अपने किसी गुप्त स्थान में मुंह छिपा लेती, मुझे उसकी यह दशा देखकर कौतूहल होता था। कई बार उसने मुझसे उनकी चर्चा की थी, पर अत्यन्त अपमान के भाव से वह मुझे उनसे दूर-दूर रहने का उपदेश दिया करती, और यदि कभी मुझे

उनसे बातें करते देख लेती तो उसके माथे पर बल पड़ जाते थे, कई-कई दिनों तक मुझसे खुल कर न बोलती थी।

उस रात को मुझे देर तक नींद नहीं आयी। उधेड़बुडन में पड़ा हुआ था। कभी जी चाहता आओ आंख बन्द करके प्रेम-रस पान करें। संसार के पदार्थों का सुख भोगें, जो कुछ होगा देखा जायगा। जीवन में ऐसे दिव्य अवसर कहां मिलते हैं फिर आप ही आप मन कुछ खिंच जाता था, घृणा उत्पन्न हो जाती थी।

रात के दस बजे होंगे कि हठात् मेरे कमरे का द्वार आप ही आप खुल गया और वही तेजस्वी पुरुष अन्दर आये। यद्यपि मैं अपनी स्वामिनी के भय से उनसे बहुत कम मिलता था, पर उनके मुख पर ऐसी शांति थी और उनके भाव ऐसे पवित्र तथा कोमल थे कि हृदय में उनके सत्संग की उत्कंठा होती थी। मैंने उनका स्वागत किया और लाकर एक कुर्सी पर बैठा दिया। उन्होंने मेरी ओर दयापूर्ण भाव से देखकर कहा — मेरे आने से तुम्हें कष्ट तो नहीं हुआ?

मैंने सिर झुका कर उत्तर दिया, आप जैसे महात्माओं का दर्शन मेरे सौभाग्य की बात है। महात्मा जी निश्चिंत होकर बोले —

अच्छा तो सुनो और सचेत हो जाओ, मैं तुम्हें यही चेतावनी देने के लिए आया हूं। तुम्हारे ऊपर एक घोर विपत्ति आने वाली है। तुम्हारे लिए इस समय इसके सिवाय और कोई उपाय नहीं है कि यहां से चले जाओ। मेरी बात न मानोगे तो जीवनपर्यन्त कष्ट झेलोगे और इस मायाजाल से कभी मुक्त न हो सकोगे। मेरा झोपड़ा तुम्हारे सामने था। मैं भी कभी-कभी यहां आया करता था, पर तुमने मुझसे मिलने की आवश्यकता न समझी। यदि पहले ही दिन तुम मुझसे मिलते तो सहस्रों मनुष्यों का सर्वनाश करने के अपराध से बच जाते। निःसंदेह यह तुम्हारे पूर्व कर्मों का फल था, जिसने आज तुम्हारी रक्षा की। अगर यह पिशाचिनी एक बार तुमसे प्रेमालिंगन कर लेती तो फिर तुम उसी दम उसके अजायबखाने में भेज दिये जाते। वह जिस पर रीझती है, उसकी वही गत बनाती है। यही उसका प्रेम है। चलो जरा इस अजायबखाने की सैर करो तब तुम समझोगे कि आज तुम किस आफत से बचे।

यह कह कर महात्मा जी ने दीवार में एक बटन दबाया। तुरन्त एक दरवाजा निकल आया। यह नीचे उतरने की सीढ़ी थी। महात्मा उसमें घुसे और मुझे भी बुलाया। घोर अन्धकार में कई कदम उतरने के बाद एक बड़ा कमरा नजर आया। उसमें एक दीपक टिमटिमा रहा था। वहां मैंने जो घोर, बीभत्स और हृदय विदारक दृश्य देखे, उनका स्मरण करके आज भी रोंगटे खड़े हो जाते हैं। इटली के अमर कवि "डैन्टी' ने नर्क का जो दृश्य दिखाया है, उससे कहीं भयावह, रोमांचकारी

तथा नारकीय दृश्य मेरी आंखों के सामने उपस्थित था। सैकड़ों विचित्र देहधारी नाना प्रकार की अशुद्धताओं में लिपटे हुए, भूमि पर पड़े कराह रहे थे। उनके शरीर मनुष्य के-से थे, लेकिन चेहरों का रूपान्तर हो गया था। कोई कुत्ते से मिलता था, कोई गीदड़ से, कोई बनबिलाव से, कोई सांप से। एक स्थान पर एक मोटा स्थूल मनुष्य एक दुर्बल, शक्तिहीन मनुष्य के गले में मुंह लगाये उसका रक्त चूस रहा था। एक ओर दो गिद्ध की सूरत वाले मनुष्य एक सड़ी हुई लाश पर बैठकर उसका मांस नोच रहे थे। एक जगह एक अजगर की सूरत का मनुष्य एक बालक को निगलना चाहता था, पर बालक उसके गले में अटका हुआ था। दोनों ही जमीन पर पड़े छटपटा रहे थे। एक जगह मैंने एक अत्यन्त पैशाचिक घटना देखी। दो नागिन की सूरत वाली स्त्रियां एक भेड़िये की सूरत वाले मनुष्य के गले में लिपटी हुई उसे काट रही थीं। वह मनुष्य घोर वेदना से चिल्ला रहा था। मुझसे अब और न देखा गया। तुरन्त वहां से भागा और गिरता-पड़ता अपने कमरे में आकर दम लिया। महात्मा जी मेरे साथ चले आये। जब मेरा चित्त शांत हुआ तो उन्होंने कहा—इतनी जल्द घबरा गये, अभी तो इस रहस्य का एक भाग भी नहीं देखा। यह तुम्हारी स्वामिनी के विहार का स्थान है और यही उनके पालतू जीव हैं। इन जीवों के पिशाचाभिनय देखने में उनका विशेष मनोरंजन होता है। यह सभी मनुष्य किसी समय तुम्हारे ही समान प्रेम और प्रमोद के पात्र थे, पर उनकी यह दुर्गति हो रही है। अब तुम्हें मैं यही सलाह देता हूं कि इसी दम यहां से भागो नहीं तो रमणी के दूसरे वार से कदापि न बचोगे।

यह कहकर वह महात्मा अदृश्य हो गए। मैंने भी अपनी गठरी बांधी और अर्द्धरात्रि के सन्नाटे में चोरों की भांति कमरे से बाहर निकला। शीतल, आनन्दमय समीर चल रही थी, सामने के सागर के ऊपर तारे छिटक रहे थे, मेहंदी की सुगन्धि उड़ रही थी। मैं चलने को चला, पर संसार सुख भोग का ऐसा सुअवसर छोड़ते हुए दुःख होता था। इतना देखने और महात्मा के उपदेश सुनने पर भी चित्त उस रमणी की ओर खिंचता था। मैं कई बार चला, कई बार लौटा, पर अन्त में आत्मा ने इंद्रियों पर विजय पाई। मैंने सीधा मार्ग छोड़ दिया और झील के किनारे-किनारे गिरता-पड़ता, कीचड़ में फंसता सड़क तक आ पहुंचा। यहां आकर मुझे एक विचित्र उल्लास हुआ, मानो कोई चिड़िया बाज के चंगुल से छूट गई हो।

यद्यपि मैं एक मास के बाद लौटा था, पर अब जो देखा अपनी चारपाई पर पड़ा हुआ था। कमरे में जरा भी गर्द या धूल न थी। मैंने लोगों से इस घटना की चर्चा की तो लोग खूब हंसे और मित्रगण तो अभी तक मुझे 'प्राइवेट सेक्रेटरी'

कहकर बनाया करते हैं! सभी कहते हैं कि मैं एक मिनट के लिए भी कमरे से बाहर नहीं निकला, महीने-भर गायब रहने की बात ही क्या। इसलिए अब मुझे भी विवश होकर यही कहना पड़ता है कि शायद मैंने कोई स्वप्न देखा हो। कुछ भी हो परमात्मा को कोटि-कोटि धन्यवाद देता हूं कि मैं उस पापकुंड से बच कर निकल आया। वह चाहे स्वप्न ही हो, पर मैं उसे अपने जीवन का एक वास्तविक अनुभव समझता हूं, क्योंकि उसने सदैव के लिए मेरी आंखें खोल दीं।

पशु से मनुष्य

दुर्गा माली डाक्टर मेहरा बार-ऐट-ला के यहां नौकर था। पांच रुपये मासिक वेतन पाता था। उसके घर में स्त्री और दो-तीन छोटे बच्चे थे। स्त्री पड़ोसियों के लिए गेहूं पीसा करती थी। दो बच्चे, जो समझदार थे, इधर-उधर से लकड़ियां, गेहूं, उपले चुन लाते थे। किन्तु इतना यत्न करने पर भी वे बहुत तकलीफ में रहते थे। दुर्गा, डाक्टर साहब की नजर बचा कर बगीचे के फूल चुन लेता और बाजार में पुजारियों के हाथ बेच दिया करता था। कभी-कभी फलों पर भी हाथ साफ किया करता। यही उसकी ऊपरी आमदनी थी। इससे नोन-तेलआदि का काम चल जाता था। उसने कई बार डाक्टर महोदय से वेतन बढ़ाने के लिए प्रार्थना की, परन्तु डाक्टर साहब नौकर की वेतन वृद्धि को छूत की बीमारी समझते थे, जो एक से अनेकों को ग्रस लेती है। वे साफ कह दिया करते कि, 'भाई, मैं तुम्हें बांधे तो हूं नहीं। तुम्हारा निर्वाह यहां नहीं होता, तो और कहीं चले जाओ, मेरे लिए मालियों का अकाल नहीं है।' दुर्गा में इतना साहस न था कि वह लगी हुई रोजी छोड़कर नौकरी ढूंढ़ने निकलता। इससे अधिक वेतन पाने की आशा भी नहीं। इसलिए वह इसी निराशा में पड़ा हुआ जीवन के दिन काटता और अपने भाग्य को रोता था।

डॉक्टर महोदय को बागबानी से विशेष प्रेम था। नाना प्रकार के फूल-पत्ते लगा रखे थे। अच्छे-अच्छे फलों के पौधे दरभंगा, मलीहाबाद, सहारनपुर आदि स्थानों से मंगवा कर लगाये थे। वृक्षों को फलों से लदे हुए देख कर उन्हें हार्दिक आनन्द होता था। अपने मित्रों के यहां गुलदस्ते और शाक-भाजी की डालियां तोहफे के तौर पर भिजवाते रहते थे। उन्हें फलों को आप खाने का शौक न था, पर मित्रों को खिलाने में उन्हें असीम आनन्द प्राप्त होता था। प्रत्येक फल के मौसम में मित्रों की दावत करते, और 'पिकनिक पार्टियां' उनके मनोरंजन का प्रधान अंग थी।

एक बार गर्मियों में उन्होंने अपने कई मित्रों को आम खाने की दावत दी। मलीहाबादी सुफेदे के फल खूब लगे हुए थे। डॉक्टर साहब इन फलों को प्रतिदिन देखा करते थे। ये पहले ही फल थे, इसलिए वे मित्रों से उनकी मिठास

और स्वाद का बखान सुनना चाहते थे। इस विचार से उन्हें वही आमोद था, जो किसी पहलवान को अपने पट्ठों के करतब दिखाने से होता है। इतने बड़े सुन्दर और सुकोमल सुफेदे स्वयं उनकी निगाह से न गुजरे थे। इन फलों के स्वाद का उन्हें इतना विश्वास था कि वे एक फल चख कर उनकी परीक्षा करना आवश्यक न समझते थे। प्रधानत: इसलिए कि एक फल की कमी एक मित्र को रसास्वादन से वंचित कर देगी।

संध्या का समय था, आषाढ़ का महीना। मित्रगण आकर बगीचे के हौज के किनारे कुर्सियों पर बैठे थे। बर्फ और दूध का प्रबन्ध पहले ही से कर लिया गया था, पर अभी तक फल न तोड़े गये थे। डॉक्टर साहब पहले फलों को पेड़ में लगे हुए दिखला कर तब उन्हें तोड़ना चाहते थे, जिसमें किसी को यह सन्देह न हो कि फल इनके बाग के नहीं हैं। जब सब सज्जन जमा हो गए तब उन्होंने कहा—आप लोगों को कष्ट होगा, पर जरा चल कर फलों को पेड़ में लटकते हुए देखिए। बड़ा ही मनोहर दृश्य है। गुलाब में भी ऐसी लोचन प्रिय लाली न होगी। रंग से स्वाद टपक पड़ता है। मैंने इसकी कलम खास मलीहाबाद से मंगवायी थी और उसका विशेष रीति से पालन किया है।

मित्रगण उठे। डाक्टर साहब आगे-आगे चले—रविशों के दोनों ओर गुलाब की क्यारियां थीं। उनकी छटा दिखाते हुए वे अन्त में सुफेदे के पेड़ के सामने आ गए। मगर, आश्चर्य! वहां एक फल भी न था। डाक्टर साहब ने समझा, शायद वह यह पेड़ नहीं है। दो पग और आगे चले, दुसरा पेड़ मिल गया। और आगे बढ़े तीसरा पेड़ मिला। फिर पीछे लौटे और एक विस्मित दशा में सुफेदे के वृक्ष के नीचे आकर रुक गए। इसमें सन्देह नहीं कि वृक्ष यही है, पर फल क्या हुए? बीस-पचीस आम थे, एक का भी पता नहीं! मित्रों की ओर अपराधपूर्ण नेत्रों से देखकर बोले—आश्चर्य हैं कि इस पेड़ में एक भी फल नहीं है। आज सुबह मैंने देखा था, पेड़ फलों से लदा हुआ था। यह देखिये, फलों का डंठल है। यह अवश्य माली की शरारत है। मैं आज उसकी हड्डियां तोड़ दूंगा। उस पाजी ने मुझे कितना धोखा दिया! मैं बहुत लज्जित हूं कि आप लोगों को व्यर्थ कष्ट हुआ। मैं सत्य कहता हूं, इस समय मुझे जितना दु:ख है, उसे प्रकट नहीं कर सकता। ऐसे रंगीले, कोमल, कमनीय फल मैंने अपने जीवन में कभी न देखे थे। उनके यों लुप्त हो जाने से मेरे ह्रदय के टुकड़े हो जाते हैं।

यह कहकर वे नैराश्य वेदना से कुर्सी पर बैठ गए। मित्रों ने सांत्वना देते हुए

कहा—नौकरों का सब जगह यही हाल है। यह जाति ही पाजी होती है। आप हम लोगों के कष्ट का खेद न करें। यह सुफेदे न सही दूसरे फल सही।

एक सज्जन ने कहा—साहब, मुझे तो सब आम एक ही-से मालूम होते हैं। सुफेदे, मोहनभोग, लंगड़े, बम्बई, फजली, दशहरी इनमें कोई भेद ही नहीं मालूम होता, न जाने आप लोगों को कैसे उनके स्वाद में फर्क मालूम होता है।

दूसरे सज्जन बोले—यहां भी वही हाल है। इस समय जो फल मिले, वही मंगवाइए। जो गए उनका अफसोस क्या?

डाक्टर साहब ने व्यथित भाव से कहा—आमों की क्या कमी है, सारा बाग भरा पड़ा है, खूब शौक से खाइए और बांध कर घर ले जाइए। वे हैं और किसलिए? पर वह रस और स्वाद कहां? आपको विश्वास न होगा, उन सुफेदों पर ऐसा निखार था कि वह सेब मालूम होते थे। सेब भी देखने में ही सुन्दर होता है, उसमें वह रुचि-वर्द्धक लालित्य, वह सुधामय मृदुता कहां! इस माली ने आज वह अनर्थ किया है कि जी चाहता है, नमकहराम को गोली मार दूं। इस वक्त सामने आ जाय तो अधमुआ कर दूं।

माली बाजार गया हुआ था। डाक्टर साहब ने साईस से कुछ आम तुड़वाये, मित्रों ने आम खाये, दूध पिया और डाक्टर साहब को धन्यवाद दे कर अपने-अपने घर की राह ली। लेकिन मिस्टर मेहरा वही हौज के किनारे हाथ में हंटर लिए माली का बाट जोहते रहे। आकृति से जान पड़ता था मानो साक्षात् क्रोध मूर्तिमान हो गया था।

2

कुछ रात गए दुर्गा बाजार से लौटा। वह चौकन्नी आंखों से इधर-उधर देख रहा था। ज्योंही उसने डाक्टर साहब को हौज के किनारे हाथ में हंटर लिए बैठे देखा, उसके होश उड़ गए। समझ गया कि चोरी पकड़ ली गई। इसी भय से उसने बाजार में खूब देर की थी। उसने समझा था, डाक्टर साहब कहीं सैर करने गए होंगे, मैं चुपके कटहल के नीचे अपनी झोपड़ी में जा बैठूंगा, सबेरे कुछ पूछताछ भी हुई तो मुझे सफाई देने का अवसर मिल जाएगा। कह दूंगा, सरकार, मेरे झोंपड़े की तलाशी ले लें, इस प्रकार मामला दब जाएगा। समय सफल चोर का सबसे बड़ा मित्र है। एक-एक क्षण उसे निर्दोष सिद्ध करता जाता है। किन्तु जब वह रंगे हाथों पकड़ा जाता है तब उसे बच निकलने की कोई राह नहीं रहती। रुधिर के सूखे हुए

धब्बे रंग के दाग बन सकते हैं पर ताजा लोहू आप ही आप पुकारता है। दुर्गा के पैर थम गए, छाती धड़कने लगी। डाक्टर साहब की निगाह उस पर पड़ गई थी। अब उल्टे पांव लौटना व्यर्थ था।

डाक्टर साहब उसे दूर से देखते ही उठे कि चल कर उसकी खूब मरम्मत करूं। लेकिन वकील थे, विचार किया कि इसका बयान लेना आवश्यक है। इशारे से निकट बुलाया और पूछा—सुफेदे के पेड़ में कई आम लगे हुए थे। एक भी नहीं दिखाई देता। क्या हो गए?

दुर्गा ने निर्दोष भाव से उत्तर दिया—हुजूर, अभी मैं बाजार गया हूं तब तक तो सब आम लगे हुए थे। इतनी देर में कोई तोड़ ले गया हो तो मैं नहीं कह सकता।

डाक्टर—तुम्हारा किस पर सन्देह है?

दुर्गा—सरकार, अब मैं किसे बताऊं! इतने नौकर-चाकर हैं, न जाने किसकी नियत बिगड़ी हो।

डाक्टर—मेरा सन्देह तुम्हारे ऊपर है, अगर तोड़ कर रखे हो तो ला कर दे दो या साफ-साफ कह दो कि मैंने तोड़े हैं, नहीं तो मैं बुरी तरह पेश आऊंगा।

चोर केवल दण्ड से ही नहीं बचना चाहता, वह अपमान से भी बचना चाहता है। वह दण्ड से उतना नहीं डरता, जितना अपमान से। जब उसे सजा से बचने की कोई आशा नहीं रहती, उस समय भी वह अपने अपराध को स्वीकार नहीं करता। वह अपराधी बन कर छूट जाने से निर्दोष बन कर दण्ड भोगना बेहतर समझता है। दुर्गा इस समय अपराध स्वीकार करके सजा से बच सकता था, पर उसने कहा—हुजूर मालिक हैं, जो चाहें करें, पर मैंने आम नहीं तोड़े। सरकार ही बतायें, इतने दिन मुझे आप की ताबेदारी करते हो गए, मैंने एक पत्ती भी छुई है।

डाक्टर—तुम कसम खा सकते हो?

दुर्गा—गंगा की कसम जो मैंने आमों को हाथ से छुआ भी हो।

डाक्टर—मुझे इस कसम पर विश्वास नहीं है। तुम पहले लोटे में पानी लाओ, उसमें तुलसी की पत्तियां डालो, तब कसम खा कर कहो कि अगर मैंने तोड़े हों तो मेरा लड़का मेरे काम न आए। तब मुझे विश्वास आवेगा।

दुर्गा—हुजूर, सांच को आंच क्या, जो कसम कहिए खाऊंगा। जब मैंने काम ही नहीं किया तो मुझ पर कसम क्या पड़ेगी।

डाक्टर—अच्छा, बातें न बनाओ, जा कर पानी लाओ।

डाक्टर महोदय मानव चरित्र के ज्ञाता थे। सदैव अपराधियों से व्यवहार रहता था। यद्यपि दुर्गा जबान से हेकड़ी की बातें कर रहा था, पर उसके हृदय में भय समाया हुआ था। वह अपने झोंपड़े में आया, लेकिन लोटे में पानी लेकर जाने की हिम्मत न हुई। उसके हाथ थरथराने लगे। ऐसी घटनाएं याद आ गयीं जिनमें झूठी गंगा उठाने वाले पर दैवी कोप का प्रहार हुआ था। ईश्वर के सर्वज्ञ होने का ऐसा मर्मस्पर्शी विश्वास उसे कभी नहीं हुआ था। उसने निश्चय किया 'मैं झूठी गंगा न उठाऊंगा' यही न होगा, निकाल दिया जाऊंगा। नौकरी फिर कहीं न कहीं मिल जायगी और नौकरी भी न मिले तो मजूरी तो कहीं नहीं गई है। कुदाल भी चलाऊंगा तो सांझ तक आधे सेर आटे का ठिकाना हो जाएगा। वह धीरे-धीरे खाली हाथ डाक्टर साहब के सामने आकर खड़ा हो गया!

डाक्टर साहब ने कड़े स्वर से पूछा—पानी लाया?

दुर्गा—हुजूर, मैं गंगा न उठाऊंगा।

डाक्टर—तो तुम्हारा आम तोड़ना साबित है!

दुर्गा—अब सरकार जो चाहें, समझें। मान लीजिए, मैंने ही आम तोड़े तो आपका गुलाम ही तो हूं। रात-दिन ताबेदारी करता हूं, बाल-बच्चे आमों के लिए रोवें तो कहां जाऊं। अबकी जान बकसी जाय, फिर ऐसा कसूर न होगा।

डाक्टर महोदय इतने उदार न थे। उन्होंने यही बड़ा उपकार किया कि दुर्गा को पुलिस के हवाले न किया और हंटर नहीं लगाये। उसकी इस धार्मिक श्रद्धा ने उन्हें कुछ नर्म कर दिया था। मगर ऐसे दुर्बल हृदय को अपने यहां रखना असम्भव था। उन्होंने उसी क्षण दुर्गा को जवाब दे दिया और उसकी आधे महिने की बाकी मजदूरी जप्त कर ली।

3

कई मास के पश्चात् एक दिन डाक्टर मेहरा बाबू प्रेमशंकर के बाग की सैर करने गये। वहां से कुछ अच्छी-अच्छी कलमें लाना चाहते थे। प्रेमशंकर को भी बागबानी से प्रेम था और दोनों मनुष्यों में यही समानता थी, अन्य सभी विषयों में एक-दूसरे से भिन्न थे। प्रेमशंकर बड़े संतोषी, सरल-सहृदय मनुष्य थे। वे कई साल अमेरिका में रह चुके थे। वहां उन्होंने कृषि-विज्ञान का खूब अध्ययन किया था और यहां आकर इस वृत्ति को अपनी जीविका का आधार बना लिया था। मानव-चरित्र और वर्तमान सामाजिक संगठन के विषय में उनके विचार विचित्र थे।

इसीलिए शहर के सभ्य समाज में लोग उनकी उपेक्षा करते थे और उन्हें झक्की समझते थे। इसमें संदेह नहीं कि उनके सिद्धान्तों से लोगों को एक प्रकार की दार्शनिक सहानुभूति थी, पर उनके क्रियात्मक होने के विषय में उन्हें बड़ी शंका थी। संसार कर्मक्षेत्र है, मीमांसा क्षेत्र नहीं। यहां सिद्धांत, सिद्धांत ही रहेंगे, उनका प्रत्यक्ष घटनाओं से सम्बन्ध नहीं।

डाक्टर साहब बगीचे में पहुंचे तो उन्होंने प्रेमशंकर को क्यारियों में पानी देते हुए पाया। कुएं पर एक मनुष्य खड़ा पम्प से पानी निकाल रहा था। मेहरा ने उसे तुरंत ही पहचान लिया। वह दुर्गा माली था। डाक्टर साहब के मन में उस समय दुर्गा के प्रति एक विचित्र ईर्ष्या का भाव उत्पन्न हुआ। जिस नराधम को उन्होंने दंड देकर अपने यहां से अलग कर दिया था, उसे नौकरी क्यों मिल गयी? यही दुर्गा इस वक्त फटेहाल रोनी सूरत बनाये दिखाई देता तो डाक्टर साहब को उस पर दया आ जाती। ये सम्भवत: उसे कुछ इनाम देते और प्रेमशंकर से उसकी प्रशंसा भी कर देते। उनकी प्रकृति में दया थी और अपने नौकरों पर उनकी कृपादृष्टि रहती थी। परन्तु उनकी इस कृपा और दया में लेशमात्र भी भेद न था, जो अपने कुत्तों और घोड़ों से थी। इस कृपा का आधार न्याय नहीं, दीन-पालन है। दुर्गा ने उन्हें देखा, कुएं पर खड़े-खड़े सलाम किया और फिर अपने काम में लग गया। उसका यह अभिमान डाक्टर साहब के हृदय में भाले की भांति चुभ गया। उन्हें यह विचार कर अत्यंत क्रोध आया कि मेरे यहां से निकलना इसके लिए हितकर हो गया। उन्हें अपनी सहृदयता पर जो घमंड था, उसे बड़ा आघात लगा। प्रेमशंकर ज्योंही उनसे हाथ मिलाकर उन्हें क्यारियों की सैर कराने लगे, त्योंही डाक्टर साहब ने उनसे पूछा—यह आदमी आपके यहां कितने दिनों से है?

प्रेमशंकर—यही 6 या 7 महीने होंगे।

डाक्टर—कुछ नोच-खसोट तो नहीं करता है? यह मेरे यहां माली था। इसके हथलपकेपन से तंग आकर मैंने इसे निकाल दिया था। कभी फूल तोड़ कर बेच लाता, कभी पौधे उखाड़ ले जाता और फलों का कहना ही क्या? वे इसके मारे बचते ही न थे। एक बार मैंने मित्रों की दावत की थी। मलीहाबादी सुफेदे में खूब फल लगे हुए थे। जब सब आकर बैठ गये और मैं उन्हें फल दिखाने के लिए ले गया तो सारे फल गायब! कुछ न पूछिये, उस घड़ी कितनी भद्द हुई! मैंने उसी क्षण इन महाशय को दुतकार बताई। बड़ा ही दगाबाज आदमी है; और ऐसा चतुर है कि इसको पकड़ना मुश्किल है। कोई वकीलों ही जैसा काइयाँ आदमी हो तो इसे

पकड़ सकता है। ऐसी सफाई और ढिठाई से ढुलकता है कि इसका मुंह देखते रह जाइए। आपको भी तो कभी चरका नहीं दिया?

प्रेमशंकर—जी नहीं, कभी नहीं। मुझे इसने शिकायत का कोई अवसर नहीं दिया। यहां तो खूब मेहनत करता है, यहां तक कि दोपहर की छुट्टी में भी आराम नहीं करता। मुझे तो इस पर इतना भरोसा हो गया है कि सारा बगीचा इस पर छोड़ रक्खा है। दिन-भर में जो कुछ आमदनी होती है, वह शाम को मुझे दे देता है और कभी एक पाई का भी अंतर नहीं पड़ता।

डॉक्टर—यही तो इसका कौशल है कि आपको उलटे छुरे मूंड़े और आपको खबर भी नहीं। आप इसे वेतन क्या देते हैं?

प्रेमशंकर—यहां किसी को वेतन नहीं दिया जाता। सब लोग लाभ में बराबर के साझेदार हैं। महीने-भर में आवश्यक व्यय के पश्चात् जो कुछ बचता है, उनमें से 10 रू० प्रति सैकड़ा धर्मखाते में डाल दिया जाता है, शेष रुपये समान भागों में बांट दिये जाते हैं। पिछले महीने 140 रु० की आमदनी हुई थी। मुझे मिलाकर यहां सात आदमी हैं। 20 रु हिस्से पड़े। अबकी नारंगियाँ खूब हुई हैं; मटर की फलियों, गन्ने, गोभी आदि से अच्छी आमदनी हो रही है, 40 रु० से कम न पड़ेंगे।

डाक्टर मेहरा ने आश्चर्य से पूछा—इतने में आपका काम चल जाता है?

प्रेमशंकर—जी हां, बड़ी सुगमता से। मैं इन्हीं आदमियों के-से कपड़े पहनता हूं, इन्हीं का-सा खाना खाता हूं और मुझे कोई दूसरा व्यसन नहीं है। यहां 20 मासिक उन औषधियों का खर्च है, जो गरीबों को दी जाती हैं। ये रुपये संयुक्त आय से अलग कर लिये जाते हैं, किसी को कोई आपत्ति नहीं होती। यह साइकिल जो आप देखते हैं संयुक्त आय से ही ली गई है। जिसे जरूरत होती है इस पर सवार होता है। मुझे ये सब अधिक कार्य कुशल समझते हैं और मुझ पर पूरा विश्वास रखते हैं। बस, मैं इनका मुखिया हूं। जो कुछ सलाह देता हूं, उसे सब मानते हैं। कोई भी यह नहीं समझता कि मैं किसी का नौकर हूं। सबके सब अपने को साझेदार समझते हैं और जी तोड़कर मेहनत करते हैं। जहां कोई मालिक होता है और दूसरा उनका नौकर तो उन दोनों में तुरंत द्वेष पैदा हो जाता है। मालिक चाहता है कि इससे जितना काम लेते बने, लेना चाहिये। नौकर चाहता है कि मैं कम से कम काम करूं। उसमें स्नेह या सहानुभूति का नाम तक नहीं होता। दोनों यथार्थ में एक-दूसरे के शत्रु होते हैं। इस प्रतिद्वन्द्विता का दुष्परिणाम हम और आप देख ही रहे हैं। मोटे और पतले आदमियों के पृथक-पृथक दल बन गए हैं और

उनमें घोर संग्राम हो रहा है। काल-चिह्नों से ज्ञात होता है कि यह प्रतिद्धन्द्धिता अब कुछ ही दिनों की मेहमान है। इसकी जगह अब सहकारिता का आगमन होने वाला है। मैंने अन्य देशों में इस घातक संग्राम के दृश्य देखे हैं और मुझे घृणा हो गयी है। सहकारिता ही हमें इस संकट से मुक्त कर सकती है।

डाक्टर—तो यह कहिए कि आप 'सोशलिस्ट' हैं।

प्रेमशंकर—जी नहीं, मैं 'सोशलिस्ट' या 'डिमाक्रैट' कुछ नहीं हूं। मैं केवल न्याय और धर्म का दीन सेवक हूँ। मैं नि:स्वार्थ सेवा को विद्या से श्रेष्ठ समझता हूं। मैं अपनी आत्मिक और मानसिक-शक्तियों को, बुद्धि सामर्थ्य को, धन और वैभव का गुलाम नहीं बनाना चाहता। मुझे वर्तमान शिक्षा और सभ्यता पर विश्वास नहीं। विद्या का धर्म है—आत्मिक उन्नति का फल, उदारता, त्याग, सदिच्छा, सहानुभूति, न्यायपरता और दयाशीलता। जो शिक्षा हमें निर्बलों को सताने के लिए तैयार करे, जो हमें धरती और धन का गुलाम बनाये, जो हमें भोग-विलास में डुबाये, जो हमें दूसरों का रक्त पीकर मोटा होने का इच्छुक बनाये, वह शिक्षा नहीं है। अगर मूर्ख, लोभ और मोह के पंजे में फंस जाये तो वे क्षम्य हैं, परन्तु विद्या और सभ्यता के उपासकों की स्वार्थान्धता अत्यन्त लज्जाजनक है। हमने विद्या और बुद्धि-बल के विभूति शिखर पर चढ़ने का मार्ग बना लिया। वास्तव में वह सेवा और प्रेम का साधन था। कितनी विचित्र दशा है कि जो जितना ही बड़ा विद्वान् है, वह उतना ही बड़ा स्वार्थ सेवी है। बस, हमारी सारी विद्या और बुद्धि, हमारा सारा उत्साह और अनुराग, धनलिप्सा में ग्रसित है। हमारे प्रोफेसर साहब एक हजार से कम वेतन पायें तो उनका मुंह ही नहीं सीधा होता। हमारे दीवान और माल के अधिकारी लोग दो हजार मासिक पाने पर भी अपने भाग्य को रोया करते हैं। हमारे डाक्टर साहब चाहते हैं कि मरीज मरे या जिये, मेरी फीस में बाधा न पड़े और हमारे वकील साहब (क्षमा कीजिएगा) ईश्वर से मनाया करते हैं कि ईर्ष्या और द्वेष का प्रकोप हो और सोने की दीवार खड़ी कर लूं। 'समय धन है' इसी वाक्य को हम ईश्वर-वाक्य समझ रहे हैं। इन महान् पुरुषों में से प्रत्येक व्यक्ति सैकड़ों नहीं हजारों-लाखों की जीविका हड़प जाते हैं और फिर भी उन्हें जाति का भक्त बनने का दावा है। वह अपने स्वजाति-प्रेम का डंका बजाता फिरता है। पैदा दूसरे करें, पसीना दूसरे बहायें, खाना और मोछों पर ताव देना इनका काम है। मैं समस्त शिक्षित समुदाय को केवल निकम्मा ही नहीं, वरन् अनर्थकारी भी समझता हूं।

डाक्टर साहब ने बहुत धैर्य से काम लेकर पूछा—तो क्या आप चाहते हैं कि हम सबके सब मजूरी करें?

प्रेमशंकर — जी नहीं, हालांकि ऐसा हो तो मनुष्य-जाति का बहुत उपकार हो। मुझे जो आपत्ति है, यह केवल दशाओं में इस अन्यायपूर्ण विषमता से है। यदि एक मजूर 5 रुपये में अपना निर्वाह कर सकता है, तो एक मानसिक काम करने वाले प्राणी के लिए इससे दुगुनी-तिगुनी आय काफी होनी चाहिए और वह अधिकता इसलिए कि उसे कुछ उत्तम भोजन-वस्त्र तथा सुख की आवश्यकता होती है। मगर पांच और पांच हजार, पचास और पचास हजार का अस्वाभाविक अंतर क्यों हो ? इतना ही नहीं, हमारा समाज पांच और पांच लाख के अंतर का भी तिरस्कार नहीं करता ; वरन् उसकी और भी प्रशंसा करता है। शासन-प्रबंध, वकालत, चिकित्सा, चित्र-रचना, शिक्षा, दलाली, व्यापार, संगीत और इसी प्रकार की सैकड़ों अन्य कलाएं शिक्षित समुदाय की जीवन-वृत्ति बनी हुई हैं। पर इनमें से एक भी धनोपार्जन नहीं करती। इनका आधार दूसरों की कमाई पर है। मेरी समझ में नहीं आता कि वह उद्योग-धंधे जो जीवन की सामग्रियाँ पैदा करते हैं, जिन पर जीवन का अवलम्बन है, क्यों उन पेशों से नीचे समझे जाएं, जिनका काम केवल मनोरंजन या अधिक से अधिक धनोपार्जन में सहायता करना है। आज सारे वकीलों को देश निकाला हो जाय, सारे अधिकारी वर्ग लुप्त हो जाएं और सारे दलाल स्वर्ग को सिधारें, तब भी संसार का काम चलता रहेगा, बल्कि और भी सरलता से। किसान भूमि जोतेंगे, जुलाहे कपड़े बुनेंगे, बढ़ई, लोहार, राज, चर्मकार सबके सब पूर्ववत् अपना-अपना काम करते रहेंगे। उनकी पंचायतें उनके झगड़ों का निबटारा करेंगी। लेकिन यदि किसान न हों तो सारा संसार क्षुधा-पीड़ा से व्याकुल हो जाय। परन्तु किसान के लिए 5 रु० बहुत समझा जाता है और वकील साहब या डाक्टर साहब को पांच हजार भी काफी नहीं।

डाक्टर—आप अर्थशास्त्र के उस महत्त्वपूर्ण सिद्धांत को भूले जाते हैं जिसे श्रम-विभाजन (Division of Labour) कहते हैं। प्रकृति ने प्राणियों को भिन्न-भिन्न शक्तियां प्रदान की हैं और उनके विकास के लिए भिन्न-भिन्न दशाओं की आवश्यकता है।

प्रेमशंकर — मैं यह कब कहता हूं कि प्रत्येक मनुष्य को मजूरी करने पर मजबूर किया जाय ! नहीं जिसे परमात्मा ने विचार की शक्ति दी है, वह शास्त्रों की विवेचना करे। जो भावुक हो, वह काव्य की रचना करे, जो अन्याय से घृणा करता हो, वह वकालत करे। मेरा कथन यह है कि विभिन्न कार्यों की हैसियत में इतना अंतर न रहना चाहिए। मानसिक और औद्योगिक कामों में इतना फर्क न्याय के विरुद्ध है। यह प्रकृति के नियमों के प्रतिकूल ज्ञात होता है कि आवश्यक और

अनिवार्य कार्यों पर अनावश्यक और अनिवार्य कार्यों की प्रधानता हो। कतिपय सज्जनों का मत है कि इस असाम्य से गुणी लोगों का अनादर होगा और संसार को उनके सद्‌विचारों और सत्‌कार्यों से लाभ न पहुंच सकेगा। किंतु वे भूल जाते हैं कि संसार के बड़े से बड़े पंडित, बड़े से बड़े कवि, बड़े से बड़े आविष्कारक, बड़े से बड़े शिक्षक धन और प्रभुता के लोभ से मुक्त थे। हमारे अस्वाभाविक जीवन का एक कुपरिणाम यह भी है कि हम बलात् कवि और शिक्षक बन जाते हैं। संसार में आज अगणित लेखक और कवि, वकील और शिक्षक उपस्थित हैं। वे सब के सब पृथ्वी पर भार-रूप हो रहे हैं। जब उन्हें मालूम होगा कि इन दिव्य कलाओं में कुछ लाभ नहीं है तो वहीं लोग कवि होंगे, जिन्हें कवि होना चाहिए। संक्षेप में कहना यही है कि धन की प्रधानता ने हमारे समस्त समाज को उलट-पलट दिया।

डाक्टर मेहरा अधीर हो गये; बोले—महाशय, समाज-संगठन का यह रूप देव-लोक के लिए चाहे उपयुक्त हो, पर भौतिक संसार के लिए और इस भौतिक काल में वह कदापि उपयोगी नहीं हो सकता।

प्रेमशंकर—केवल इसी कारण से अभी तक धनवानों का, जमींदारों का और शिक्षित समुदाय का प्रभुत्व जमा हुआ है। पर इसके पहले भी, कई बार इस प्रभुत्व को धक्का लग चुका है। और चिह्नों से ज्ञात होता है कि निकट भविष्य में फिर इसकी पराजय होने वाली है। कदाचित् वह हार निर्णयात्मक होगी। समाज का चक्र साम्य से आरम्भ होकर फिर साम्य पर ही समाप्त होता है। एकाधिपत्य, रईसों का प्रभुत्व और वाणिज्य-प्राबल्य, उसकी मध्यवर्ती दशायें हैं। वर्तमान चक्र ने मध्यवर्ती दशाओं को भोग लिया है और वह अपने अंतिम स्थान के निकट आता जाता है। किंतु हमारी आंखें अधिकार और प्रभुता के मद में ऐसी भरी हुई हैं कि हमें आगे-पीछे कुछ नहीं सूझता। चारों ओर से जनतावाद का घोर नाद हमारे कानों में आ रहा है, पर हम ऐसे निश्चिन्त हैं मानो वह साधारण मेघ की गरज है। हम अभी तक उन्हीं विद्याओं और कलाओं में लीन हैं जिनका आश्रय दूसरों की मेहनत है। हमारे विद्यालयों की संख्या बढ़ती जाती है, हमारे वकीलखाने में पांव रखने की जगह बाकी नहीं, गली-गली फोटो स्टूडियो खुल रहे हैं, डाक्टरों की संख्या मरीज़ों से भी अधिक हो गयी है, पर अब भी हमारी आंखें नहीं खुलतीं। हम इस अस्वाभाविक जीवन, इस सभ्यता के तिलिस्म से बाहर निकलने की चेष्टा नहीं करते। हम शहरों में कारखाने खोलते फिरते हैं, इसलिए कि मजदूरों की मेहनत से मोटे हो जाएं। 30 रू० और 40 रु० सैकड़े लाभ की कल्पना करके फूले नहीं समाते, पर ऐसा कहीं देखने में नहीं आता कि किसी शिक्षित सज्जन ने कपड़ा बुनना या जमीन जोतना

शुरू किया हो। यदि कोई दुर्भाग्यवश ऐसा करे भी तो उसकी हंसी उड़ायी जाती है। हम उसी को मान-प्रतिष्ठा के योग्य समझते हैं जो तकिया-गद्दी लगाये बैठा रहे; हाथ-पैर न हिलाये और लेन-देन पर, सूद-बट्टे पर लाखों के वारे-न्यारे करता हो …।

यही बातें हो रही थीं कि दुर्गा माली एक डाली नारंगियां, गोभी के फूल, अमरूद, मटर की फलियां आदि सजाकर लाया और उसे डाक्टर साहब के सामने रख दिया। उसके चेहरे पर एक प्रकार का गर्व था, मानो उसकी आत्मा जागरित हो गई है। वह डाक्टर साहब के समीप एक मोटे मोढ़े पर बैठ गया और बोला—हुजूर को कैसी कलमें चाहिए? आप बाबू जी को एक चिट पर उनके नाम लिखकर दे दीजिए। मैं कल आपके मकान पहुंचा दूंगा। आपके बल-बच्चे तो अच्छी तरह हैं?

डाक्टर साहब ने कुछ सकुचा कर कहा—हां, लड़के अच्छी तरह हैं, तुम यहां अच्छी तरह हो!

दुर्गा—जी हां, आपकी दया से बहुत आराम से हूं।

डाक्टर साहब उठकर चले तो प्रेमशंकर उन्हें विदा करने साथ-साथ फाटक तक आये। डाक्टर साहब मोटर पर बैठे तो मुस्करा कर प्रेमशंकर से बोले—मैं आपके सिद्धांतों का कायल नहीं हुआ, पर इसमें संदेह नहीं कि आपने एक पशु को मनुष्य बना लिया। यह आपके सत्संग का फल है। लेकिन क्षमा कीजिएगा, मैं फिर भी कहूंगा कि आप इससे होशियार रहियेगा। 'यूजेनिक्स' (सुप्रजनन-शास्त्र) अभी तक किसी ऐसे प्रयोग का आविष्कार नहीं कर सका है, जो जन्म के संस्कारों को मिटा दे!

मूठ

डॉक्टर जयपाल ने प्रथम श्रेणी की सनद पायी थी, पर इसे भाग्य ही कहिए या व्यावसायिक सिद्धांतों का अज्ञान कि उन्हें अपने व्यवसाय में कभी उन्नत अवस्था न मिली। उनका घर संकरी गली में था; पर उनके जी में खुली जगह में घर लेने का विचार तक न उठा। औषधालय की अलमारियां, शीशियां और डॉक्टरी यंत्र आदि भी साफ-सुथरे न थे। मितव्ययिता के सिद्धांत का वह अपनी घरेलू बातों में भी बहुत ध्यान रखते थे।

लड़का जवान हो गया था, पर अभी उसकी शिक्षा का प्रश्न सामने न आया था। सोचते थे कि इतने दिनों तक पुस्तकों से सर मारकर मैंने ऐसी कौन-सी बड़ी सम्पत्ति पा ली, जो उसके पढ़ाने-लिखाने में हजारों रुपये बर्बाद करूं। उनकी पत्नी अहिल्या धैर्यवान महिला थी, पर डॉक्टर साहब ने उसके इन गुणों पर इतना बोझ रख दिया था कि उसकी कमर भी झुक गयी थी। मां भी जीवित थी, पर गंगा स्नान के लिए तरस-तरस कर रह जाती थी; दूसरे पवित्र स्थानों की यात्रा की चर्चा ही क्या! इस क्रूर मितव्ययिता का परिणाम यह था कि इस घर में सुख और शांति का नाम न था। अगर कोई मद फुटकल थी तो यह बुढ़िया महरी बगिया थी। उसने डॉक्टर साहब को गोद में खिलाया था और उसे इस घर से ऐसा प्रेम हो गया था कि सब प्रकार की कठिनाइयां झेलती थी, पर टलने का नाम न लेती थी।

2

डॉक्टर साहब डॉक्टरी आय की कमी को कपड़े और शक्कर के कारखानों में हिस्से लेकर पूरा करते थे। आज संयोगवश बम्बई के कारखाने ने इनके पास वार्षिक लाभ के साढ़े सात सौ रुपये भेजे। डॉक्टर साहब ने बीमा खोला, नोट गिने, डाकिये को विदा किया, पर डाकिये के पास रुपये अधिक थे, बोझ से दबा जाता था। बोला—हुजूर रुपये ले लें और मुझे नोट दे दें तो बड़ा अहसान हो, बोझ हलका हो

जाय। डॉक्टर साहब डाकियों को प्रसन्न रखा करते थे, उन्हें मुफ्त दवाइयां दिया करते थे। सोचा कि हां, मुझे बैंक जाने के लिए तांगा मंगाना ही पड़ेगा, क्यों न बिन कौड़ी के उपकार वाले सिद्धांत से काम लूं। रुपये गिन कर एक थैली में रख दिए और सोच ही रहे थे कि चलूं इन्हें बैंक में रखता आऊं कि एक रोगी ने बुला भेजा। ऐसे अवसर यहां कदाचित् ही आते थे। यद्यपि डॉक्टर साहब को बक्स पर भरोसा न था, पर विवश हो कर थैली बक्स में रखी और रोगी को देखने चले गए। वहां से लौटे तो तीन बज चुके थे, बैंक बंद हो चुका था। आज रुपये किसी तरह जमा न हो सकते थे। प्रतिदिन की भांति औषधालय में बैठ गये। आठ बजे रात को जब घर के भीतर जाने लगे तो थैली को घर ले जाने के लिए बक्स से निकाला, थैली कुछ हलकी जान पड़ी, तत्काल उसे दवाइयों के तराजू पर तौला, होश उड़ गए। पूरे पांच सौ रुपये कम थे। विश्वास न हुआ। थैली खोल कर रूपये गिने। पांच सौ रुपये कम निकले। विक्षिप्त अधीरता के साथ बक्स के दूसरे खानों को टटोला परंतु व्यर्थ। निराश होकर एक कुरसी पर बैठ गए और स्मरण-शक्ति को एकत्र करने के लिए आंखें बंद कर दी और सोचने लगे, मैंने रूपये कहीं अलग तो नहीं रखे, डाकिये ने रुपये कम तो नहीं दिये, मैंने गिनने में भूल तो नहीं की, मैंने पचीस-पचीस रुपये की गड्डियां लगायी थीं, पूरी तीस गड्डियां थीं, खूब याद है। मैंने एक-एक गड्डी गिन कर थैली में रखी, स्मरण-शक्ति मुझे धोखा नहीं दे रही है। सब मुझे ठीक-ठीक याद है। बक्स का ताला भी बंद कर दिया था, किन्तु ओह, अब समझ में आ गया, कुंजी मेज पर ही छोड़ दी, जल्दी के मारे उसे जेब में रखना भूल गया, वह अभी तक मेज पर पड़ी है। बस, यही बात है, कुंजी जेब में डालने की याद नहीं रही, परन्तु ले कौन गया? बाहर दरवाजे बंद थे। घर में धरे रूपये-पैसे कोई छूता नहीं, आज तक कभी ऐसा अवसर नहीं आया। अवश्य यह किसी बाहरी आदमी का काम है। हो सकता है कि कोई दरवाजा खुला रह गया हो, कोई दवा लेने आया हो, कुंजी मेज पर पड़ी देखी हो और बक्स खोल कर रुपये निकाल लिये हों

इसी से मैं रुपये नहीं लिया करता, कौन ठिकाना,डाकिये की ही करतूत हो बहुत सम्भव है, उसने मुझे बक्स में थैली रखते देखा था। रुपये जमा हो जाते तो मेरे पास पूरे ˙˙˙ हजार रुपये हो जाते, ब्याज जोड़ने में सरलता होती। क्या करूं। पुलिस को खबर दूं? व्यर्थ बैठे-बिठाये उलझन मोल लेनी है। टोले-भर के आदमियों की दरवाजे पर भीड़ होगी। दस-पांच आदमियों को गालियां खानी पड़ेगी और फल कुछ नहीं! तो क्या धीरज धर कर बैठ रहूं? कैसे धीरज धरूं! यह कोई सेंतमेत मिली धन तो था नहीं, हराम की कौड़ी होती तो समझता कि जैसे आयी, वैसे

गयी। यहां एक-एक पैसा अपने पसीने का है। मैं जो इतनी मितव्ययिता से रहता हूँ, इतने कष्ट से रहता हूं, कंजूस प्रसिद्ध हूं, घर के आवश्यक व्यय में काट-छांट करता हूं, क्या इसीलिए कि किसी उचक्के के लिए मनोरंजन का सामान जुटाऊँ? मुझे रेशम से घृणा नहीं, न मेवे ही अरुचिकर हैं, न अजीर्ण का रोग है कि मलाई खाऊ और अनपच हो जाय, न आंखों में दृष्टि कम है कि थियेटर और सिनेमा का आनन्द न उठा सकूं। मैं सब ओर से अपने मन को मारे रहता हूं, इसलिए तो कि मेरे पास चार पैसे हो जायं, काम पड़ने पर किसी के आगे हाथ फैलाना न पड़े। कुछ जायदाद ले सकूं, और नहीं तो अच्छा घर ही बनवा लूं। पर इस मन मारने का यह फल! गाढ़े परिश्रम के रूपये लुट जायं। अन्याय है कि मैं यों दिन-दहाड़े लुट जाऊं और उस दुष्ट का बाल भी टेढ़ा न हो। उसके घर दीवाली हो रही होगी, आनंद मनाया जा रहा होगा, सब के सब बगलें बजा रहे होंगे।

डॉक्टर साहब बदला लेने के लिए व्याकुल हो गये। मैंने कभी किसी फकीर को, किसी साधु को, दरवाजे पर खड़ा होने नहीं दिया। अनेक बार चाहने पर भी मैंने कभी मित्रों को अपने यहां निमंत्रित नहीं किया, कुटुम्बियों और संबंधियों से सदा बचता रहा, क्या इसीलिए उसका पता लग जाता तो मैं एक विषैली सुई से उसके जीवन का अंत कर देता।

किन्तु कोई उपाय नहीं है। जुलाहे का गुस्सा दाढ़ी पर। गुप्त पुलिसवाले भी बस नाम ही के हैं,पता लगाने की योग्यता नहीं। इनकी सारी अक्ल राजनीतिक व्याख्यानों और झूठी रिपोर्टों के लिखने में समाप्त हो जाती है। किसी मैस्मेरिज्म जानने वाले के पास चलूं, वह इस उलझन को सुलझा सकता है। सुनता हूँ, यूरोप और अमेरिका में बहुधा चोरियों का पता इसी उपाय से लग जाता है। पर यहां ऐसा मैस्मेरिज्म का पंडित कौन है और फिर मैस्मेरिज्म के उत्तर सदा विश्वसनीय नहीं होते। ज्योतिषियों के समान वे भी अनुमान और अटकल के अनंत-सागर में डुबकियां लगाने लगते हैं। कुछ लोग नाम भी तो निकालते हैं। मैंने कभी उन कहानियों पर विश्वास नहीं किया, परन्तु कुछ न कुछ इसमें तत्व है अवश्य, नहीं तो इस प्रकृति-उपासना के युग में इनका अस्तित्व ही न रहता। आजकल के विद्वान भी तो आत्मिक-बल का लोहा मानते जाते हैं, पर मान लो किसी ने नाम बतला ही दिया तो मेरे हाथ में बदला चुकाने का कौन-सा उपाय है, अंतर्ज्ञान साक्षी का काम नहीं दे सकता। एक क्षण के लिए मेरे जी को शांति मिल जाने के सिवाय और इनसे क्या लाभ है?

हां, खूब याद आया। नदी की ओर जाते हुए वह जो एक ओझा बैठता है, उसके करतब की कहानियां प्राय: सुनने में आती हैं। सुनता हूं, गये हुए धन का पता बतला देता है, रोगियों को बात की बात में चंगा कर देता है, चोरी के माल का पता लगा देता है, मूठ चलाता है। मूठ की बड़ी बड़ाई सुनी है, मूठ चली और चोर के मुंह से रक्त जारी हुआ, जब तक वह माल न लौटा दे रक्त बन्द नहीं होता। यह निशाना बैठ जाय तो मेरी हार्दिक इच्छा पूरी हो जाय! मुंह-मांगा फल पाऊंगा। रूपये भी मिल जाएं, चोर को शिक्षा भी मिल जाय! उसके यहां सदा लोगों की भीड़ लगी रहती है। उसमें कुछ करतब न होता तो इतने लोग क्यों जमा होते? उसकी मुखाकृति से एक प्रतिभा बरसती है। आजकल के शिक्षित लोगों को तो इन बातों पर विश्वास नहीं है, पर नीच और मूर्ख-मंडली में उसकी बहुत चर्चा है। भूत-प्रेत आदि की कहानियां प्रतिदिन ही सुना करता हूं। क्यों न उसी ओझो के पास चलूं? मान लो कोई लाभ न हुआ तो हानि ही क्या हो जाएगी। जहां पांच सौ गए हैं, दो-चार रुपये का खून और सही। यह समय भी अच्छा है। भीड़ कम होगी, चलना चाहिए।

3

जी में यह निश्चय करके डॉक्टर साहब उस ओझो के घर की ओर चले, जाड़े की रात थी। नौ बज गये थे। रास्ता लगभग बन्द हो गया था। कभी-कभी घरों से रामायण की ध्वनि कानों में आ जाती थी। कुछ देर बाद बिलकुल सन्नाटा हो गया। रास्ते में दोनों ओर हरे-भरे खेत थे। सियारों का हुंआना सुन पड़ने लगा। जान पड़ता है, इनका दल कहीं पास ही है। डॉक्टर साहब को प्राय: दूर से इनका सुरीला स्वर सुनने का सौभाग्य हुआ था। पास से सुनने का नहीं। इस समय इस सन्नाटे में और इतने पास से उनका चीखना सुन कर उन्हें डर लगा। कई बार अपनी छड़ी धरती पर पटकी, पैर धमधमाये। सियार बड़े डरपोक होते हैं, आदमी के पास नहीं आते; पर फिर संदेह हुआ, कहीं इनमें कोई पागल हो तो उसका काटा तो बचता ही नहीं। यह संदेह होते ही कीटाणु, बैक्टीरिया, पास्टयार इन्स्टिच्यूट और कसौली की याद उनके मस्तिष्क में चक्कर काटने लगी। वह जल्दी-जल्दी पैर बढ़ाये चले जाते थे। एकाएक जी में विचार उठा—कहीं मेरे ही घर में किसी ने रुपये उड़ा लिए हों तो। वे तत्काल ठिठक गये, पर एक ही क्षण में उन्होंने इसका भी निर्णय कर लिया, क्या हर्ज है, घरवालों को तो और भी कड़ा दंड मिलना चाहिए। चोर की मेरे साथ सहानुभूति नहीं हो सकती, पर घरवालों की सहानुभूति का मैं अधिकारी हूं। उन्हें

जानना चाहिए कि मैं जो कुछ करता हूं, उन्हीं के लिए करता हूं। रात-दिन मरता हूं तो उन्हीं के लिए मरता हूं। यदि इस पर भी वे मुझे यों धोखा देने के लिए तैयार हों तो उनसे अधिक कृतघ्न, उनसे अधिक अकृतज्ञ, उनसे अधिक निर्दय और कौन होगा? उन्हें और भी कड़ा दंड मिलना चाहिए। इतना कड़ा, इतना शिक्षाप्रद कि फिर कभी किसी को ऐसा करने का साहस न हो।

अंत में वे ओझे के घर के पास जा पहुंचे। लोगों की भीड़ न थी। उन्हें बड़ा संतोष हुआ। हां, उनकी चाल कुछ धीमी पड़ गयी। फिर जी में सोचा, कहीं यह सब ढकोसला ही ढकोसला हो तो व्यर्थ लज्जित होना पड़े। जो सुने, मूर्ख बनाए। कदाचित् ओझा ही मुझे तुच्छबुद्धि समझे। पर अब तो आ गया, यह तजरबा भी हो जाय। और कुछ न होगा तो जांच ही सही। ओझा का नाम बुद्धू था। लोग चौधरी कहते थे। जाति का चमार था। छोटा-सा घर और वह भी गन्दा। छप्पर इतनी नीची थी कि झुकने पर भी सिर में टक्कर लगने का डर लगता था। दरवाजे पर एक नीम का पेड़ था। उसके नीचे एक चौरा। नीम के पेड़ पर एक झंडी लहराती थी। चौरे पर मिट्टी के सैकड़ों हाथी सिंदूर से रंगे हुए खड़े थे। कई लोहे के नोकदार त्रिशूल भी गड़े थे, जो मानो इन मंदगति हाथियों के लिए अंकुश का काम दे रहे थे। दस बजे थे। बुद्धू चौधरी जो एक काले रंग का तोंदीला और रोबदार आदमी था, एक फटे हुए टाट पर बैठा नारियल पी रहा था। बोतल और गिलास भी सामने रखे हुए।

बुद्धू ने डॉक्टर साहब को देख कर तुरंत बोतल छिपा दी और नीचे उतर कर सलाम किया। घर से एक बुढ़िया ने मोढ़ा ला कर उनके लिए रख दिया। डॉक्टर साहब ने कुछ झेंपते हुए सारी घटना कह सुनायी। बुद्धू ने कहा, हुजूर, यह कौन बड़ा काम है। अभी इसी इतवार को दरोगा जी की घड़ी चोरी गयी थी, बहुत कुछ तहकीकात की, पता न चला। मुझे बुलाया। मैंने बात की बात में पता लगा दिया। पांच रुपये इनाम दिए। कल की बात है, जमादार साहब की घोड़ी खो गयी थी। चारों तरफ़ दौड़ते फिरते थे। मैंने ऐसा पता बता दिया कि घोड़ी चरती हुई मिल गयी। इसी विद्या की बदौलत हजूर हुक्काम सभी मानते हैं।

डॉक्टर को दरोगा और जमादार की चर्चा न रुची। इन सब गंवारों की आंखों में जो कुछ है, वह दरोगा और जमादार ही हैं। बोले—मैं केवल चोरी का पता लगाना नहीं चाहता, मैं चोर को सजा देना चाहता हूं।

बुद्धू ने एक क्षण के लिए आंखें बंद कीं, जमुहाइयां लीं, चुटकियां बायीं और फिर कहा—यह घर ही के किसी आदमी का काम है।

डॉक्टर—कुछ परवाह नहीं, कोई हो।

बुढ़िया —पीछे से कोई बात बने या बिगड़ेगी तो हजूर हमीं को बुरा कहेंगे।

डॉक्टर —इसकी तुम कुछ चिंता न करो, मैंने खूब सोच-विचार लिया है! बल्कि अगर घर के किसी आदमी की शरारत है तो मैं उसके साथ और भी कड़ाई करना चाहता हूं। बाहर का आदमी मेरे साथ छल करे तो क्षमा के योग्य है, पर घर के आदमी को मैं किसी प्रकार क्षमा नहीं कर सकता।

बुद्धू—तो हुजूर क्या चाहते हैं?

डॉक्टर—बस, यही कि मेरे रुपये मिल जाएं और चोर किसी बड़े कष्ट में पड़ जाय।

बुद्धू—मूठ चला दूं?

बुढ़िया—ना बेटा, मूठ के पास न जाना। न जाने कैसी पड़े, कैसी न पड़े।

डॉक्टर—तुम मूठ चला दो, इसका जो कुछ मेहनताना और इनाम हो, मैं देने को तैयार हूं।

बुढ़िया—बेटा, मैं फिर कहती हूं, मूठ के फेर में मत पड़। कोई जोखम की बात आ पड़ी तो वही बाबू जी फिर तेरे सिर होंगे और तेरे बनाये कुछ न बनेगी। क्या जानता नहीं, मूठ को उतार कितना कठिन है?

बुद्धू—हां बाबू जी! फिर एक बार अच्छी तरह सोच लीजिए। मूठ तो मैं चला दूंगा, लेकिन उसको उतारने का जिम्मा मैं नहीं ले सकता।

डॉक्टर—अभी कह तो दिया, मैं तुमसे उतारने को न कहूंगा, चलाओ भी तो।

बुद्धू ने आवश्यक सामान की एक लम्बी तालिका बनायी। डॉक्टर साहब ने सामान की अपेक्षा रुपये देना अधिक उचित समझा। बुद्धू राजी हो गया। डॉक्टर साहब चलते-चलते बोले—ऐसा मंतर चलाओ कि सबेरा होते-होते चोर मेरे सामने माल लिये हुए आ जाय।

बुद्धू ने कहा—आप निसाखातिर रहें।

4

डॉक्टर साहब वहां से चले तो ग्यारह बजे थे। जाड़े की रात, कड़ाके की ठंड थी। उनकी मां और स्त्री दोनों बैठी हुई उनकी राह देख रही थीं। जी को बहलाने के लिए बीच में एक अंगीठी रख ली थी, जिसका प्रभाव शरीर की अपेक्षा विचार पर अधिक पड़ता था। यहां कोयला विलास्य पदार्थ समझा जाता था। बुढ़िया

महरी जगिया वहीं फटा टाट का टुकड़ा ओढ़े पड़ी थी। वह बार-बार उठकर अपनी अंधेरी कोठरी में जाती, आले पर कुछ टटोल कर देखती और फिर अपनी जगह पर आ कर पड़ रहती। बार-बार पूछती, कितनी रात गयी होगी। जरा भी खटका होता तो चौंक पड़ती और चिंतित दृष्टि से इधर-उधर देखने लगती। आज डॉक्टर साहब ने नियम के प्रतिकूल क्यों इतनी देर लगायी, इसका सबको आश्चर्य था। ऐसे अवसर बहुत कम आते थे कि उन्हें रोगियों को देखने के लिए रात को जाना पड़ता हो। यदि कुछ लोग उनकी डॉक्टरी के कायल भी थे, तो वे रात को उसे गली में आने का साहस न करते थे। सभा-सोसाइटियों में जाने को उन्हें रुचि न थी। मित्रों से भी उनका मेल-जोल न था। मां ने कहा — जाने कहां चला गया, खाना बिलकुल पानी हो गया।

अहिल्या — आदमी जाता है तो कह कर जाता है, आधी रात से ऊपर हो गयी।

मां — कोई ऐसी ही अटक हो गयी होगी, नहीं तो वह कब घर से बाहर निकलता है?

अहिल्या — मैं तो अब सोने जाती हूं, उनका जब जी चाहे आयें। कोई सारी रात बैठा पहरा देगा।

यही बातें हो रही थीं कि डॉक्टर साहब घर आ पहुंचे। अहिल्या संभल बैठी; जगिया उठकर खड़ी हो गयी और उनकी ओर सहमी हुई आंखों से ताकने लगी। मां ने पूछा — आज कहां इतनी देर लगा दी।

डॉक्टर —तुम लोग तो सुख से बैठी हो न! हमें देर हो गयी, इसकी तुम्हें क्या चिंता! जाओ, सुख से सोओ, इन ऊपरी दिखावटी बातों से मैं धोखे में नहीं आता। अवसर पाओ तो गला काट लो, इस पर चली हो बात बनाने!

मां ने दु:खी हो कर कहा — बेटा! ऐसी जी दुखाने वाली बातें क्यों करते हो? घर में तुम्हारा कौन बैरी है जो तुम्हारा बुरा चेतेगा?

डॉक्टर — मैं किसी को अपना मित्र नहीं समझता, सभी मेरे बैरी हैं, मेरे प्राणों के ग्राहक हैं! नहीं तो क्या आंख ओझल होते ही मेरी मेज से पांच सौ रुपये उड़ जाएं? दरवाजे बाहर से बंद थे, कोई गैर आया नहीं, रुपये रखते ही उड़ गये। जो लोग इस तरह मेरा गला काटने पर उतारू हों, क्योंकर अपना समझूं। मैंने खूब पता लगा लिया है, अभी एक ओझे के पास से चला आ रहा हूँ। उसने साफ कह दिया कि घर के ही किसी आदमी का काम है। अच्छी बात है, जैसी करनी वैसी भरनी। मैं भी बता दूंगा कि मैं अपने बैरियों का शुभचिन्तक नहीं हूं। यदि बाहर का

आदमी होता तो कदाचित् मैं जाने भी देता। पर जब घर के आदमी जिनके लिए रात दिन चक्की पीसता हूँ, मेरे साथ ऐसा छल करें तो वे इसी योग्य हैं कि उनके साथ जरा भी रिआयत न की जाय। देखना सबेरे तक चोर की क्या दशा होगी। मैंने ओझे से मूठ चलाने को कह दिया है। मूठ चली और उधर चोर के प्राण संकट में पड़े।

जगिया घबड़ा कर बोली —भइया मूठ में जान जोखिम है।

डॉक्टर — चोर की यही सजा है।

जगिया — किस ओझे ने चलाया है?

डॉक्टर — बुद्धू चौधरी ने।

जगिया — अरे राम, उसकी मूठ का तो उतार ही नहीं।

डॉक्टर अपने कमरे में चले गये, तो मां ने कहा—सूम का धन शैतान खाता है। पांच सौ रुपया कोई मुंह मार कर ले गया। इतने में तो मेरे सातों धाम हो जाते।

अहिल्या बोली — कंगन के लिए बरसों से झांक रही हूं, अच्छा हुआ, मेरी आह पड़ी है।

मां — भला घर में उसके रुपये कौन लेगा?

अहिल्या — किवाड़ खुले होंगे, कोई बाहरी आदमी उड़ा ले गया होगा।

मां — उसको विश्वास क्योंकर आ गया कि घर ही के किसी आदमी ने रुपये चुराये हैं?।

अहिल्या — रुपये का लोभ आदमी को शक्की बना देता है।

5

रात का एक बजा था। डॉक्टर जयपाले भयानक स्वप्न देख रहे थे। एकाएक अहिल्या ने आ कर कहा—जरा चल कर देखिए, जगिया का क्या हाल हो रहा है। जान पड़ता है, जीभ ऐंठ गई। कुछ बोलती ही नहीं, आंखें पथरा गयी हैं।

डॉक्टर चौंक कर उठ बैठे। एक क्षण तक इधर-उधर ताकते रहे; मानो सोच रहे थे, यह भी स्वप्न तो नहीं है। तब बोले — क्या कहा! जगिया को क्या हो गया?

अहिल्या ने फिर जगिया का हाल कहा। डॉक्टर के मुख पर हल्की-सी मुस्कराहट दौड़ गयी। बोले — चोर पकड़ गया! मूठ ने अपना काम किया।

अहिल्या — और जो घर ही के किसी आदमी ने ले लिए होते?

डॉक्टर — तो उसकी भी यही दशा होती, सदा के लिए सीख जाता।

अहिल्या—पांच सौ रुपये के पीछे प्राण ले लेते है।

डॉक्टर—पांच सौ रुपये के लिए नहीं, आवश्यकता पड़े तो पांच हजार खर्च कर सकता हूं, केवल छल-कपट का दंड देने के लिए।

अहिल्या—बड़े निर्दयी हो।

डॉक्टर—तुम्हें सिर से पैर तक सोने से लाद दूं तो मुझे भलाई का पुतला समझने लगो, क्यों? खेद है कि मैं तुमसे यह सनद नहीं ले सकता।

यह कहते हुए वह जगिया की कोठरी में गये। उसकी हालत उससे कहीं अधिक खराब थी जो अहिल्या ने बतायी थी। मुख पर मुर्दनी छायी हुई थी, हाथ-पैर अकड़ गये थे, नाड़ी का कहीं पता न था। उसकी मां उसे होश में लाने के लिए बार-बार उसके मुंह पर पानी के छींटे दे रही थी। डॉक्टर ने यह हालत देखी तो होश उड़ गये। उन्हें अपने उपाय की सफलता पर प्रसन्न होना चाहिए था। जगिया ने रुपये चुराये, इसके लिए अब अधिक प्रमाण की आवश्यकता न थी; परंतु मूठ इतनी जल्दी प्रभाव डालने वाला और घातक वस्तु है, इसका उन्हें अनुमान भी न था। वे चोर को एड़ियां रगड़ते, पीड़ा से कराहते और तड़पते देखना चाहते थे। बदला लेने की इच्छा आशातीत सफल हो रही थी; परन्तु वहां नमक की अधिकता थी; जो कौर को मुंह के भीतर धंसने नहीं देती। यह दु:खमय दृश्य देख कर प्रसन्न होने के बदले उनके हृदय पर चोट लगी। रोब में हम अपनी निर्दयता और कठोरता का भ्रममूलक अनुमान कर लिया करते हैं। प्रत्यक्ष घटना विचार से कहीं अधिक प्रभावशालिनी होती है। रणस्थल का विचार कितना कवित्वमय है। युद्धावेश का काव्य कितनी गर्मी उत्पन्न करने वाला है। परन्तु कुचले हुए शव के कटे हुए अंग-प्रत्यंग देख कर कौन मनुष्य है जिसे रोमांच न हो आवे। दया मनुष्य का स्वाभाविक गुण है।

इसके अतिरिक्त इसका उन्हें अनुमान न था कि जगिया जैसी दुर्बल आत्मा मेरे रोष पर बलिदान होगी। वह समझते थे, मेरे बदले का वार किसी सजीव मनुष्य पर होगा; यहां तक कि वे अपनी स्त्री और लड़के को भी इस वार के योग्य समझते थे। पर मरे को मारना, कुचले को कुचलना, उन्हें अपना प्रतिघात मर्यादा के विपरीत जान पड़ता। बगिया का यह काम क्षमा के योग्य था। जिसे रोटियों के लाले हों, कपड़ों को तरसे, जिसकी आकांक्षा का भवन सदा अंधकारमय रहा हो, जिसकी इच्छायें कभी पूरी न हुई हों, उसकी नीयत बिगड़ जाये तो आश्चर्य की बात नहीं। वे तत्काल औषधालय में गये, होश में लाने की जो अच्छी-अच्छी औषधियां थीं, उनको मिला कर एक मिश्रित नयी औषधि बना लाये, जगिया के गले में उतार दी। कुछ लाभ न हुआ। तब विद्युत यंत्र ले आये और उसकी सहायता से जगिया को होश में

लाने का यत्न करने लगे। थोड़ी ही देर में जगिया की आंखें खुल गयीं। उसने सहमी हुई दृष्टि से डॉक्टर को देखा, वैसे लड़का अपने अध्यापक की छड़ी की ओर देखता है, और उखड़े हुए स्वर में बोली — हाय राम, कलेजा फुंका जाता है, अपने रुपये ले ले, आले पर एक हांड़ी है, उसी में रखे हुए हैं। मुझे अंगारों से मत जला। मैंने तो यह रूपये तीरथ करने के लिए चुराये थे। क्या तुझे तरस नहीं आता, मुट्ठी-भर रुपयों के लिए मुझे आग में जला रहा है, मैं तुझे ऐसा काला न समझती थी, हाय राम!

यह कहते-कहते वह फिर मूर्छित हो गयी, नाड़ी बन्द हो गयी, ओठ नीले पड़ गये, शरीर के अंगों में खिंचाव होने लगा। डॉक्टर ने दीन भाव से अहिल्या की ओर देखा और बोले — मैं तो अपने सारे उपाय कर चुका, अब इसे होश में लाना मेरी सामर्थ्य के बाहर है। मैं क्या जानता था कि यह अभागी मूठ इतनी घातक होती है। कहीं इसकी जान पर बन गयी तो जीवन-भर पछताना पड़ेगा। आत्मा की ठोकरों से कभी छुटकारा न मिलेगा। क्या करूं बुद्धि कुछ काम नहीं करती।

अहिल्या — सिविल सर्जन को बुलाओ, कदाचित् वह कोई अच्छी दवा दे दे। किसी को जान-बूझ कर आग में ढकेलना न चाहिए।

डॉक्टर — सिविल सर्जन इससे अधिक और कुछ नहीं कर सकता, जो मैं कर चुका। हर घड़ी इसकी दशा और गिरती जाती है, न जाने हत्यारे ने कौन-सा मंत्र चला दिया। उसकी मां मुझे बहुत समझाती रही, पर मैंने क्रोध में उसकी बातों की जरा भी परवाह न की।

मां — बेटा, तुम उसी को बुलाओ जिसने मंत्र चलाया है; पर क्या किया ज़ायगा। कहीं मर गयी तो हत्या सिर पर पड़ेगी। कुटुम्ब को सदा सतायेगी।

6

दो बज रहे थे, ठंडी हवा हड्डियों में चुभी जाती थी। डॉक्टर लम्बे पांवों बुद्धू चौधरी के घर की ओर चले जाते थे। इधर-उधर व्यर्थ आंखें दौड़ाते थे कि कोई एक्का या तांगा मिल जाय। उन्हें मालूम होता था कि बुद्धू का घर बहुत दूर हो गया। कई बार धोखा हुआ, कहीं रास्ता तो नहीं भूल गया। कई बार इधर आया हूँ, यह बाग तो कभी नहीं मिला, लेटरबक्स भी सड़क पर कभी नहीं देखा, यह पुल तो कदापि न था, अवश्य राह भूल गया। किससे पूंछू? वे अपनी स्मरणशक्ति पर झुंझलाये और उसी ओर थोड़ी दूर तक दौड़े। पता नहीं, दुष्ट इस समय मिलेगा भी या नहीं, शराब में मस्त पड़ा होगा। कहीं इधर बेचारी चल न बसी हो। कई बार

इधर-उधर घूम जाने का विचार हुआ पर, अंतःप्रेरणा ने सीधी राह से हटने न दिया। यहां तक कि बुद्धू का घर दिखाई पड़ा। डॉक्टर जयपाल की जान में जान आयी। बुद्धू के दरवाजे पर जा कर जोर से कुण्डी खटखटायी। भीतर से कुत्ते ने असभ्यतापूर्ण उत्तर दिया, पर किसी आदमी को शब्द न सुनायी दिया। फिर जोर-जोर से किवाड़ खटखटाया, कुता और भी तेज पड़ा, बुढ़िया की नींद टूटी। बोली—यह कौन इतनी रात गये किवाड़ तोड़े डालता है?

डॉक्टर—मैं हूं, जो कुछ देर हुई तुम्हारे पास आया था।

बुढ़िया ने बोली पहचानी, समझ गयी इनके घर के किसी आदमी पर विपद पड़ी, नहीं तो इतनी रात गये क्यों आते; पर अभी तो बुद्धू ने मूठ चलाई नहीं। उसका असर क्यों कर हुआ, समझाती थी तब न माने। खूब फंसे। उठकर कुप्पी जलायी और उसे लिये बाहर निकली। डॉक्टर साहब ने पूछा—बुद्धू चौधरी सो रहे हैं? जरा उन्हें जगा दो।

बुढ़िया—न बाबू जी, इस बखत मैं न जगाऊंगी, मुझे कच्चा ही खा जायगा, रात को लाट साहब भी आवे तो नहीं उठता।

डॉक्टर साहब ने थोड़े शब्दों में पूरी घटना कह सुनायी और बड़ी नम्रता के साथ कहा कि बुद्धू को जगा दे। इतने में बुद्धू अपने ही आप बाहर निकल आया और आंखें मलता हुआ बोला—कहिए बाबू जी, क्या हुकुम है?

बुढ़िया ने चिढ़ कर कहा—तेरी नीद आज कैसे खुल गयी, मैं जगाने गयी होती तो मारने उठता।

डॉक्टर—मैंने सब माजरा बुढ़िया से कह दिया है, इसी से पूछो।

बुढ़िया—कुछ नहीं, तूने मूठ चलायी थी रूपये इनके घर की महरी ने लिये हैं, अब उसका अब-तब हो रहा है।

डॉक्टर—बेचारी मर रही है, कुछ ऐसा उपाय करो कि उसके प्राण बच जायं!

बुद्धू—यह तो आपने बुरी सुनायी, मूठ को फेरना सहज नहीं है।

बुढ़िया—बेटा, जान जोखम है, क्या तू जानता नहीं। कहीं उल्टे फेरनेवाले पर ही पड़े तो जान बचना ही कठिन हो जाय।

डॉक्टर—अब उसकी जान तुम्हारे ही बचाये बचेगी, इतना धर्म करो।

बुढ़िया—दूसरे की जान की खातिर कोई अपनी जान गढ़े में डालेगा?

डॉक्टर—तुम रात-दिन यही काम करते हो, तुम उसके दांव-घात सब जानते हो। मार भी सकते हो, जिला भी सकते हो। मेरा तो इन बातों पर बिलकुल

विश्वास ही न था, लेकिन तुम्हारा कमाल देख कर दंग रह गया। तुम्हारे हाथों कितने ही आदमियों का भला होता है, उस गरीब बुढ़िया पर दया करो।

बुद्धू कुछ पसीजा, पर उसकी मां मामलेदारी में उससे कहीं अधिक चतुर थी। डरी, कहीं यह नरम हो कर मामला बिगाड़ न दे। उसने बुद को कुछ कहने का अवसर न दिया। बोली —यह तो सब ठीक है, पर हमारे भी बाल-बच्चे हैं! न जाने कैसी पड़े कैसी न पड़े। वह हमारे सिर आवेगी न? आप तो अपना काम निकाल कर अलग हो जायेगे। मूठ फेरना हंसी नहीं है।

बुद्धू — हां बाबू जी, काम बड़े जोखम का है।

डॉक्टर — काम जोखम का है तो मुफ्त तो नहीं करवाना चाहता।

बुढ़िया — आप बहुत देंगे, सौ-पचास रुपये देंगे। इतने में हम कै दिन तक खायेंगे। मूठ फेरना सांप के बिल में हाथ डालना है, आग में कूदना है। भगवान् की ऐसी ही निगाह हो तो जान बचती है।

डॉक्टर — तो माता जी, मैं तुमसे बाहर तो नहीं होता हैं। जो कुछ तुम्हारी मरजी हो वह कहो। मुझे तो उस गरीब की जान बचानी है। यहां बातों में देर हो रही है, वहां मालूम नहीं उसका क्या हाल होगा।

बुढ़िया — देर तो आप ही कर रहे हैं, आप बात पक्की कर दें तो यह आपके साथ चला जाये। आपकी खातिर यह जोखम अपने सिर ले रही हूं, दूसरा होता तो झट इनकार कर जाती। आपके मुलाहजे में पड़ कर जानबूझ कर जहर पी रही हूँ।

डॉक्टर साहब को एक क्षण एक वर्ष जान पड़ रहा था। वह बुद्धू को उसी समय अपने साथ ले जाना चाहते थे। कहीं उसका दम निकल गया तो यह जा कर क्या बनायेगा। उस समय उनकी आंखों में रुपये का कोई मूल्य न था। केवल यही चिन्ता थी कि जगिया मौत के मुंह से निकल आये। जिस रूपये पर वह अपनी आवश्यकताएं और घरवालों की आकांक्षाएं निछावर करते उसे दया के आवेश ने बिलकुल तुच्छ बना दिया था। बोले— तुम्हीं बतलाओ, अब मैं क्या कहूं, पर जो कुछ कहना हो झटपट कह दो।

बुढ़िया — अच्छा तो पांच सौ रुपये दीजिए, इससे कम में काम न होगा।

बुद्धू ने मां की ओर आश्चर्य से देखा, और डॉक्टर साहब मूर्छित-से हो गये, निराशा से बोले — इतना मेरे बूते से बाहर है, जान पड़ता है उसके भाग्य में मरना ही बदा है।

बुढ़िया — तो जाने दीजिए, हमें अपनी जान भार थोड़े ही है। हमने तो आपके मुलाहिजे से इस काम का बीड़ा उठाया था। जाओ बुद्धू, सोओ।

डॉक्टर—बूढ़ी माता, इतनी निर्दयता न करो,आदमी का काम आदमी से निकलता है।

बुद्धू—नहीं बाबू जी, मैं हर तरह से आपका काम करने को तैयार है। इसने पांच सौ कहे, आप कुछ कम कर दीजिए। हां, जोखम का ध्यान रखिएगा।

बुढ़िया—तू जा के सोता क्यों नहीं? इन्हें रूपये प्यारे हैं तो क्या मुझे अपनी जान प्यारी नहीं है। कल को लहू थूकने लगेगी तो कुछ बनाये न बनेगी, बाल-बच्चों को किस पर छोड़ेगा? है घर में कुछ?

डॉक्टर साहब ने संकोच करते हुए ढाई सौ रुपये कहे। बुद्धू राजी हो गया, मामला तय हुआ, डॉक्टर साहब उसे साथ लेकर घर की ओर चले। उन्हें ऐसी आत्मिक प्रसन्नता कभी न मिली थी। हारा हुआ मुकदमा जीत कर अदालत से लौटने वाला मुकदमेबाज भी इतना प्रसन्न न होगा। लपके चले जाते थे। बुद्धू से बार-बार तेज चलने को कहते। घर पहुंचे तो जगिया को बिलकुल मरने के निकट पाया। जान पड़ता था यही सांस अन्तिम सांस है। उनकी मां और स्त्री दोनों आंसू भरे निराश बैठी थीं। बुद्धू को दोनों ने विनम्र दृष्टि से देखा। डॉक्टर साहब के आंसू भी न रुक सके। जगिया की ओर झुके तो आंसू की बूंदें उसके मुरझाये हुए पीले मुंह पर टपक पड़ीं। स्थिति ने बुद्धू को सजग कर दिया। बुढ़िया के देह पर हाथ रखते हुए बोला—बाबू जी, अब मेरा किया कुछ नहीं हो सकता, यह दम तोड़ रही है।

डॉक्टर साहब ने गिड़गिड़ा कर कहा—नहीं चौधरी, ईश्वर के नाम पर अपना मंत्र चलाओ, इसकी जान बच गयी तो सदा के लिए मैं तुम्हारा बना रहूंगा।

बुद्धू—आप मुझे जान-बूझ कर जहर खाने को कहते हैं। मुझे मालूम न था कि मूठ के देवता इस बखत इतने गरम हैं। वह मेरे मन में बैठे कह रहे हैं, तुमने हमारा शिकार छीना तो हम तुम्हें निगल जायेंगे।

डॉक्टर—देवता को किसी तरह राजी कर लो।

बुद्धू—राजी करना बड़ा कठिन है, पांच सौ रुपये दीजिए तो इसकी जान बचे। उतारने के लिए बड़े-बड़े जतन करने पड़ेंगे।

डॉक्टर—पांच सौ रुपये दे दूं तो इसकी जान बचा दोगे?

बुद्धू—हां, शर्त बद कर।

डॉक्टर साहब बिजली की तरह लपक कर अपने कमरे में आ गये और पांच सौ रुपयों की थैली लाकर बुद्ध के सामने रख दी। बुद्धू ने विजय की दृष्टि से थैली को देखा। फिर जगिया का सर अपनी गोद में रखकर उस पर हाथ फेरने लगा। कुछ बुदबुदा कर छू-छू करता जाता था। एक क्षण में उसकी सूरत डरावनी हो गयी,

लपटें-सी निकलने लगीं। बार-बार अंगड़ाइयां लेने लगा। इसी दशा में उसने एक बेसुरा गाना आरम्भ किया, पर हाथ जगिया के सर पर ही था। अंत में कोई आध घंटा बीतने पर जगिया ने आंखें खोल दीं, जैसे बुझते हुए दिए में तेल पड़ जाय। धीरे-धीरे उसकी अवस्था सुधरने लगी। उधर कौवे की बोली सुनाई दी, जगिया एक अंगड़ाई ले कर उठ बैठी।

7

सात बजे थे। जगिया मीठी नींद सो रही थी; उसकी आकृति निरोग थी, बुद्धू रुपयों की थैली ले कर अभी गया था। डॉक्टर साहब की मां ने कहा—बात-की-बात में पांच सौ रुपये मार ले गया।

डॉक्टर—यह क्यों नहीं कहती कि एक मुरदे को जिला दिया। क्या उसके प्राण का मूल्य इतना भी नहीं है?

मां—देखो, आले पर पांच सौ रुपये हैं या नहीं?

डॉक्टर—नहीं, उन रुपयों में हाथ मत लगाना, उन्हें वहीं पड़े रहने दो। उसने तीरथ करने के वास्ते लिये थे, वह उसी काम में लगेंगे।

मां—यह सब रुपये उसी के भाग के थे।

डॉक्टर—उसके भाग के तो पांच सौ ही थे, बाकी मेरे भाग के थे। उनकी बदौलत मुझे ऐसी शिक्षा मिली, जो उम्र-भर न भूलेगी। तुम मुझे अब आवश्यक कामों में मुट्ठी बन्द करते हुए न पाओगी।

ब्रह्म का स्वांग

स्त्री

मैं वास्तव में अभागिन हूं, नहीं तो क्या मुझे नित्य ऐसे-ऐसे घृणित दृश्य देखने पड़ते! शोक की बात यह है कि वे मुझे केवल देखने ही नहीं पड़ते, वरन् दुर्भाग्य ने उन्हें मेरे जीवन का मुख्य भाग बना दिया है। मैं उस सुपात्र ब्राह्मण की कन्या हूं, जिसकी व्यवस्था बड़े-बड़े गहन धार्मिक विषयों पर सर्वमान्य समझी जाती है। मुझे याद नहीं, घर पर कभी बिना स्नान और देवोपासना किये पानी की एक बूंद भी मुंह में डाली हो। मुझे एक बार कठिन ज्वर में स्नानादि के बिना दवा पीनी पड़ी थी; उसका मुझे महीनों खेद रहा। हमारे घर में धोबी कदम नहीं रखने पाता। चमारिन दालान में भी नहीं बैठ सकती थी। किन्तु यहां आ कर मैं मानो भ्रष्टलोक में पहुंच गयी हूं। मेरे स्वामी बड़े दयालु, बड़े चरित्रवान् और बड़े सुयोग्य पुरुष हैं। उनके यह सद्गुण देख कर मेरे पिता जी उन पर मुग्ध हो गये थे। लेकिन! वे क्या जानते थे कि यहां लोग अघोर-पंथ के अनुयायी हैं। संध्या और उपासना तो दूर रही, कोई नियमित रूप से स्नान भी नहीं करता। बैठक में नित्य मुसलमान, क्रिस्तान सब आया-जाया करते हैं और स्वामी जी वहीं बैठे-बैठे पानी, दूध, चाय पी लेते हैं। इतना ही नहीं, वह वहीं बैठे-बैठे मिठाइयां भी खा लेते हैं। अभी कल की बात है, मैंने उन्हें लेमोनेड पीते देखा था। साईस जो चमार है, बेरोक-टोक घर में चला आता है। सुनती हूं वे अपने मुसलमान मित्रों के घर दावतें खाने भी जाते हैं। यह भ्रष्टाचार मुझसे नहीं देखा जाता। मेरा चित्त घृणा से व्याप्त हो जाता है। जब वे मुस्कराते हुए मेरे समीप आ जाते हैं और हाथ पकड़ कर अपने समीप बैठा लेते हैं तो मेरा जी चाहता है कि धरती फट जाये और मैं उसमें समा जाऊं। हा हिन्दू जाति! तूने हम स्त्रियों को पुरुषों की दासी बनना ही क्या हमारे जीवन का परम कर्तव्य बना दिया! हमारे विचारों का, हमारे सिद्धांतों का, यहां तक कि हमारे धर्म का भी कुछ मूल्य नहीं रहा।

अब मुझे धैर्य नहीं। आज मैं इस अवस्था का अन्त कर देना चाहती हूं। मैं इस आसुरिक भ्रष्ट-जाल से निकल जाऊंगी। मैंने अपने पिता की शरण में जाने का निश्चय कर लिया है। आज यहां सहभोजन हो रहा है, मेरे पति उसमें सम्मिलित ही नहीं, वरन् उसके मुख्य प्रेरकों में हैं। इन्हीं के उद्योग तथा प्रेरणा में यह विधर्मीय अत्याचार हो रहा है। समस्त जातियों के लोग एक साथ बैठकर भोजन कर रहे हैं। सुनती हूं, मुसलमान भी एक ही पंक्ति में बैठे हुए हैं। आकाश क्यों नहीं गिर पड़ता! क्या भगवान् धर्म की रक्षा करने के लिए अवतार न लेंगे! ब्राह्मण जाति अपने निजी बन्धुओं के सिवाय अन्य ब्राह्मणों का भी पकाया भोजन नहीं करती, वही महान् जाति इस अधोगति को पहुंच गई कि कायस्थों, बनियों, मुसलमानों के साथ बैठकर खाने में लेशमात्र भी संकोच नहीं करती, बल्कि इसे जातीय गौरव, जातीय एकता का हेतु समझती है।

पुरुष

वह कौन शुभ घड़ी होगी कि इस देश की स्त्रियों में ज्ञान का उदय होगा और वे राष्ट्रीय संगठन में पुरुषों की सहायता करेंगी? हम कब तक ब्राह्मणों के गोरखधन्धे में फंसे रहेंगे? हमारे विवाह-प्रवेश कब तक जानेंगे कि स्त्री और पुरुषों के विचार की अनुकूलता और समानता गोत्र और वर्ण से कहीं अधिक महत्त्व रखती है। यदि ऐसा ज्ञात होता तो मैं वृन्दा का पति न होता और न वृन्दा मेरी पत्नी। हम दोनों के विचारों में जमीन और असमान का अन्तर है। यद्यपि वह प्रत्यक्ष नहीं करती, किन्तु मुझे विश्वास है कि वह मेरे विचारों को घृणा की दृष्टि से देखती है। मुझे ऐसा ज्ञात होता है कि वह मुझे स्पर्श भी नहीं करना चाहती। यह उसका दोष नहीं, यह हमारे माता-पिता का दोष है, जिन्होंने हम दोनों पर ऐसा घोर अत्याचार किया।

कल वृन्दा खुल पड़ी। मेरे कई मित्रों ने सहभोज का प्रस्ताव किया था, मैंने उसका सहर्ष समर्थन किया। कई दिन के वाद-विवाद के पश्चात् अन्त को कल कुछ गिने-गिनाये सज्जनों ने सहभोज का सामान कर ही डाला। मेरे अतिरिक्त केवल चार और सज्जन ब्राह्मण थे, शेष अन्य जातियों के लोग थे। यह उदारता वृन्दा के लिए असह्य हो गई। जब मैं भोजन करके लौटा तो वह ऐसी विकल थी मानो उसके मर्मस्थल पर आघात हुआ हो। मेरी ओर विषादपूर्ण नेत्रों से देखकर बोली —अब तो स्वर्ग का द्वार अवश्य खुल गया होगा!

यह कठोर शब्द मेरे हृदय पर तीर के समान लगे! ऐंठकर बोला —स्वर्ग और नर्क की चिन्ता में वे रहते हैं— जो अपाहिज हैं— कर्तव्यहीन हैं, निर्जीव हैं;

हमारा स्वर्ग और नर्क सब इसी पृथ्वी पर है। हम इस कर्मक्षेत्र में कुछ कर जाना चाहते हैं।

वृन्दा — धन्य है आपके पुरुषार्थ को, आपके सामर्थ्य को। आज संसार में सुख और शांति का साम्राज्य हो जायगा। आपने संसार का उद्धार कर दिया। इससे बढ़कर उसका कल्याण क्या हो सकता है!

मैंने झुंझला कर कहा — अब तुम्हें इन विषयों के समझने की ईश्वर ने बुद्धि ही नहीं दी, तो क्या समझाऊं। इस पारस्परिक भेद से हमारे राष्ट्र को जो हानि हो रही है उसे मोटी से मोटी बुद्धि का मनुष्य भी समझ सकता है। इस भेद को मिटाने से देश का कितना कल्याण होता है, इसमें किसी को संदेह नहीं। हां, जो जानकर भी अनजान बने उसकी बात दूसरी है।

वृन्दा — बिना एक साथ भोजन किए परस्पर प्रेम उत्पन्न नहीं हो सकता?

मैंने इस विवाद में पड़ना अनुपयुक्त समझा। किसी ऐसी नीति की शरण लेनी आवश्यक जान पड़ी, जिसमें विवाद का स्थान ही न हो। वृन्दा की धर्म पर बड़ी श्रद्धा है, मैंने उसी के शास्त्र से उसे पराजित करना निश्चय किया। बड़े गम्भीर भाव से बोला — यदि असम्भव नहीं तो कठिन अवश्य है। किन्तु सोचो तो यह कितना घोर अन्याय है कि हम सब एक ही पिता की संतान होते हुए, एक-दूसरे से घृणा करें, ऊंच-नीच की व्यवस्था में मग्न रहें। यह सारा जगत् उसी परमपिता का विराट रूप है। प्रत्येक जीवन में उसी परमात्मा की ज्योति आलोकित हो रही है। केवल इसी भौतिक परदे ने हमें एक-दूसरे से पृथक कर दिया है। यथार्थ में हम सब एक हैं। जिस प्रकार सूर्य का प्रकाश अलग-अलग घरों में जाकर भिन्न नहीं हो जाता, उसी प्रकार ईश्वर की महान् आत्मा पृथक्-पृथक् जीवों में प्रविष्ट होकर विभिन्न नहीं होती···

मेरी इस ज्ञान-वर्षा ने वृन्दा के शुष्क हृदय को तृप्त कर दिया। वह तन्मय होकर मेरी बात सुनती रही। जब मैं चुप हुआ तो उसने भक्ति-भाव से देखा और रोने लगी।

स्त्री

स्वामी के ज्ञानोपदेश ने मुझे सजग कर दिया, मैं अंधेरे कुएं में पड़ी थी। इस उपदेश ने मुझे उठाकर एक पर्वत के ज्योतिर्मय शिखर पर बैठा दिया। मैंने अपनी कुलीनता से, झूठे अभिमान से, अपने वर्ण की पवित्रता के गर्व में, कितनी आत्माओं का निरादर किया! परमपिता, तुम मुझे क्षमा करो, मैंने अपने पूज्यपाद

पति से इस अज्ञान के कारण, जो अश्रद्धा प्रकट की है, जो कठोर शब्द कहे हैं, उन्हें क्षमा करना!

जबसे मैंने यह अमृत वाणी सुनी है, मेरा हृदय अत्यंत कोमल हो गया है; नाना प्रकार की सत्कल्पनाएं चित्त में उठती रहती हैं। कल धोबिन कपड़े लेकर आई थी। उसके सिर में बड़ा दर्द था। पहले मैं उसे इस दशा में देखकर कदाचित् मौखिक संवेदना प्रकट करती अथवा महरी से उसे थोड़ा तेल दिलवा देती; पर कल मेरा चित्त विकल हो गया। मुझे प्रतीत हुआ, मानो यह मेरी बहिन है। मैंने उसे अपने पास बैठा लिया और घंटे-भर तक उसके सिर में तेल मलती रही। उस समय मुझे जो स्वर्गीय आनन्द हो रहा था, वह अकथनीय है। मेरा अन्त:करण किसी प्रबल शक्ति के वशीभूत होकर उसकी ओर खिंचा चला जाता था। मेरी ननद ने आकर मेरे इस व्यवहार पर कुछ नाक-भौं चढ़ाई, पर मैंने लेशमात्र भी परवाह न की। आज प्रात:काल कड़ाके की सर्दी थी! हाथ-पांव गले जाते थे। महरी काम करने आई तो खड़ी कांप रही थी। मैं लिहाफ ओढ़े अंगीठी के सामने बैठी हुई थी! तिस पर भी मुंह बाहर निकालते न बनता था। महरी की सूरत देखकर मुझे अत्यन्त दु:ख हुआ। मुझे अपनी स्वार्थवृत्ति पर लज्जा आई। इसके और मेरे बीच में क्या भेद है! इसकी आत्मा में भी उसी प्रकार की ज्योति है। यह अन्याय क्यों? क्या इसीलिए कि माया ने हममें भेद कर दिया है? मुझे कुछ और सोचने का साहस नहीं हुआ। मैं उठी, अपनी ऊनी चादर लाकर महरी को ओढ़ा दी और उसे हाथ पकड़ कर अंगीठी के पास बैठा लिया। इसके उपरांत मैंने अपना लिहाफ रख दिया और उसके साथ बैठकर बर्तन धोने लगी। वह सरल हृदय मुझे वहां से बार-बार हटाना चाहती थी। मेरी ननद ने आकर मुझे कौतूहल से देखा और इस प्रकार मुंह बना कर चली गई, मानो मैं क्रीड़ा कर रही हूं। सारे घर में हलचल पड़ गई और इस जरा-सी बात पर! हमारी आंखों पर कितने मोटे परदे पड़ गये हैं। हम परमात्मा का कितना अपमान कर रहे हैं?

पुरुष

कदाचित् मध्य पथ पर रहना नारी-प्रकृति ही में नहीं है —वह केवल सीमाओं पर ही रह सकती है। वृन्दा कहां तो अपनी कुलीनता और अपनी कुल-मर्यादा पर जान देती थी, कहां अब साम्य और सहृदयता की मूर्ति बनी हुई है। मेरे उस सामान्य उपदेश का यह चमत्कार है! अब मैं भी अपनी प्रेरक शक्तियों पर गर्व कर सकता हूं। मुझे उसमें कोई आपत्ति नहीं है कि वह नीच जाति की स्त्रियों के साथ

बैठे, हंसे और बोले। उन्हें कुछ पढ़कर सुनाये, लेकिन उनके पीछे अपने को बिलकुल भूल जाना मैं कदापि पसंद नहीं कर सकता। तीन दिन हुए, मेरे पास एक चमार अपने जमींदार पर नालिश करने आया था। निस्संदेह जमींदारों ने उसके साथ ज्यादती की थी, लेकिन वकीलों का काम मुफ्त में मुकदमे दायर करना नहीं। फिर एक चमार के पीछे एक बड़े जमींदार से वैर करूं! ऐसे तो वकालत कर चुका! उसके रोने की भनक वृन्दा के कान में भी पड़ गई। बस, वह मेरे पीछे पड़ गई कि उस मुकदमे को जरूर लो। मुझसे तर्क-वितर्क करने पर उद्यत हो गई। मैंने बहाना करके उसे किसी प्रकार टालना चाहा, लेकिन उसने मुझसे वकालतनामे पर हस्ताक्षर करा कर तब पिंड छोड़ा। उसका परिणाम यह हुआ कि पिछले तीन दिन मेरे यहां मुफ्तखोर मुवक्किलों का तांता लगा रहा और मुझे कई बार वृन्दा से कठोर शब्दों में बात करनी पड़ी। इसी से प्राचीनकाल के व्यवस्थाकारों ने स्त्रियों को धार्मिक उपदेशों का पात्र नहीं समझा था। इनकी समझ में यह नहीं आता कि प्रत्येक सिद्धांत का व्यावहारिक रूप कुछ और ही होता है। हम सभी जानते हैं कि ईश्वर न्यायशील है, किन्तु न्याय के पीछे अपनी परिस्थिति को कौन भुलाता है। आत्मा की व्यापकता को यदि व्यवहार में लाया जाय तो आज संसार में साम्य का राज्य हो जाय, किन्तु उसी भांति साम्य जैसे दर्शन का एक सिद्धांत ही रहा और रहेगा, वैसे ही राजनीति भी एक अलभ्य वस्तु है और रहेगी। हम इन दोनों सिद्धांतों को मुक्तकंठ से प्रशंसा करेंगे, उन पर तर्क करेंगे। अपने पक्ष को सिद्ध करने में उनसे सहायता लेंगे, किन्तु उनका उपयोग करना असम्भव है। मुझे नहीं मालूम था कि वृन्दा इतनी मोटी-सी बात भी न समझेगी!

वृन्दा की बुद्धि दिनोंदिन उलटी ही होती जाती है। आज रसोई में सबके लिए एक ही प्रकार के भोजन बने। अब तक घरवालों के लिए महीन चावल पकते थे, तरकारियां घी में बनती थीं, दूध-मक्खन आदि दिया जाता था। नौकरों के लिए मोटा चावल, मटर की दाल और तेल की भाजियां बनती थीं। बड़े-बड़े रईसों के यहां भी यही प्रथा चली आती है। हमारे नौकरों ने कभी इस विषय में शिकायत नहीं की। किन्तु आज देखता हूं, वृन्दा ने सबके लिए एक ही भोजन बनाया है। मैं कुछ बोल न सका, भौचक्का-सा हो गया। वृन्दा सोचती होगी कि भोजन में भेद करना नौकरों पर अन्याय है। कैसा बच्चों का-सा विचार है! नासमझ! यह भेद सदा रहा है और रहेगा। मैं भी राष्ट्रीय ऐक्य का अनुरागी हूं। समस्त शिक्षित समुदाय राष्ट्रीयता पर जान देता है। किन्तु कोई स्वप्न में भी कल्पना नहीं कर सकता कि हम मजदूरों या सेवावृत्तिधारियों को समता का स्थान देंगे। हम उनमें शिक्षा का प्रचार करना चाहते

हैं। उनको दीनावस्था से उठाना चाहते हैं। यह हवा संसार-भर में फैली हुई है पर इसका मर्म क्या है, यह दिल में भी समझते हैं, चाहे कोई खोलकर न कहे। इसका अभिप्राय यही है कि हमारा राजनैतिक महत्त्व बढ़े, हमारा प्रभुत्व उदय हो, हमारे राष्ट्रीय आंदोलन का प्रभाव अधिक हो, हमें यह कहने का अधिकार हो जाय कि हमारी ध्वनि केवल मुट्ठी-भर शिक्षितवर्ग ही की नहीं, वरन् समस्त जाति की संयुक्त ध्वनि है, पर वृन्दा को यह रहस्य कौन समझावे!

स्त्री

कल मेरे पति महाशय खुल पड़े। इसीलिए मेरा चित्त खिन्न है। प्रभो,संसार में इतना दिखावा, इतनी स्वार्थांधता है, हम इतने दीन धातक हैं! उनका उपदेश सुनकर मैं उन्हें देव-तुल्य समझने लगी थी। आज मुझे ज्ञान हो गया कि जो लोग एक साथ दो नाव पर बैठना जानते हैं, वे ही जाति के हितैषी कहलाते हैं।

कल मेरी ननद की विदाई थी। वह ससुराल जा रही थी। बिरादरी की कितनी ही महिलाएं निमंत्रित थीं। वे उत्तम-उत्तम वस्त्राभूषण पहने क़ालीनों पर बैठी हुई थीं। मैं उनका स्वागत करती थी। निदान, मुझे द्वार के निकट कई स्त्रियाँ भूमि पर बैठी दिखाई दीं, जहां इन महिलाओं की जूतियां और स्लीपरें रक्खी हुई थीं। वे बिचारी भी विदाई देखने आई थीं। वहां मुझे उनका बैठना अनुचित जान पड़ा। मैंने उन्हें भी लाकर कालीन पर बैठा दिया। इस पर महिलाओं में मटकियां होने लगीं और थोड़ी देर में वे किसी न किसी बहाने से एक-एक करके चली गईं। मेरे पति महाशय से किसी ने यह समाचार कह दिया। वे बाहर से क्रोध में भरे हुए आये और आंखें लाल करके बोले—यह तुम्हें क्या सूझी है, क्या हमारे मुंह में कालिख लगवाना चाहती हो? तुम्हें ईश्वर ने इतनी भी बुद्धि नहीं दी कि किसके साथ बैठना चाहिए। भले घर की महिलाओं के साथ नीच स्त्रियों को बैठा दिया! वे अपने मन में क्या कहती होंगी! तुमने मुझे मुंह दिखाने लायक नहीं रखा। छि:! छि:!!

मैंने सरल भाव से कहा—इससे महिलाओं का तो क्या अपमान हुआ? आत्मा तो सबकी एक ही है। आभूषणों से आत्मा तो ऊंची नहीं हो जाती!

पति महाशय ने होंठ चबाकर कहा—चुप भी रहो, बेसुरा राग अलाप रही हो। बस, वही मुर्गी के एक टांग। आत्मा एक है, परमात्मा एक है। न कुछ जानो न बूझो सारे शहर में नक्कू बना दिया, उस पर और बोलने को मरती हो। उन महिलाओं की आत्मा को कितना दु:ख हुआ, कुछ इस पर भी ध्यान दिया?

मैं विस्मित होकर उनका मुंह ताकने लगी।

आज प्रात:काल उठी तो मैंने एक विचित्र दृश्य देखा। रात को मेहमानों की जूठी पत्तल, सकोरे, दोने आदि बाहर मैदान में फेंक दिये गये थे। पचासों मनुष्य उन पत्तलों पर गिरे हुए उन्हें चाट रहे थे! हां, मनुष्य थे, वही मनुष्य जो परमात्मा के निज स्वरूप हैं। कितने ही कुत्ते भी उन पत्तलों पर झपट रहे थे, पर वे कंगले कुत्तों को मार-मारकर भगा देते थे। उनकी दशा कुत्तों से भी गई-बीती थी। यह कौतुक देखकर मुझे रोमांच होने लगा, मेरी आंखों से अश्रुधारा बहने लगी। भगवान्! ये भी हमारे भाई-बहन हैं, हमारी आत्माएं हैं। उनकी ऐसी शोचनीय दीन दशा! मैंने तत्क्षण महरी को भेजकर उन मनुष्यों को बुलाया और जितनी पूरी-मिठाइयां मेहमानों के लिए रक्खी हुई थीं, सब पत्तलों में रखकर उन्हें दे दीं। महरी थर-थर कांप रही थी, सरकार सुनेंगे तो मेरे सिर का बाल भी न छोड़ेंगे। लेकिन मैंने उसे ढाढ़स दिया, तब उसकी जान में जान आई।

अभी ये बेचारे कंगले मिठाइयां खा ही रहे थे कि पति महाशय मुंह लाल किये हुए आये और अत्यन्त कठोर स्वर में बोले—तुमने भंग तो नहीं खा ली? जब देखो एक न एक उपद्रव खड़ा कर देती हो। मेरी तो समझ में नहीं आता कि तुम्हें क्या हो गया है। ये मिठाइयां डोमड़ों के लिए नहीं बनाई गई थीं। इनमें घी, शक्कर, मैदा लगा था, जो आजकल मोतियों के मोल बिक रहा है। हलवाइयों को दूध के धोये रुपये मजदूरी में दिये गये थे। तुमने उठा कर सब डोमड़ों को खिला दीं। अब मेहमानों को क्या खिलाया जायगा? तुमने मेरी इज्जत बिगाड़ने का प्रण कर लिया है क्या?

मैंने गम्भीर भाव से कहा—आप व्यर्थ इतने क्रुद्ध होते हैं। आपकी जितनी मिठाइयां मैंने खिला दी हैं, वह मैं मंगवा दूंगी। मुझसे यह नहीं देखा जाता कि कोई आदमी तो मिठाइयां खायें और कोई पत्तलें चाटें। डोमड़े भी तो मनुष्य ही हैं। उनके जीवन में भी तो उसी ···

स्वामी ने बात काट कर कहा—रहने भी दो, मरी तुम्हारी आत्मा! बस, तुम्हारी ही रक्षा से आत्मा की रक्षा होगी। यदि ईश्वर की इच्छा होती कि प्राणीमात्र को समान सुख प्राप्त हो तो उसे सबको एक दशा में रखने से किसने रोका था? वह ऊंच-नीच का भेद होने ही क्यों देता है? जब उसकी आज्ञा के बिना एक पत्ता भी नहीं हिल सकता, तो इतनी महान् सामाजिक व्यवस्था उसकी आज्ञा के बिना क्योंकर भंग हो सकती है? जब वह स्वयं सर्वव्यापी है तो वह अपने ही को ऐसे-ऐसे घृणोत्पादक अवस्थाओं में क्यों रखता है? जब तुम इन प्रश्नों का कोई उत्तर

नहीं दे सकतीं तो उचित है कि संसार की वर्तमान रीतियों के अनुसार चलो। इन बेसिरपैर की बातों से हंसी और निंदा के सिवाय और कुछ लाभ नहीं।

मेरे चित्त की क्या दशा हुई, वर्णन नहीं कर सकती! मैं अवाक् रह गई। हा स्वार्थ! हा मायांधकार! हम ब्रह्म का भी स्वांग बनाते हैं।

उसी क्षण से पतिश्रद्धा और पतिभक्ति का भाव मेरे हृदय से लुप्त हो गया।

यह घर मुझे अब कारागार लगता है; किन्तु मैं निराश नहीं हूं। मुझे विश्वास है कि जल्दी या देर ब्रह्म-ज्योति यहां अवश्य चमकेगी और वह इस अंधकार को नष्ट कर देगी।

विमाता

स्त्री की मृत्यु के तीन ही मास बाद पुनर्विवाह करना मृतात्मा के साथ ऐसा अन्याय और उसकी आत्मा पर ऐसा आघात है जो कदापि क्षम्य नहीं हो सकता। मैं यह कहूंगा कि उस स्वर्गवासिनी की मुझसे अन्तिम प्रेरणा थी और न मेरा शायद यह कथन ही मान्य समझा जाय कि हमारे छोटे बालक के लिए 'मां' की उपस्थिति परमावश्यक थी। परन्तु इस विषय में मेरी आत्मा निर्मल है और मैं आशा करता हूं कि स्वर्गलोक में मेरे इस कार्य की निर्दय आलोचना न की जाएगी। सारांश यह कि मैंने विवाह किया और यद्यपि एक नव विवाहिता वधू को मातृत्व उपदेश बेसुरा राग था, पर मैंने पहले ही दिन अम्बा से कह दिया कि मैंने तुमसे केवल इस अभिप्राय से विवाह किया है कि तुम मेरे भोले बालक की मां बनो और उसके हृदय से उसकी मां की मृत्यु का शोक भुला दो।

2

दो मास व्यतीत हो गए। मैं संध्या समय मुन्नू को साथ लेकर वायु सेवन को जाया करता था। लौटते समय कतिपय मित्रों से भेंट भी कर लिया करता था। उन संगतों में मुन्नू श्यामा की भांति चहकता। वास्तव में इन संगतों से मेरा अभिप्राय मनोविनोद नहीं केवल मुन्नू के असाधारण बुद्धिचमत्कार को प्रदर्शित करना था। मेरे मित्रगण जब मुन्नू को प्यार करते और उसकी विलक्षण बुद्धि की सराहना करते तो मेरा हृदय बांसों उछलने लगता था। एक दिन मैं मुन्नू के साथ बाबू ज्वालासिंह के घर बैठा हुआ था। ये मेरे परम मित्र थे। मुझमें और उनमें कुछ भेदभाव न था। इसका अर्थ यह नहीं हैं कि हम अपनी क्षुद्रताएं, अपने पारिवारिक कलहादि और अपनी आर्थिक कठिनाइयां बयान किया करते थे। नहीं, हम इन मुलाकातों में भी अपनी प्रतिष्ठा की रक्षा करते थे और अपनी दुरवस्था का जिक्र

कभी हमारी जबान पर न आता था। अपनी कालिमाओं को सदैव छिपाते थे। एकता में भी भेद था और घनिष्ठता में भी अन्तर। अचानक बाबू ज्वालासिंह ने मुन्नू से पूछा—"क्यों, तुम्हारी अम्मा तुम्हें खूब प्यार करती हैं न?" मैंने मुस्करा कर मुन्नू की ओर देखा। उसके उत्तर के विषय में मुझे कोई सन्देह न था। मैं भली भांति जानता था कि अम्बा उसे बहुत प्यार करती है। परन्तु मेरे आश्चर्य का ठिकाना न रहा जब मुन्नू ने इस प्रश्न का उत्तर मुख से न देकर नेत्रों से दिया। उसके नेत्रों से आंसू की बूंदें टपकने लगीं। मैं लज्जा से गड़ गया। इस अश्रु-जल ने अम्बा के उस सुन्दर चित्र को नष्ट-भ्रष्ट कर दिया जो गत दो मास से मैंने हृदय में अंकित कर रखा था। ज्वालासिंह ने कुछ संशय की दृष्टि से देखा और पुनः मुन्नू से पूछा—"क्यों रोते हो बेटा?" मुन्नू बोला—"रोता नहीं हूं, आंखों में धुआं लग रहा था।" ज्वालासिंह का विमाता की ममता पर सन्देह करना स्वाभाविक बात थी, परन्तु वास्तव में मुझे भी सन्देह हो गया! अम्बा सहृदयता और स्नेह की वह देवी नहीं है, जिसकी सराहना करते मेरी जिह्वा न थकती थी। वहां से उठा तो मेरा हृदय भरा हुआ था और लज्जा से माथा न उठता था।

3

मैं घर की ओर चला तो मन में विचार करने लगा कि किस प्रकार अपने क्रोध को प्रकट करूं। क्यों न मुंह ढांक कर सो रहूं। अम्बा जब पूछे तो कठोरता से कह दें कि सिर में पीड़ा है, मुझे तंग मत करो। भोजन के लिए उठाये तो झिड़क कर उत्तर दूं। अम्बा अवश्य समझ जाएगी कि कोई बात मेरी इच्छा के प्रतिकूल हुई है। मेरे पांव पकड़ने लगेगी। उस समय अपनी व्यंग्य-पूर्ण बातों से उसका हृदय बेध डालूंगा। ऐसा रुलाऊंगा कि वह भी याद करे। पुनः विचार आया कि उसका हंसमुख चेहरा देखकर मैं अपने हृदय को वश में रख सकूंगा या नहीं। उसकी एक प्रेम-पूर्ण दृष्टि, एक मीठी बात, एक रसीली चुटकी मेरी शिलातुल्य रुष्टता के टुकड़े-टुकड़े कर सकती है। परन्तु हृदय की इस निर्बलता पर मेरा मन झुंझला उठा। यह मेरी क्या दशा है, क्यों इतनी जल्दी मेरे चित्त की काया पलट गई? मुझे पूर्ण विश्वास था कि मैं इन मृदुल वाक्यों की आंधी और ललित कटाक्षों के बहाव में भी अचल रह सकता हूं और कहां अब यह दशा हो गई कि मुझमें साधारण झोंके को भी सहन करने की सामर्थ्य नहीं! इन विचारों से हृदय में कुछ दृढ़ता आयी, तिस पर भी क्रोध की लगाम पग-पग पर ढीली हो जाती थी। अन्त में मैंने हृदय को बहुत दबाया और

बनावटी क्रोध का भाव धारण किया। ठान लिया कि चलते ही चलते एकदम से बरस पड़ूंगा।

ऐसा न हो कि विलम्बरूपी वायु इस क्रोध रूपी मेध को उड़ा ले जाय, परन्तु ज्यों ही घर पहुंचा, अम्बा ने दौड़ कर मुन्नू को गोदी में ले लिया और प्यार से सने हुए कोमल स्वर में बोली—"आज तुम इतनी देर तक कहां घूमते रहे? चलो, देखो, मैंने तुम्हारे लिए कैसी अच्छी-अच्छी फुलौड़ियां बनाई हैं" मेरा कृत्रिम क्रोध एक क्षण में उड़ गया। मैंने विचार किया, इस देवी पर क्रोध करना भारी अत्याचार है। मुन्नू अबोध बालक है। सम्भव है कि वह अपनी मां का स्मरण कर रो रहा हो। अम्बा इसके लिए दोषी नहीं ठहराई जा सकती। हमारे मनोभाव पूर्व विचारों के अधीन नहीं होते, हम उनको प्रकट करने के निमित्त कैसे-कैसे शब्द गढ़ते हैं, परन्तु समय पर शब्द हमें धोखा दे जाते हैं और वे ही भावनाएं स्वाभाविक रूप से प्रकट होती हैं। मैंने अम्बा को न तो कोई व्यंग-पूर्ण बातें ही कहीं और न क्रोधित हो मुख ढांक कर सोया ही, बल्कि अत्यन्त कोमल स्वर में बोला—मुन्नू ने आज़ मुझे अत्यन्त लज्जित किया। खजानची साहब ने पूछा कि तुम्हारी नई अम्मा तुम्हें प्यार करती हैं या नहीं, तो ये रोने लगा। मैं लज्जा से गड़ गया। मुझे तो स्वप्न में भी यह विचार नहीं हो सकता कि तुमने इसे कुछ कहा होगा। परन्तु अनाथ बच्चों का हृदय उस चित्र की भांति होता है जिस पर एक बहुत ही साधारण परदा पड़ा हुआ हो। पवन का साधारण झोंका भी उसे हटा देता है।

ये बातें कितनी कोमल थीं, तिस पर भी अम्बा का विकसित मुखमण्डल कुछ मुरझा गया। वह सजल नेत्र हो कर बोली—इस बात का विचार तो मैंने यथासाध्य पहले ही दिन से रखा है। परन्तु यह असम्भव है कि मैं मुन्नू के हृदय से मां का शोक मिटा दूं। मैं चाहे अपना सर्वस्व अर्पण कर रही हूं, परन्तु मेरे नाम पर जो सौतेलेपन की कालिमा लगी हुई है, वह मिट नहीं सकती।

4

मुझे भय था कि इस वार्तालाप का परिणाम कहीं विपरीत न हो, परंतु दूसरे ही दिन मुझे अम्बा के व्यवहार में बहुत अन्तर दिखाई देने लगा। मैं उसे प्रातः-सायंकाल पर्यन्त मुन्नू की ही सेवा में लगी हुई देखता, यहां तक कि उस धुन में उसे मेरी भी चिंता न रहती थी। परन्तु मैं ऐसा त्यागी न था कि अपने आराम को मुन्नू पर अर्पण कर देता। कभी-कभी मुझे अम्बा की यह अश्रद्धा न भाती, परन्तु मैं कभी भूल

कर भी इसकी चर्चा न करता। एक दिन मैं अनियमित रूप से दफ्तर से कुछ पहले ही आ गया। क्या देखता हूं कि मुन्नू द्वार पर भीतर की ओर मुख किये खड़ा है। मुझे इस समय आंख मिचौनी खेलने की सूझी। मैंने दबे पांव पीछे से जाकर उसके नेत्र मूंद लिए। पर शोक! उसके दोनों गाल अश्रुपूरित थे। मैंने तुरन्त दोनों हाथ हटा लिए। ऐसा प्रतीत हुआ मानो सर्प ने डस लिया हो। हृदय पर एक चोट लगी। मुन्नू को गोद में लेकर बोला—मुन्नू, क्यों रोते हो? यह कहते-कहते मेरे नेत्र भी सजल हो आए।

मुन्नू आंसू पी कर बोला—जी नहीं, रोता नहीं हूं।

मैंने उसे हृदय से लगा लिया और कहा—अम्मा ने कुछ कहा तो नहीं?

मुन्नू ने सिसकते हुए कहा—जी नहीं, वह तो मुझे बहुत प्यार करती हैं।

मुझे विश्वास न हुआ, पूछा—वह प्यार करती तो तुम रोते क्यों? उस दिन खज़ानची के घर भी तुम रोये थे। तुम मुझसे छिपाते हो। कदाचित् तुम्हारी अम्मा अवश्य तुमसे कुछ क्रुद्ध हुई है।

मुन्नू ने मेरी ओर कातर दृष्टि से देख कर कहा—जी नहीं, वह मुझे प्यार करती हैं, इसी कारण मुझे बारम्बार रोना आता है। मेरी अम्मा मुझे अत्यन्त प्यार करती थीं। वह मुझे छोड़ कर चली गयीं। नई अम्मा उससे भी अधिक प्यार करती है। इसीलिए मुझे भय लगता है कि उनकी तरह यह भी मुझे छोड़ कर न चली जायँ।

यह कह कर मुन्नू पुनः फूट-फूट कर रोने लगा। मैं भी रो पड़ा। अम्बा के इस स्नेहमय व्यवहार ने मुन्नू के सुकोमल हृदय पर कैसा आघात किया था! थोड़ी देर तक मैं स्तम्भित रह गया। किसी कवि की यह वाणी स्मरण आ गई कि पवित्र आत्माएं इस संसार में चिरकाल तक नहीं ठहरतीं। कहीं भावी ही इस बालक की जिह्वा से तो यह शब्द नहीं कहला रही है। ईश्वर न करे कि वह अशुभ दिन देखना पड़े। परन्तु मैंने तर्क द्वारा इस शंका को दिल से निकाल दिया। समझा कि माता की मृत्यु ने प्रेम और वियोग में एक मानसिक सम्बन्ध उत्पन्न कर दिया है और कोई बात नहीं है। मुन्नू को गोद में लिए हुए अम्बा के पास गया और मुस्करा कर बोला—इनसे पूछो क्यों रो रहे हैं? अम्बा चौंक पड़ी। उसके मुख की कांति मलीन हो गई। बोली—तुम्हीं पूछो। मैंने कहा—यह इसलिए रोते हैं कि तुम इन्हें अत्यन्त प्यार करती हो और इनको भय है कि तुम भी इनकी माता की तरह इन्हें छोड़ कर न चली जाओ। जिस प्रकार गर्द साफ हो जाने से दर्पण चमक उठता है, उसी भांति अम्बा का मुख मण्डल प्रकाशित हो गया। उसने मुन्नू को मेरी गोद से

छीन लिया और कदाचित् यह प्रथम अवसर था कि उसने ममतापूर्ण स्नेह से मुन्नू के पांव का चुम्बन किया।

5

शोक! महा शोक!! मैं क्या जानता था कि मुन्नू की अशुभ कल्पना इतनी शीघ्र पूर्ण हो जायगी। कदाचित् उसकी बाल दृष्टि ने होनहार को देख लिया था, कदाचित् उसके बाल श्रवण मृत्यु दूतों के विकराल शब्दों से परिचित थे।

छह मास भी व्यतीत न होने पाये थे कि अम्बा बीमार पड़ी और एन्फ्लुएंजा ने देखते-देखते उसे हमारे हाथों से छीन लिया। पुन: वह उपवन मरुतुल्य हो गया, पुन: वह बसा हुआ घर उजड़ गया। अम्बा ने अपने को मुन्नू पर अर्पण कर दिया था — हां, उसने पुत्र-स्नेह का आदर्श रूप दिखा दिया। शीतकाल था और वह घड़ी रात्रि शेष रहते ही मुन्नू के लिए प्रात:काल का भोजन बनाने उठती थी। उसके इस स्नेह-बाहुल्य ने मुन्नू पर स्वाभाविक प्रभाव डाल दिया था। वह हठीला और नटखट हो गया था। ज़ब तक अम्बा भोजन कराने न बैठे, मुंह में कौर न डालता, जब तक अम्बा पंखा न झले, वह चारपाई पर पांव न रखता। उसे छेड़ता, चिढ़ाता और हैरान कर डालता। परन्तु अम्बा को इन बातों से आत्मिक सुख प्राप्त होता था। एन्फ्लुएंजा से कराह रही थी, करवट लेने तक की शक्ति न थी, शरीर तवा हो रहा था, परन्तु मुन्नू के प्रात:काल के भोजन की चिंता लगी रहती थी। हाय! वह नि:स्वार्थ मातृ-स्नेह अब स्वप्न हो गया। उस स्वप्न के स्मरण से अब भी हृदय गदगद हो जाता है। अम्बा के साथ मुन्नू का चुलबुलापन और बालक्रीड़ा विदा हो गयी थी। अब वह शोक और नैराश्य की जीवित मूर्ति है, वह अब कभी नहीं रोता। ऐसा पदार्थ खोकर अब उसे कोई खटका, कोई भय नहीं रह गया।

बूढ़ी काकी

बुढ़ापा बहुधा बचपन का पुनरागमन हुआ करता है। बूढ़ी काकी में जिह्वा स्वाद के सिवा और कोई चेष्टा शेष न थी और न अपने कष्टों की ओर आकर्षित करने का, रोने के अतिरिक्त कोई दूसरा सहारा ही। समस्त इंद्रिय, नेत्र, हाथ और पैर जवाब दे चुके थे! पृथ्वी पर पड़ी रहतीं और घर वाले कोई बात उनकी इच्छा के प्रतिकूल करते, भोजन का समय टल जाता या उसका परिमाण पूर्ण न होता, अथवा बाजार से कोई वस्तु आती और न मिलती तो रोने लगती थीं। उनका रोना-सिसकना साधारण रोना न था, वे गला फाड़-फाड़ कर रोती थीं।

उनके पतिदेव को स्वर्ग सिधारे कालांतर हो चुका था। बेटे तरुण हो-होकर चल बसे थे। अब एक भतीजे के सिवाय और कोई न था। उसी भतीजे के नाम उन्होंने अपनी सारी सम्पत्ति लिख दी। भतीजे ने सारी सम्पत्ति लिखाते समय खूब लम्बे-चौड़े वादे किये, किंतु वे सब वादे केवल कुली डिपो के दलालों के दिखाये हुए सब्जबाग थे। यद्यपि उस सम्पत्ति की वार्षिक आय डेढ़-दो सौ रुपये से कम न थी तथापि बूढ़ी काकी को पेट-भर भोजन भी कठिनाई से मिलता था। इसमें उनके भतीजे पंडित बुद्धिराम का अपराध था अथवा उनकी अर्द्धांगिनी श्रीमती रूपा का, इसका निर्णय करना सहज नहीं। बुद्धिराम स्वभाव के सज्जन थे, किंतु उसी समय तक जबकि उनके कोष पर कोई आंच न आये। रूपा स्वभाव से तीव्र थी सही, पर ईश्वर से डरती थी। अतएव बूढ़ी काकी को उसकी तीव्रता उतनी न खलती थी जितनी बुद्धिराम की भलमनसाहत।

बुद्धिराम को कभी-कभी अपने अत्याचार का खेद होता था। विचारते कि इसी सम्पत्ति के कारण मैं इस समय भलामानुष बना बैठा हूं। यदि मौखिक आश्वासन और सूखी सहानुभूति से स्थिति में सुधार हो सकता हो तो उन्हें कदाचित् कोई आपत्ति न होती, परंतु विशेष व्यय का भय उनकी सुचेष्टा को दबाये रखता था। यहां तक कि यदि द्वार पर कोई भला आदमी बैठा होता और बूढ़ी काकी उस समय अपना

राग अलापने लगती तो वह आग हो जाते और घर में आकर उन्हें जोर से डांटते। लड़कों को बुड्ढों से स्वाभाविक विद्वेष होता ही है और फिर जब माता-पिता का यह रंग देखते तो वे बूढ़ी काकी को और सताया करते। कोई चुटकी काटकर भागता, कोई उन पर पानी की कुल्ली कर देता! काकी चीख मारकर रोतीं, परंतु यह बात प्रसिद्ध थी कि वह केवल खाने के लिए रोती हैं, अतएव उनके संताप और आर्त्तनाद पर कोई ध्यान नहीं देता था। हां, काकी क्रोधातुर होकर बच्चों को गालियां देने लगतीं तो रूपा घटनास्थल पर आ पहुंचती। इस भय से काकी अपनी जिह्वा कृपाण का कदाचित् ही प्रयोग करती थीं, यद्यपि उपद्रव-शांति का यह उपाय रोने से कहीं अधिक उपयुक्त थी।

सम्पूर्ण परिवार में यदि काकी से किसी को अनुराग था, तो वह बुद्धिराम की छोटी लड़की लाड़ली थी। लाड़ली अपने दोनों भाइयों के भय से अपने हिस्से की मिठाई-चबैना बूढ़ी काकी के पास बैठकर खाया करती थी। यही उसका रक्षागार था और यद्यपि काकी की शरण उनकी लोलुपता के कारण बहुत महंगी पड़ती थी, तथापि भाइयों के अन्याय से कहीं सुलभ थी। इसी स्वार्थानुकूलता ने उन दोनों में सहानुभूति का आरोपण कर दिया था।

2

रात का समय था। बुद्धिराम के द्वार पर शहनाई बज रही थी और गांव के बच्चों का झुंड विस्मयपूर्ण नेत्रों से गाने का रसास्वादन कर रहा था। चारपाइयों पर मेहमान विश्राम करते हुए नाइयों से मुक्कियां लगवा रहे थे। समीप ही खड़ा हुआ भाट विरदावली सुना रहा था और कुछ भावज्ञ मेहमानों की 'वाह, वाह' पर ऐसा खुश हो रहा था मानो इस वाह-वाह का यथार्थ में वही अधिकारी है। दो-एक अंग्रेजी पढ़े हुए नवयुवक इन व्यवहारों से उदासीन थे। वे इस गंवार मंडली में बोलना अथवा सम्मिलित होना अपनी प्रतिष्ठा के प्रतिकूल समझते थे।

आज बुद्धिराम के बड़े लड़के मुखराम का तिलक आया है। यह उसी का उत्सव है। घर के भीतर स्त्रियां गा रही थीं और रूपा मेहमानों के लिए भोजन के प्रबन्ध में व्यस्त थी। भट्ठियों पर कढ़ाव चढ़ रहे थे। एक में पूड़ियां-कचौड़ियां निकल रही थीं, दूसरे में अन्य पकवान बनते थे। एक बड़े हण्डे में मसालेदार तरकारी पक रही थी। घी और मसाले की क्षुधावर्द्धक सुगंधि चारों ओर फैली हुई थी।

बूढ़ी काकी अपनी कोठरी में शोकमय विचार की भांति बैठी हुई थीं। यह स्वाद मिश्रित सुगंधि उन्हें बेचैन कर रही थी। वे मन ही मन विचार कर रही थीं, सम्भवत: मुझे पूड़ियां न मिलेंगी। इतनी देर हो गई, कोई भोजन लेकर नहीं आया। मालूम होता है सब लोग भोजन कर चुके हैं। मेरे लिए कुछ न बचा। यह सोचकर उन्हें रोना आया; परन्तु अशकुन के भय से वह रो न सकीं।

"आहा! कैसी सुगंधि है? अब मुझे कौन पूछता है? जब रोटियों ही के लाले पड़े हैं तब ऐसे भाग्य कहां कि भरपेट पूड़ियां मिलें?" यह विचार कर उन्हें रोना आया, कलेजे में हूक-सी उठने लगी। परन्तु रूपा के भय से उन्होंने फिर मौन धारण कर लिया।

बूढ़ी काकी देर तक इन्हीं दु:खदायक विचारों में डूबी रही! घी और मसालों की सुगंधि रह-रहकर मन को आपे से बाहर किये देती थी। मुंह में पानी भर-भर आता था। पूड़ियों का स्वाद स्मरण करके हृदय में गुदगुदी होने लगती थी। किसे पुकारूं, आज लाड़ली बेटी भी नहीं आयी। दोनों छोकड़े सदा दिक किया करते हैं। आज उनका भी कहीं पता नहीं। कुछ मालूम तो होता कि क्या बन रहा है।

बूढ़ी काकी की कल्पना में पूड़ियों की तस्वीर नाचने लगी। खूब लाल-लाल, फूली-फूली, नरम-नरम होंगी। रूपा ने भली भांति भोजन दिया होगा। कचौड़ियों में अजवाइन और इलायची की महक आ रही होगी। एक पूड़ी मिलती तो जरा हाथ में लेकर देखती। क्यों न चलकर कड़ाह के सामने ही बैठूं। पूड़ियां छन-छन कर तैयार होंगी। कड़ाह से गरम-गरम निकालकर थाल में रखी जाती होंगी। फूल हम घर में भी सुंघ सकते हैं; परन्तु वाटिका में कुछ और बात होती है। इस प्रकार निर्णय करके बूढ़ी काकी उकड़ूं बैठकर हाथों के बल सरकती हुई बड़ी कठिनाई में चौखट से उतरीं और धीरे-धीरे रेंगती हुई कड़ाह के पास आ बैठीं। यहां आने पर उन्हें उतना ही धैर्य हुआ जितना भूखे कुत्ते को खाने वाले के सम्मुख बैठने में होता है।

रूपा उस समय कार्य-भार से उद्विग्न हो रही थी। कभी इस कोठे में जाती, कभी उस कोठे में, कभी कड़ाह के पास आती, कभी भंडार में जाती। किसी ने बाहर से आकर कहा—"महाराज ठण्डाई मांग रहे हैं।" ठण्डाई देने लगी। इतने में फिर किसी ने आकर कहा—"भाट आया है, उसे कुछ दे दो।" भाट के लिए सीधा निकाल रही थी कि एक तीसरे आदमी ने आकर पूछा—"अभी भोजन तैयार होने में कितना विलम्ब है? जरा ढोल, मजीरा उतार दो।" बेचारी अकेली स्त्री दौड़ते-दौड़ते व्याकुल हो रही थी, झुंझलाती थी, कुढ़ती थी, परन्तु क्रोध प्रकट करने का अवसर न पाती थी। भय होता, कहीं पड़ोसिनें यह न कहने लगें कि इतने में उबल

पड़ी। प्यास से स्वयं कंठ सूख रहा था। गर्मी के मारे फुंकी जाती थी, परंतु इतना अवकाश भी नहीं था कि जरा पानी पी ले अथवा पंखा लेकर झले। यह भी खटका था कि जरा आंख हटी और चीजों की लूट मची। इस अवस्था में उसने बूढ़ी काकी को कड़ाह के पास बैठी देखा तो जल गयी। क्रोध न रुक सका। इसका भी ध्यान न रहा कि पड़ोसिनें बैठी हुई हैं, मन में क्या कहेंगी, पुरुषों में लोग सुनेंगे तो क्या कहेंगे। जिस प्रकार मेंढक केचुए पर झपटता है, उसी प्रकार वह बूढ़ी काकी पर झपटी और उन्हें दोनों हाथों से झपटकर बोली—ऐसे पेट में आग लगे, पेट है या भाड़? कोठरी में बैठते हुए क्या दम घुटता था? अभी मेहमानों ने नहीं खाया, भगवान् को भोग नहीं लगा, तब तक धैर्य न हो सका? आकर छाती पर सवार हो गयी। जल जाय ऐसी जीभ। दिन-भर खाती न होती तो न जाने किसकी हांडी में मुंह डालती? गांव देखेगा तो कहेगा कि बुढ़िया भर पेट खाने को नहीं पाती तभी तो इस तरह मुंह बाये फिरती है। डायन न मरे न मांचा छोड़े। नाम बेचने पर लगी है। नाक कटवा कर दम लेगी। इतना ठूंसती है, न जाने कहां भस्म हो जाता है। भला चाहती हो तो जाकर कोठरी में बैठो, जब घर के लोग खाने लगेंगे तब तुम्हें भी मिलेगा। तुम कोई देवी नहीं हो कि चाहे किसी के मुंह में पानी न जाय, परन्तु तुम्हारी पूजा पहले ही हो जाय।

बूढ़ी काकी ने सिर उठाया; न रोई न बोली। चुपचाप रेंगती हुई अपनी कोठरी में चली गयी। आवाज ऐसी कठोर थी कि हृदय और मस्तिष्क की सम्पूर्ण शक्तियां, सम्पूर्ण विचार और सम्पूर्ण भार उसी ओर आकर्षित हो गये थे। नदी में जब कगार का कोई वृहद् खंड कट कर गिरता है तो आसपास का जल-समूह चारों ओर उसी स्थान को पूरा करने के लिए दौड़ता है।

3

भोजन तैयार हो गया है। आंगन में पत्तलें पड़ गयीं, मेहमान खाने लगे। स्त्रियों ने जेवनार-गीत गाना आरम्भ कर दिया। मेहमानों के नाई और सेवकगण भी उसी मण्डली के साथ किंतु कुछ हटकर भोजन करने बैठे थे, परन्तु सभ्यतानुसार जब तक सब के सब खा न चुके कोई उठ नहीं सकता था। दो-एक मेहमान जो कुछ पढ़े-लिखे थे, सेवकों के दीर्घाहार पर झुंझला रहे थे। वे इस बंधन को व्यर्थ और बे-सिर-पैर की बात समझते थे।

बूढ़ी काकी अपनी कोठरी में जाकर पश्चात्ताप कर रही थीं कि मैं कहां से वहां गयी। उन्हें रूपा पर क्रोध नहीं था। अपनी जल्दबाजी पर दुःख था। सच ही तो है,

जब तक मेहमान लोग भोजन कर न चुकेंगे, घर वाले कैसे खायेंगे। मुझसे इतनी देर भी न रहा गया। सबके सामने पानी उतर गया। अब जब तक कोई बुलाने न आयेगा, न जाऊंगी।

मन ही मन इसी प्रकार का विचार कर वह बुलावे की प्रतीक्षा करने लगीं। परन्तु घी की रुचिकर सुबास बड़ी धैर्य-परीक्षक प्रतीत हो रही थी। उन्हें एक-एक पल एक-एक युग के समान मालूम होता था। अब पत्तल बिछ गयी होगी, ! अब मेहमान आ गये होंगे। लोग हाथ-पैर धो रहे हैं, नाई पानी दे रहा है। मालूम होता है लोग खाने बैठ गये। जेवनार गाया जा रहा है, यह विचार कर वह मन को बहलाने के लिए लेट गयीं। धीरे-धीरे एक गीत गुनगुनाने लगीं। उन्हें मालूम हुआ कि मुझे गाते देर हो गयी। क्या इतनी देर तक लोग भोजन कर ही रहे होंगे। किसी की आवाज नहीं सुनायी देती। अवश्य ही लोग खा-पीकर चले गये। मुझे कोई बुलाने नहीं आया। रूपा चिढ़ गयी है, क्या जाने न बुलाये। सोचती हो कि आप ही आवेंगी, वह कोई मेहमान तो नहीं जो उन्हें बुलाऊं। बूढ़ी काकी चलने के लिए तैयार हुई। यह विश्वास कि एक मिनट में पूड़ियां और मसालेदार तरकारियां सामने आयेंगी, उनकी स्वादेन्द्रियों को गुदगुदाने लगा। उन्होंने मन में तरह-तरह के मंसूबे बांधे— पहले तरकारी से पूड़ियां खाऊंगी, फिर दही और शक्कर से, कचौरियां रायते के साथ मजेदार मालूम होंगी। चाहे कोई बुरा माने चाहे भला, मैं तो मांग-मांग कर खाऊंगी। यही न लोग कहेंगे कि इन्हें विचार नहीं? कहा करें, इतने दिन के बाद पूड़ियां मिल रही हैं तो मुंह जुठा करके थोड़े ही उठ जाऊंगी।

वह उकड़ूं बैठकर हाथों के बल सरकती हुई आंगन में आयीं। परन्तु हाय दुर्भाग्य ! अभिलाषा ने अपने पुराने स्वभाव के अनुसार समय की मिथ्या कल्पना की थी। मेहमान मंडली अभी बैठी हुई थी। कोई खाकर उंगलियां चाटता था, कोई तिरछे नेत्रों से देखता था कि और लोग अभी खा रहे हैं या नहीं। कोई इस चिंता में था कि पत्तल पर पूड़ियां छूटी जाती हैं किसी तरह इन्हें भीतर रख लेता। कोई दही खाकर जीभ चटकारता था, परन्तु दूसरा दोना मांगते संकोच करता था कि इतने में बूढ़ी काकी रेंगती हुई उनके बीच में आ पहुंची। कई आदमी चौंक कर उठ खड़े हुए। पुकारने लगे—अरे यह बुढ़िया कौन है ?यह कहां से आ गयी? देखो किसी को छू न दे।

पंडित बुद्धिराम काकी को देखते ही क्रोध से तिलमिला गये। पूड़ियों का थाल लिये खड़े थे। थाल को जमीन पर पटक दिया और जिस प्रकार निर्दयी महाजन अपने किसी बेईमान और भगोड़े कर्जदार को देखते ही झपटकर उसका टेटुआ पकड़ लेता

है उसी तरह लपक कर उन्होंने काकी के दोनों हाथ पकड़े और घसीटते हुए लाकर उन्हें अंधेरी कोठरी में धम से पटक दिया। आशा रूपी वाटिका लू के एक झोंके में नष्ट-विनष्ट हो गयी।

मेहमानों ने भोजन किया। घर वालों ने भोजन किया। बाजे वाले, धोबी, चमार भी भोजन कर चुके, परन्तु बूढ़ी काकी को किसी ने न पूछा। बुद्धिराम और रूपा दोनों ही बूढ़ी काकी को उनकी निर्लज्जता के लिए दंड देने का निश्चय कर चुके थे। उनके बुढ़ापे पर, दीनता पर, हतज्ञान पर किसी को करूणा न आयी थी। अकेली लाड़ली उनके लिए कुढ़ रही थी।

लाड़ली को काकी से अत्यन्त प्रेम था। बेचारी भोली लड़की थी। बाल-विनोद और चंचलता की उसमें गंध तक न थी। दोनों बार जब उसके माता-पिता ने काकी को निर्दयता से घसीटा तो लाड़ली का हृदय ऐंठ कर रह गया। वह झुंझला रही थी कि यह लोग काकी को क्यों बहुत-सी पूड़ियां नहीं दे देते? क्या मेहमान सबकी सब खा जायेंगे? और यदि काकी ने मेहमानों के पहले खा लिया तो क्या बिगड़ जायगा? वह काकी के पास जाकर उन्हें धैर्य देना चाहती थी, परन्तु माता के भय से न जाती थी। उसने अपने हिस्से की पूड़ियां बिल्कुल न खायी थीं। अपनी गुड़ियों की पिटारी में बन्द कर रक्खी थीं। वह उन पूड़ियों को काकी के पास ले जाना चाहती थी। उसका हृदय अधीर हो रहा था। बूढ़ी काकी मेरी बात सुनते ही उठ बैठेंगी, पूड़ियां देखकर कैसी प्रसन्न होंगी! मुझे खूब प्यार करेंगी!

4

रात के ग्यारह बज गये थे। रूपा आंगन में पड़ी सो रही थी। लाडली की आंखों में नींद न आती थी। काकी को पूड़ियां खिलाने की खुशी उसे सोने न देती थी। उसने गुड़ियों की पिटारी सामने ही रखी थी। जब विश्वास हो गया कि अम्मां सो रही हैं, तो वह चुपके से उठी और विचारने लगी, कैसे चलूं। चारों ओर अंधेरा था। केवल चूल्हों में आग चमक रही थी और चूल्हों के पास एक कुत्ता लेटा हुआ था। लाड़ली की दृष्टि द्वार के सामने वाले नीम की ओर गयी। उसे मालूम हुआ कि उस पर हनुमान जी बैठे हुए हैं। उनकी पूंछ, उनकी गदा, सब स्पष्ट दिखाई दे रही है। मारे भय के उसने आंखें बन्द कर लीं। इतने में कुत्ता उठ बैठा, लाडली को ढाढ़स हुआ। कई सोये हुए मनुष्यों के बदले एक जागता हुआ कुत्ता उसके लिए अधिक धैर्य का कारण हुआ। उसने पिटारी उठायी और बूढ़ी काकी की कोठरी की ओर चली।

5

बूढ़ी काकी को केवल इतना स्मरण था कि किसी ने मेरे हाथ पकड़ कर घसीटे, फिर ऐसा मालूम हुआ कि जैसे कोई पहाड़ पर उड़ाये लिये जाता है। उनके पैर बार-बार पत्थरों से टकराये तब किसी ने उन्हें पहाड़ पर से पटका, वे मूर्छित हो गयीं।

जब वे सचेत हुई तो किसी की ज़रा भी आहट न मिलती थी। समझीं कि सब लोग खा-पीकर सो गये और उनके साथ मेरी तकदीर भी सो गयी। रात कैसे कटेगी? राम! क्या खाऊं? पेट में अग्नि धधक रही है। हा! किसी ने मेरी सुधि न ली! क्या मेरा पेट काटने से धन जुड़ जायगा? इन लोगों को इतनी भी दया नहीं आती कि न जाने बुढ़िया कब मर जाय? उसका जी क्यों दुखावें? मैं पेट की रोटियां ही खाती हूं कि और कुछ? इस पर यह हाल। मैं अंधी अपाहिज ठहरी, न कुछ सुनूं न बूझूं। यदि आंगन में चली गयी तो क्या बुद्धिराम से इतना कहते न बनता था कि काकी, अभी लोग खा रहे हैं, फिर आना। मुझे घसीटा, पटका। उन्हीं पूड़ियों के लिए रूपा ने सबके सामने गालियां दीं। उन्हीं पूड़ियों के लिए इतनी दुर्गति करने पर भी उनका पत्थर का कलेजा न पसीजा। सबको खिलाया, मेरी बात तक न पूछी। जब तब ही न दीं, तो अब क्या देंगे?

यह विचार कर काकी निराशामय संतोष के साथ लेट गयीं। ग्लानि से गला भर-भर आता था, परन्तु मेहमानों के भय से रोती न थीं।

सहसा उनके कानों में आवाज आयी—"काकी,उठो; मैं पूड़ियां लायी हूं।" काकी ने लाड़ली की बोली पहचानी। चटपट उठ बैठीं। दोनों हाथों से लाड़ली को टटोला और उसे गोद में बैठा लिया। लाड़ली ने पूड़ियां निकाल कर दीं।

काकी ने पूछा—क्या तुम्हारी अम्मा ने दी हैं?

लाड़ली ने कहा—नहीं, यह मेरे हिस्से की हैं।

काकी पूड़ियों पर टूट पड़ीं। पांच मिनट में पिटारी खाली हो गयी। लाड़ली ने पूछा—काकी, पेट भर गया?

जैसे थोड़ी-सी वर्षा ठंडक के स्थान पर और भी गर्मी पैदा कर देती है उसी भांति इन थोड़ी पूड़ियों ने काकी की क्षुधा और इच्छा को और उत्तेजित कर दिया था। बोलीं—नहीं बेटी, जाकर अम्मा से और मांग लाओ।

लाड़ली ने कहा—अम्मां सोती हैं, जगाऊंगी तो मारेंगी।

काकी ने पिटारी को फिर टटोला। उसमें कुछ खुर्चन गिरे थे। उन्हें निकाल कर वे खा गयीं। बार-बार होंठ चाटती थीं, चटखारें भरती थीं।

हृदय मसोस रहा था कि और पूड़ियां कैसे पाऊं। संतोष-सेतु जब टूट जाता है तब इच्छा का बहाव अपरिमित हो जाता है। मतवाली को मद का स्मरण करना उन्हें मदांध बनाता है। काकी का अधीर मन इच्छा के प्रबल प्रवाह में बह गया। उचित और अनुचित का विचार जाता रहा। वे कुछ देर तक उस इच्छा को रोकती रहीं। सहसा लाड़ली से बोलीं—मेरा हाथ पकड़ कर वहां ले चलो जहां मेहमानों ने बैठकर भोजन किया है।

लाड़ली उनका अभिप्राय समझ न सकी। उसने काकी का हाथ पकड़ा और जूठे पत्तलों के पास बैठा दिया। दीन, क्षुधातुर, हत-ज्ञान बुढ़िया पत्तलों से पूड़ियों के टुकड़े चुन-चुनकर भक्षण करने लगीं। ओह, दही कितना स्वादिष्ट था, कचौड़ियां कितनी सलोनी, खस्ता कितने सुकोमल। काकी बुद्धिहीन होते हुए भी इतना जानती थीं कि मैं वह काम कर रही हूं, जो मुझे कदापि न करना चाहिए। मैं दूसरों की जूठी पत्तल चाट रही हूं। परन्तु बुढ़ापा तृष्णा रोग का अंतिम समय है, जब सम्पूर्ण इच्छाएं एक ही केन्द्र पर आ लगती हैं। बूढ़ी काकी में यह केन्द्र उनकी स्वादेन्द्रिय थी।

ठीक उसी समय रूपा की आंखें खुलीं। उसे मालूम हुआ कि लाड़ली मेरे पास नहीं है। वह चौंकी, चारपाई के इधर-उधर ताकने लगी कि कहीं नीचे तो नहीं गिर पड़ी। उसे वहां न पाकर वह उठी तो क्या देखती है कि लाड़ली जूठे पत्तलों के पास चुपचाप खड़ी है और बूढ़ी काकी पत्तलों पर से पूड़ियों के टुकड़े उठा-उठाकर खा रही हैं। रूपा का हृदय सन्न हो गया। किसी गाय की गर्दन पर छुरी चलते देखकर जो अवस्था उसकी होती, वही उस समय हुई। एक ब्राह्मणी दूसरों की जूठी पत्तल टटोले, इससे अधिक शोकमय दृश्य असम्भव था। पूड़ियों के कुछ ग्रासों के लिए उसकी चचेरी सास ऐसा पतित और निकृष्ट कर्म कर रही है। यह वह दृश्य था जिसे देखकर देखने वालों के हृदय कांप उठते हैं। ऐसा प्रतीत होता मानो जमीन रुक गयी, आसमान चक्कर खा रहा है। संसार पर कोई आपत्ति आने वाली है। रूपा को क्रोध न आया। शोक के सम्मुख क्रोध कहाँ? करुणा और भय से उसकी आंखें भर आयीं। इस अधर्म के पाप का भागी कौन है? उसने सच्चे हृदय से गगन-मंडल की ओर हाथ उठाकर कहा—परमात्मा, मेरे बच्चों पर दया करो। इस अधर्म का दण्ड मुझे मत दो, नहीं तो मेरा सत्यानाश हो जायगा।

रूपा को अपनी स्वार्थपरता और अन्याय इस प्रकार प्रत्यक्ष रूप में कभी न देख पड़े थे। वह सोचने लगी—हाय! कितनी निर्दय हूं। जिसकी सम्पत्ति से मुझे दो सौ रुपया वार्षिक आय हो रही है, उसकी यह दुर्गति! और मेरे कारण! हे दयामय भगवान्! मुझसे बड़ी भारी चूक हुई है, मुझे क्षमा करो। आज मेरे बेटे का

तिलक था। सैकड़ों मनुष्यों ने भोजन पाया। मैं उनके इशारों की दासी बनी रही। अपने नाम के लिए सैकड़ों रुपये व्यय कर दिये; परंतु जिसकी बदौलत हजारों खाये, उसे इस उत्सव में भी भर पेट भोजन न दे सकी। केवल इसी कारण तो, वह वृद्धा असहाय है।

रूपा ने दिया जलाया, अपने भंडार का द्वार खोला और एक थाली में सम्पूर्ण सामग्रियां सजा कर लिए हुए बूढ़ी काकी की ओर चली।

आधी रात जा चुकी थी, आकाश पर तारों के थाल सजे हुए थे और उन पर बैठे हुए देवगण स्वर्गीय पदार्थ खा रहे थे, परन्तु उनमें किसी को वह परमानन्द प्राप्त न हो सकता था, जो बूढ़ी काकी को अपने सम्मुख थाल देखकर प्राप्त हुआ। रूपा ने कंठावरूद्ध स्वर में कहा — काकी, उठो, भोजन कर लो। मुझसे आज बड़ी भूल हुई, उसका बुरा न मानना। परमात्मा से प्रार्थना कर दो कि वह मेरा अपराध क्षमा कर दें।

भोले-भाले बच्चों की भांति, जो मिठाइयां पाकर मार और तिरस्कार सब भूल जाता है, बूढ़ी काकी वैसे ही सब भुलाकर बैठी हुई खाना खा रही थीं। उनके एक-एक रोयें से सच्ची सदिच्छाएं निकल रही थीं और रूपा बैठी इस स्वर्गीय दृश्य का आनन्द लेने में निमग्न थी।

हार की जीत

केशव से मेरी पुरानी लाग-डांट थी। लेख और वाणी, हास्य और विनोद सभी क्षेत्रों में मुझसे कोसों आगे था। उसके गुणों की चन्द्र-ज्योति में मेरे दीपक का प्रकाश कभी प्रस्फुटित न हुआ। एक बार उसे नीचा दिखाना मेरे जीवन की सबसे बड़ी अभिलाषा थी। उस समय मैंने कभी स्वीकार नहीं किया। अपनी त्रुटियों को कौन स्वीकार करता है—पर वास्तव में मुझे ईश्वर ने उसकी जैसी बुद्धि-शक्ति न प्रदान की थी। अगर मुझे कुछ तस्कीन थी तो यह कि विद्या क्षेत्र में चाहे मुझे उससे कंधा मिलाना कभी नसीब न हो, पर व्यवहार की रंगभूमि में सेहरा मेरे ही सिर रहेगा। लेकिन दुर्भाग्य से जब प्रणय-सागर में भी उसने मेरे साथ गोता मारा और रत्न उसी के हाथ लगता हुआ नजर आया तो मैं हताश हो गया। हम दोनों ने ही एम० ए० के लिए साम्यवाद का विषय लिया था। हम दोनों ही साम्यवादी थे। केशव के विषय में तो यह स्वाभाविक बात थी। उसका कुल बहुत प्रतिष्ठित न था, न वह समृद्धि ही थी जो इस कमी को पूरा कर देती। मेरी अवस्था इसके प्रतिकूल थी। मैं खानदान का ताल्लुकेदार और रईस था। मेरी साम्यवादिता पर लोगों को कुतूहल होता था। हमारे साम्यवाद के प्रोफेसर बाबू हरिदास भाटिया साम्यवाद के सिद्धांतों के कायल थे, लेकिन शायद धन की अवहेलना न कर सकते थे। अपनी लज्जावती के लिए उन्होंने कुशाग्र बुद्धि केशव को नहीं, मुझे पसन्द किया। एक दिन संध्या समय वह मेरे कमरे में आये और चिंतित भाव से बोले— शारदाचरण, मैं महीनों से एक बड़ी चिंता में पड़ा हुआ हूं। मुझे आशा है कि तुम उसका निवारण कर सकते हो! मेरे कोई पुत्र नहीं है। मैंने तुम्हें और केशव दोनों ही को पुत्र-तुल्य समझा है। यद्यपि केशव तुमसे चतुर है, पर मुझे विश्वास है कि विस्तृत संसार में तुम्हें जो सफलता मिलेगी, वह उसे नहीं मिल सकती। अतएव मैंने तुम्हीं को अपनी लज्जा के लिए वरा है। क्या मैं आशा करूं कि मेरा मनोरथ पूरा होगा?

मैं स्वतंत्र था, मेरे माता-पिता मुझे लड़कपन ही में छोड़कर स्वर्ग चले गये थे। मेरे कुटुम्बियों में अब ऐसा कोई न था, जिसकी अनुमति लेने की मुझे जरूरत होती।

लज्जावती जैसी सुशीला, सुन्दरी, सुशिक्षित स्त्री को पाकर कौन पुरुष होगा जो अपने भाग्य को न सराहता। मैं फूला न समाया। लज्जा एक कुसुमित वाटिका थी, जहां गुलाब की मनोहर सुगंधि थी और हरियाली की मनोरम शीतलता, समीर की शुभ्र तरंगें थीं और पक्षियों का मधुर संगीत। वह स्वयं साम्यवाद पर मोहित थी। स्त्रियों के प्रतिनिधित्व और ऐसे ही अन्य विषयों पर उसने मुझसे कितनी ही बार बातें की थीं। लेकिन प्रोफेसर भाटिया की तरह केवल सिद्धांतों की भक्त न थी, उनको व्यवहार में भी लाना चाहती थी। उसने चतुर केशव को अपना स्नेह-पात्र बनाया था। तथापि मैं जानता था कि प्रोफेसर भाटिया के आदेश को वह कभी नहीं टाल सकती, यद्यपि उसकी इच्छा के विरुद्ध मैं उसे अपनी प्रणयिनी बनाने के लिए तैयार न था। इस विषय में मैं स्वेच्छा के सिद्धांत का कायल था। इसलिए मैं केशव की विरक्ति और क्षोभ से आशातीत आनन्द न उठा सका। हम दोनों ही दु:खी थे, और मुझे पहली बार केशव से सहानुभूति हुई। मैं लज्जावती से केवल इतना पूछना चाहता था कि उसने मुझे क्यों नजरों से गिरा दिया। पर उसके सामने ऐसे नाजुक प्रश्नों को छेड़ते हुए मुझे संकोच होता था, और यह स्वाभाविक था, क्योंकि कोई रमणी अपने अंत:करण के रहस्यों को नहीं खोल सकती। लेकिन शायद लज्जावती इस परिस्थिति को मेरे सामने प्रकट करना अपना केर्तव्य समझ रही थी। वह इसका अवसर ढूंढ़ रही थी। संयोग से उसे शीघ्र ही अवसर मिल गया।

संध्या का समय था। केशव राजपूत होस्टल में साम्यवाद पर एक व्याख्यान देने गया हुआ था। प्रोफेसर भाटिया उस जलसे के प्रधान थे। लज्जा अपने बंगले में अकेली बैठी हुई थी। मैं अपने अशांत हृदय के भाव छिपाये हुए, शोक और नैराश्य की दाह से जलता हुआ उसके समीप आकर बैठ गया। लज्जा ने मेरी ओर एक उड़ती हुई निगाह डाली और सदय भाव से बोली—कुछ चिंतित जान पड़ते हो?

मैंने कृत्रिम उदासीनता से कहा—तुम्हारी बला से।

लज्जा—केशव का व्याख्यान सुनने नहीं गये!

मेरी आंखों से ज्वाला-सी निकलने लगी। जब्त करके बोला—आज सिर में दर्द हो रहा था।

यह कहते-कहते अनायास ही मेरे नेत्रों से आंसू की कई बूंदें टपक पड़ीं। मैं अपने शोक को प्रदर्शित करके उसका करुणापात्र बनना नहीं चाहता था। मेरे विचार में रोना स्त्रियों के ही स्वभावानुकूल था। मैं उस पर क्रोध प्रकट करना चाहता था और निकल पड़े आंसू। मन के भाव इच्छा के अधीन नहीं होते।

मुझे रोते देख कर लज्जा की आंखों से भी आंसू गिरने लगे।

मैं कीना नहीं रखता, मलिन हृदय नहीं हूं, लेकिन न मालूम क्यों लज्जा के रोने पर मुझे इस समय एक आनन्द का अनुभव हुआ। उस शोकावस्था में भी मैं उस पर व्यंग्य करने से बाज न रह सका। बोला—लज्जा, मैं तो अपने भाग्य को रोता हूं। शायद तुम्हारे अन्याय की दुहाई दे रहा हूं; लेकिन तुम्हारे आंसू क्यों?

लज्जा ने मेरी ओर तिरस्कार-भाव से देखा और बोली—मेरे आंसुओं का रहस्य तुम न समझोगे क्योंकि तुमने कभी समझने की चेष्टा नहीं की। तुम मुझे कटु वचन सुना कर अपने चित्त को शांत कर लेते हो। मैं किसे जलाऊं? तुम्हें क्या मालूम है कि मैंने कितना आगा-पीछा सोचकर, हृदय को कितना दबाकर, कितनी रातें करवटें बदल कर और कितने आंसू बहा कर यह निश्चय किया है। तुम्हारी कुल-प्रतिष्ठा, तुम्हारी रियासत एक दीवार की भांति मेरे रास्ते में खड़ी है। उस दीवार को मैं पार नहीं कर सकती। मैं जानती हूं कि इस समय तुम्हें कुल-प्रतिष्ठा और रियासत का लेशमात्र भी अभिमान नहीं है। लेकिन यह भी जानती हूं, कि तुम्हारा कालेज की शीतल छाया में पला हुआ साम्यवाद बहुत दिनों तक सांसारिक जीवन की लू और लपट को न सह सकेगा। उस समय तुम अवश्य अपने फैसले पर पछताओगे और कुढ़ोगे। मैं तुम्हारे दूध की मक्खी और हृदय का कांटा बन जाऊंगी।

मैंने आर्द्र होकर कहा—जिन कारणों से मेरा साम्यवाद लुप्त हो जायगा, क्या वह तुम्हारे साम्यवाद को जीता छोड़ेगा?

लज्जा—हां, मुझे पूरा विश्वास है कि मुझ पर उनका जरा भी असर न होगा। मेरे घर में कभी रियासत नहीं रही और कुल की अवस्था तुम भली भांति जानते हो। बाबू जी ने केवल अपने अविरल परिश्रम और अध्यवसाय से यह पद प्राप्त किया है। मुझे वह नहीं भूला है जब मेरी माता जीवित थीं और बाबू जी 11 बजे रात को प्राइवेट ट्यूशन करके घर आते थे तो मुझे रियासत और कुल-गौरव का अभिमान कभी हो नहीं सकता, उसी तरह जैसे तुम्हारे हृदय से यह अभिमान कभी मिट नहीं सकता। यह घमंड़ मुझे उसी दशा में होगा जब मैं स्मृतिहीन हो जाऊंगी।

मैंने उद्दंडता से कहा—कुल-प्रतिष्ठा को तो मैं मिटा नहीं सकता, मेरे वश की बात नहीं है, लेकिन तुम्हारे लिए मैं आज रियासत को तिलांजलि दे सकता हूं।

लज्जा क्रूर मुसकान से बोली—फिर वही भावुकता! अगर यह बात तुम किसी अबोध बालिका से करते तो कदाचित् वह फूली न समाती। मैं एक ऐसे गहन विषय में, जिस पर दो प्राणियों के समस्त जीवन का सुख-दुख निर्भर है, भावुकता का आश्रय नहीं ले सकती। शादी बनावट नहीं है। परमात्मा साक्षी है मैं विवश हूं,

मुझे अभी तक स्वयं मालूम नहीं है कि मेरी डोंगी किधर जायेगी; लेकिन मैं तुम्हारे जीवन को कंटकमय नहीं बना सकती।

मैं यहां से चला तो इतना निराश न था जितना सचिंत। लज्जा ने मेरे सामने एक नयी समस्या उपस्थित कर दी थी।

2

हम दोनों साथ-साथ एम० ए० हुए। केशव प्रथम श्रेणी में आया, मैं द्वितीय श्रेणी में। उसे नागपुर के एक कालेज में अध्यापक का पद मिल गया। मैं घर आ कर अपनी रियासत का प्रबंध करने लगा। चलते समय हम दोनों गले मिल कर और रो कर विदा हुए। विरोध और ईर्ष्या को कालेज में छोड़ दिया।

मैं अपने प्रांत का पहला, ताल्लुकेदार था, जिसने एम० ए० पद प्राप्त किया हो। पहले तो राज्याधिकारियों ने मेरी खूब आवभगत की; लेकिन जब मेरे सामाजिक सिद्धांतों से अवगत हुए तो उनकी कृपा दृष्टि कुछ शिथिल पड़ गयी। मैंने भी उनसे मिलना-जुलना छोड़ दिया। अपना अधिकांश समय असामियों के बीच में व्यतीत करता।

पूरा साल-भर भी न गुजरने पाया कि एक ताल्लुकेदार की परलोकयात्रा ने कौंसिल में एक स्थान खाली कर दिया। मैंने कौंसिल में जाने की अपनी तरफ से कोई कोशिश नहीं की। लेकिन काश्तकारों ने अपने प्रतिनिधित्व का भार मेरे ही सिर रखा। बेचारा केशव तो अपने कालेज में लेक्चर देता था, किसी को खबर भी न थी कि वह कहां है और क्या कर रहा है और मैं अपने कुल-मर्यादा की बदौलत कौंसिल का मेम्बर हो गया। मेरी वक्तृताएं समाचार-पत्रों में छपने लगीं। मेरे प्रश्नों की प्रशंसा होने लगी। कौंसिल में मेरा विशेष सम्मान होने लगा, कई सज्जन ऐसे निकल आये जो जनतावाद के भक्त थे। पहले वह परिस्थितियों से कुछ दबे हुए थे, अब यह खुल पड़े। हम लोगों ने लोकवादियों का अपना एक पृथक् दल बना लिया और कृषकों के अधिकारों को जोरों के साथ व्यक्त करना शुरू किया। अधिकांश भूपतियों ने मेरी अवहेलना की। कई सज्जनों ने धमकियां भी दीं; लेकिन मैंने अपने निश्चित पथ को न छोड़ा। सेवा के इस सुअवसर को क्यों हाथ से जाने देता। दूसरा वर्ष समाप्त होते-होते जाति के प्रधान नेताओं में मेरी गणना होने लगी। मुझे बहुत परिश्रम करना, बहुत पढ़ना, बहुत लिखना और बहुत बोलना पड़ता, पर जरा भी न

घबराता। इस परिश्रमशीलता के लिए केशव का ऋणी था। उसी ने मुझे इतना अभ्यस्त बना दिया था।

मेरे पास केशव और प्रोफेसर भाटिया के पत्र बराबर आते रहते थे। कभी-कभी लज्जावती भी मिलती थी। उसके पत्रों में श्रद्धा और प्रेम की मात्रा दिनों-दिन बढ़ती जाती थी। वह मेरी राष्ट्र सेवा का बड़े उदार, बड़े उत्साहमय शब्दों में बखान करती। मेरे विषय में उसे पहले जो शंकाएं थी, वह मिटती जाती थीं। मेरी तपस्या देवी को आकर्षित करने लगी। केशव के पत्रों से उदासीनता टपकती थी। उसके कालेज में धन का अभाव था। तीन वर्ष हो गये, पर उसकी तरक्की न हुई थी। पत्रों से ऐसा प्रतीत होता था मानो वह जीवन से असंतुष्ट है। कदाचित् इसका मुख्य कारण यह था कि अभी तक उसके जीवन का सुखमय स्वप्न चरितार्थ न हुआ था।

तीसरे वर्ष गर्मियों की तातील में प्रोफेसर भाटिया मुझसे मिलने आये और बहुत प्रसन्न हो कर गये। उसके एक ही सप्ताह पीछे लज्जावती का पत्र आया, अदालत ने तजवीज सुना दी, मेरी डिग्री हो गयी। केशव की पहली बार मेरे मुकाबले में हार हुई। मेरे हर्षोल्लास की कोई सीमा न थी। प्रो० भाटिया का इरादा भारतवर्ष के सब प्रांतों में भ्रमण करने का था। वह साम्यवाद पर एक ग्रन्थ लिख रहे थे जिसके लिए प्रत्येक बड़े नगर में कुछ अन्वेषण करने की जरूरत थी। लज्जा को अपने साथ ले जाना चाहते थे। निश्चय हुआ कि उनके लौट आने पर आगामी चैत के महीने में हमारा संयोग हो जाय। मैं यह वियोग के दिन बड़ी बेसब्री में काटने लगा। अब तक मैं जानता था कि विजय केशव के हाथ रहेगी, मैं निराश था, पर शांत था। अब आशा थी और उसके साथ-साथ घोर अशांति थी।

3

मार्च का महीना था। प्रतीक्षा की अवधि पूरी हो चुकी थी। कठिन परिश्रम के दिन गये, फसल काटने का समय आया। प्रोफेसर साहब ने ढाका से पत्र लिखा था कि कई अनिवार्य कारणों से मेरा लौटना मार्च में नहीं मई में होगा। इसी बीच में कश्मीर के दीवान लाला सोमनाथ कपूर नैनीताल आये। बजट पेश था। उन पर व्यवस्थापक सभा में वाद-विवाद हो रहा था। गवर्नर की ओर से दीवान साहब को पार्टी दी गयी। सभा के प्रतिनिधियों को भी निमंत्रण मिला। कौंसिल की ओर से मुझे अभिवादन करने का सौभाग्य प्राप्त हुआ। मेरी बकवास को दीवान साहब ने बहुत पसंद किया। चलते समय मुझसे कई मिनट तक बातें कीं और मुझे अपने डेरे

पर आने का आदेश दिया। उनके साथ उनकी पुत्री सुशीला भी थी। वह पीछे सिर झुकाये खड़ी रही। जान पड़ता था, भूमि को पढ़ रही है। पर मैं अपनी आंखों को काबू में न रख सका। वह उतनी ही देर में एक बार नहीं, कई बार उठीं और जैसे बच्चा किसी अजनबी की चुमकार से उसकी ओर लपकता है, पर फिर डर कर मां की गोद से चिमट जाता है; वह भी डर कर आधे रास्ते से लौट गयीं। लज्जा अगर कुसुमित वाटिका थी तो सुशीला शीतल सलिल-धारा थी जहां वृक्षों के कुंज थे, विनोदशील मृगों के झुंड, विहगावली की अनंत शोभा और तरंगों का मधुर संगीत।

मैं घर पर आया तो ऐसा थका हुआ था जैसे कोई मंजिल मार कर आया हूं। सौंदर्य जीवन-सुधा है। मालूम नहीं क्यों इसका असर इतना प्राणघातक होता है।

लेटा तो वही सूरत सामने थी। मैं उसे हटाना चाहता था। मुझे भय था कि एक क्षण में भी उस भंवर में पड़ कर मैं अपने को संभाल न सकूंगा। मैं अब लज्जावती का हो चुका था, वही अब मेरे हृदय की स्वामिनी थी। मेरा उस पर कोई अधिकार न था लेकिन मेरे सारे संयम, सारी दलीलें निष्फल हुईं। जल के उद्वेग में नौका को धागे से कौन रोक सकता है। अंत में हताश हो कर मैंने अपने को विचारों के प्रवाह में डाल दिया। कुछ दूर तक नौका वेगवती तरंगों के साथ चली, फिर उसी प्रवाह में विलीन हो गयी।

दूसरे दिन मैं नियत समय पर दीवान साहब के डेरे पर जा पहुंचा, इस भांति कांपता और हिचकता जैसे कोई बालक दामिनी की चमक से चौंक-चौंक कर आंख बंद कर लेता है कि कहीं वह चमक न जाय, कहीं मैं उसकी चमक देख न लूं; भोला-भाला किसान भी अदालत के सामने इतना सशंक न होता होगा। यथार्थ यह था कि मेरी आत्मा परास्त हो चुकी थी, उसमें अब प्रतिकार की शक्ति न रही थी।

दीवान साहब ने मुझसे हाथ मिलाया और कोई घंटे-भर तक आर्थिक और सामाजिक प्रश्नों पर वार्तालाप करते रहे। मुझे उनकी बहुज्ञता पर आश्चर्य होता था। ऐसा वाक् चतुर पुरुष मैंने कभी न देखा था। साठ वर्ष की वयस थी, पर हास्य और विनोद के मानो भंडार थे। न जाने कितने लोक, कितने कवित्त, कितने शेर उन्हें याद थे। बात-बात पर कोई न कोई सुयुक्ति निकाल लाते थे। खेद है उस प्रकृति के लोग अब गायब होते जाते हैं। वह शिक्षा-प्रणाली न जाने कैसी थी, जो ऐसे-ऐसे रत्न उत्पन्न करती थी। अब तो सजीवता कहीं दिखायी ही नहीं देती। प्रत्येक प्राणी चिन्ता की मूर्ति है, उसके होंठों पर कभी हंसी आती ही नहीं। खैर, दीवान साहब ने पहले चाय मंगवायी, फिर फल और मेवे मंगवाये। मैं रह-रह कर इधर-उधर उत्सुक नेत्रों से देखता था। मेरे कान उसके स्वर का रसपान करने के लिए मुंह खोले हुए

थे, आंखें द्वार की ओर लगी हुई थीं। भय भी था और लगाव भी, झिझक भी थी और खिंचाव भी। बच्चा झूले से डरता है पर उस पर बैठना भी चाहता है।

लेकिन रात के नौ बज गये, मेरे लौटने का समय आ गया। मन में लज्जित हो रहा था कि दीवान साहब दिल में क्या कह रह होंगे। सोचते होंगे इसे कोई काम नहीं हैं? जाता क्यों नहीं, बैठे-बैठे दो-ढाई घंटे तो हो गये।

सारी बातें समाप्त हो गयीं। उनके लतीफे भी खत्म हो गये। वह नीरवता उपस्थित हो गयी, जो कहती है कि अब चलिए फिर मुलाकात होगी। यार जिंदा व सोहबत बाकी। मैंने कई बार उठने का इरादा किया, लेकिन इंतजार में आशिक की जान भी नहीं निकलती, मौत को भी इंतजार का सामना करना पड़ता है। यहां तक कि साढ़े नौ बज गये और अब मुझे विदा होने के सिवाय कोई मार्ग न रहा, जैसे दिल बैठ गया।

जिसे मैंने भय कहा है, वह वास्तव में भय नहीं था, वह उत्सुकता की चरम सीमा थी।

यहां से चला तो ऐसा शिथिल और निर्जीव था मानो प्राण निकल गये हों। अपने को धिक्कारने लगा। अपनी क्षुद्रता पर लज्जित हुआ। तुम समझते हो कि हम भी कुछ हैं। यहां किसी को तुम्हारे मरने-जीने की परवाह नहीं। माना उसके लक्षण क्वारियों के-से हैं। संसार में क्वारी लड़कियों की कमी नहीं। सौंदर्य भी ऐसी दुर्लभ वस्तु नहीं। अगर प्रत्येक रूपवती और क्वारी युवती को देख कर तुम्हारी यही हालत होती रही तो ईश्वर ही मालिक है।

वह भी तो अपने दिल में यही विचार करती होगी। प्रत्येक रूपवान युवक पर उसकी आंखें क्यों उठें। कुलवती स्त्रियों के यह ढंग नहीं होते। पुरुषों के लिए अगर यह रूप-तृष्णा निंदाजनक है तो स्त्रियों के लिए विनाशकारक है। द्वैत से अद्वैत को भी इतना आघात नहीं पहुंच सकता, जितना सौन्दर्य को।

दूसरे दिन शाम को मैं अपने बरामदे में बैठा पत्र देख रहा था। क्लब जाने को भी जी नहीं चाहता था। चित्त कुछ उदास था। सहसा मैंने दीवान साहब को फिटन पर आते देखा। मोटर से उन्हें घृणा थी। वह इसे पैशाचिक उड़न-खटोला कहा करते थे। उनके बगल में सुशीला थी। मेरा हृदय धक्-धक् करने लगा। उसकी निगाह मेरी तरफ उठी हो या न उठी हो, पर मेरी टकटकी उस वक्त तक लगी रही जब तक फिटन अदृश्य न हो गयी।

तीसरे दिन मैं फिर बरामदे में आ बैठा। आंखें सड़क की ओर लगी हुई थीं। फिटन आयी और चली गयी। अब यही उसका नित्यप्रति का नियम हो गया है। मेरा

अब यही काम था कि सारे दिन बरामदे में बैठा रहूं। मालूम नहीं फिटन कब निकल जाय। विशेषत: तीसरे पहर तो मैं अपनी जगह से हिलने का नाम भी न लेता था।

इस प्रकार एक मास बीत गया। मुझे अब कौंसिल के कामों में कोई उत्साह न था। समाचार पत्रों में, उपन्यासों में जी न लगता। कहीं सैर करने का भी जी न चाहता। प्रेमियों को न जाने जंगल-पहाड़ में भटकने की, कांटों में उलझने की सनक कैसे सवार होती है। मेरे तो जैसे पैरों में बेड़ियां-सी पड़ गयी थीं। बस, बरामदा था और मैं, और फिटन का इंतजार। मेरी विचार शक्ति भी शायद अंतर्धान हो गयी। मैं दीवान साहब को या अंगरेजी शिष्टता के अनुसार सुशीला को ही, अपने यहां निमंत्रित कर सकता था, पर वास्तव में मैं अभी तक उससे भयभीत था। अब भी लज्जावती को अपनी प्रणयिनी समझता था। वह अब भी मेरे हृदय की रानी थी, चाहे उस पर किसी दूसरी शक्ति का अधिकार ही क्यों न हो गया हो!

एक महीना और निकल गया, लेकिन मैंने लज्जा को कोई पत्र न लिखा। मुझमें अब उसे पत्र लिखने की भी सामर्थ्य न थी। शायद उससे पत्र व्यवहार करने को मैं नैतिक अत्याचार समझता था। मैंने उससे दगा की थी। मुझे अब उसे अपने मलिन अंत:करण से भी अपवित्र करने का कोई अधिकार न था। इसका अन्त क्या होगा? यही चिंता अहर्निश मेरे मन पर कुहर मेघ की भांति शून्य हो गयी। चिंता-दाह से दिनों-दिन घुलता जाता था। मित्रजन अक्सर पूछा करते, आपको क्या मर्ज है? मुख निस्तेज, कांतिहीन हो गया। भोजन औषधि के समान लगता। सोने जाता तो जान पड़ता, किसी ने पिंजरे में बंद कर दिया है। कोई मिलने आता तो चित्त उससे कोसों भागता। विचित्र दशा थी।

एक दिन शाम को दीवान साहब की फिटन मेरे द्वार पर आ कर रुकी। उन्होंने अपने व्याख्यानों का एक संग्रह प्रकाशित कराया था। उसकी प्रति मुझे भेंट करने के लिए आये थे। मैंने उन्हें बैठने के लिए बहुत आग्रह किया, लेकिन उन्होंने यही कहा, सुशीला को यहां आने में संकोच होगा और फिटन पर अकेली वह घबरायेगी। वह चले तो मैं भी साथ हो लिया और फिटन तक पीछे-पीछे आया। जब वह फिटन पर बैठने लगे तो मैंने सुशीला को नि:शंक हो आंख भर कर देखा, जैसे कोई प्यासा पथिक गर्मी के दिन में अफर कर पानी पिये कि न जाने कब उसे जल मिलेगा। मेरी उस एक चितवन में वह उग्रता, वह याचना, वह उद्वेग, वह करुणा, वह श्रद्धा, वह आग्रह, वह दीनता थी, जो पत्थर की मूर्ति को भी पिघला देती। सुशीला तो फिर स्त्री थी। उसने भी मेरी ओर देखा, निर्भीक सरल नेत्रों से, जरा भी झेंप नहीं, जरा भी झिझक नहीं। मेरे परास्त होने में जो कसर रह गयी थी, वह पूरी हो गयी।

इसके साथ उसने मुझ पर मानो अमृत वर्षा कर दी। मेरे हृदय और आत्मा में एक नयी शक्ति का संचार हो गया। मैं लौटा तो ऐसा प्रसन्न-चित्त था मानो कल्पवृक्ष मिल गया हो।

एक दिन मैंने प्रोफेसर भाटिया को पत्र लिखा—मैं थोड़े दिनों से किसी गुप्त रोग से ग्रस्त हो गया हूं। सम्भव है, तपेदिक (क्षय) का आरंभ हो इसलिए मैं इस मई में विवाह करना उचित नहीं समझता। मैं लज्जा से इस भांति परांगमुख होना चाहता था कि उनकी निगाहों में मेरी इज्जत कम न हो। मैं कभी-कभी अपनी स्वार्थपरता पर क्रुद्ध होता। लज्जा के साथ यह छल-कपट, यह बेवफाई करते हुए मैं अपनी ही नजरों में गिर गया था। लेकिन मन पर कोई वश न था। उस अबला को कितना दु:ख होगा; यह सोच कर मैं कई बार रोया। अभी तक मैं सुशीला के स्वभाव, विचार, मनोवृत्तियों से जरा भी परिचित न था। केवल उसके रूप-लावण्य पर अपनी लज्जा की चिरसंचित अभिलाषाओं का बलिदान कर रहा था। अबोध बालकों की भांति मिठाई के नाम पर अपने दूध-चावल को ठुकराये देता था। मैंने प्रोफेसर को लिखा था, लज्जावती से मेरी बीमारी का जिक्र न करें, लेकिन प्रोफेसर साहब इतने गहरे न थे। चौथे ही दिन लज्जा का पत्र आया, जिसमें उसने अपना हृदय खोल कर रख दिया था। वह मेरे लिए सब कुछ यहां तक कि वैधव्य की यंत्रणाएं भी सहने के लिए तैयार थी। उसकी इच्छा थी कि अब हमारे संयोग में एक क्षण का भी विलम्ब न हो, अस्तु! इस पत्र को लिए घंटों एक संज्ञाहीन दशा में बैठा रहा। इस अलौकिक आत्मोत्सर्ग के सामने अपनी क्षुद्रता, अपनी स्वार्थपरता, अपनी दुर्बलता कितनी घृणित थी!

4
लज्जावती

सावित्री ने क्या सब कुछ जानते हुए भी सत्यवान से विवाह नहीं किया था? मैं क्यों डरूं? अपने कर्तव्य-मार्ग से क्यों डिगूं? मैं उनके लिए व्रत रखूंगी, तीर्थ करूंगी, तपस्या करूंगी। भय मुझे उनसे अलग नहीं कर सकता। मुझे उनसे कभी इतना प्रेम न था। कभी इतनी अधीरता न थी। यह मेरी परीक्षा का समय है, और मैंने निश्चय कर लिया है। पिता जी अभी यात्रा से लौटे हैं, हाथ खाली है, कोई तैयारी नहीं कर सके हैं। इसलिए दो-चार महीनों के विलम्ब से उन्हें तैयारी करने का अवसर मिल जाता; पर मैं अब विलम्ब न करूंगी। हम और वह इसी

महीने मे एक-दूसरे के हो जाएंगे, हमारी आत्माएं सदा के लिए संयुक्त हो जाएंगी, फिर कोई विपत्ति, दुर्घटना मुझे उनसे जुदा न कर सकेगी।

मुझे अब एक दिन की देर भी असह्य है। मैं रस्म और रिवाज की लौंडी नहीं हूं। न वही इसके गुलाम हैं। बाबू जी रस्मों के भक्त नहीं। फिर क्यों न तुरन्त नैनीताल चलूं? उनकी सेवा-सुश्रूषा करूं, उन्हें ढाढ़स दूं। मैं उन्हें सारी चिंताओं से, समस्त विघ्न-बाधाओं से मुक्त कर दूंगी। इलाके का सारा प्रबन्ध अपने हाथों में लूंगी। कौंसिल के कामों में इतना व्यस्त हो जाने के कारण ही उनकी यह दशा हुई। पत्रों में अधिकतर उन्हीं के प्रश्न, उन्हीं की आलोचनाएं, उन्हीं की वक्तृताएं दिखायी देती हैं। मैं उनसे याचना करूंगी कि कुछ दिनों के लिए कौंसिल से इस्तीफा दे दें। वह मेरा गाना कितने चाव से सुनते थे। मैं उन्हें अपने गीत सुनाकर प्रसन्न करूंगी, किस्से पढ़ कर सुनाऊंगी, उनको समुचित रूप से शांत रखूंगी। इस देश में तो इस रोग की दवा नहीं हो सकती। मैं उनके पैरों पर गिर कर प्रार्थना करूंगी कि कुछ दिनों के लिए यूरोप के किसी सैनिटोरियम चलें और विधिपूर्वक इलाज करायें। मैं कल ही कालेज के पुस्तकालय से इस रोग के संबंध की पुस्तकें लाऊंगी, और विचारपूर्वक उनका अध्ययन करूंगी। दो-चार दिन में कालेज बन्द हो जायगा। मैं आज ही बाबू जी से नैनीताल चलने की चर्चा करूंगी।

5

आह! मैंने कल उन्हें देखा तो पहचान न सकी। कितना सुर्ख चेहरा था, कितना भरा हुआ शरीर। मालूम होता था, ईंगुर भरी हुई है! कितना सुन्दर अंग-विन्यास था। कितना शौर्य्य था! तीन ही वर्षों में यह कायापलट हो गयी, मुख पीला हो गया है, शरीर घुल कर कांटा हो गया। आहार आधा भी नहीं रहा। हरदम चिंता में मग्न रहते हैं। कहीं आते-जाते नहीं देखती। इतने नौकर हैं, इतना सुरम्य स्थान है! विनोद के सभी सामान मौजूद हैं; लेकिन इन्हें अपना जीवन अब अंधकारमय जान पड़ता है। इस कलमुंही बीमारी का सत्यानाश हो। अगर इसे ऐसी ही भूख थी तो मेरा शिकार क्यों न किया? मैं बड़े प्रेम से इसका स्वागत करती। कोई ऐसा उपाय होता कि यह बीमारी इन्हें छोड़कर मुझे पकड़ लेती! मुझे देखकर कैसे खिल जाते थे और मैं मुस्कराने लगती थी। एक-एक अंग प्रफुल्लित हो जाता था। पर मुझे यहां दूसरा दिन है। एक बार भी उनके चेहरे पर हंसी न दिखायी दी। जब मैंने बरामदे में कदम रखा तब जरूर हंसे थे, किन्तु कितनी निराश हंसी थी! बाबू

जी अपने आंसुओं को न रोक सके। अलग कमरे में जाकर देर तक रोते रहे। लोग कहते हैं, कौंसिल में लोग केवल सम्मान-प्रतिष्ठा के लोभ से जाते हैं। उनका लक्ष्य केवल नाम पैदा करना होता है। बेचारे मेम्बरों पर यह कितना कठोर आक्षेप है, कितनी घोर कृतघ्नता। जाति की सेवा में शरीर को घुलाना पड़ता है, रक्त को जलाना पड़ता है। यही जाति सेवा का उपहार है।

पर यहां के नौकरों को जरा भी चिंता नहीं है। बाबू जी ने इनके दो-चार मिलने वालों से बीमारी का जिक्र किया; पर उन्होंने भी परवाह न की। यह मित्रों की सहानुभूति का हाल है। सभी अपनी-अपनी धुन में मस्त है, किसी को खबर नहीं कि दूसरों पर क्या गुजरती है। हां, इतना मुझे भी मालूम होता है कि इन्हें क्षय का केवल भ्रम है। उसके कोई लक्षण नहीं देखती। परमात्मा करे, मेरा अनुमान ठीक हो। मुझे तो कोई और ही रोग मालूम होता है। मैंने कई बार टेम्परेचर लिया। उष्णता साधारण थी। उसमें कोई आकस्मिक परिवर्तन भी न हुआ। अगर यही बीमारी है तो अभी आरस्मिक अवस्था है, कोई कारण नहीं कि उचित प्रयत्न से उसकी जड़ न उखड़ जाय। मैं कल से ही इन्हें नित्य सैर कराने ले जाऊंगी। मोटर की जरूरत नहीं, फिटन पर बैठने से ज्यादा लाभ होगा। मुझे यह स्वयं कुछ लापरवाह-से जान पड़ते हैं। इस मर्ज के बीमारों को बड़ी एहतियात करते देखा है। दिन में बीसों बार तो थर्मामीटर देखते हैं, पथ्यापथ्य का बड़ा विचार रखते हैं। वे फल, दूध और पुष्टिकारक पदार्थों का सेवन किया करते हैं। यह नहीं कि जो कुछ रसोइये ने अपने मन से बनाकर सामने रख दिया, वही दो-चार ग्रास खाकर उठ आये। मुझे तो विश्वास होता जाता है कि इन्हें कोई दूसरी ही शिकायत है। ज़रा अवकाश मिले तो इसका पता लगाऊं। कोई चिंता तो नहीं है? रियासत पर कर्ज का बोझ तो नहीं है? थोड़ा-बहुत कर्ज तो अवश्य ही होगा। यह तो रईसों की शान है। अगर कर्ज ही इसका मूल कारण है तो अवश्य कोई भारी रकम होगी।

6

चित्त विविध चिंताओं से इतना दबा हुआ है कि कुछ लिखने को जी नहीं चाहता! मेरे समस्त जीवन की अभिलाषाएं मिट्टी में मिल गयीं। हा हतभाग्य! मैं अपने को कितनी खुशनसीब समझती थी। अब संसार में मुझसे ज्यादा बदनसीब और कोई न होगा। वह अमूल्य रत्न जो मुझे चिरकाल की तपस्या और उपासना से न मिला, वह इस मृगनयनी सुन्दरी को अनायास मिल जाता। शारदा ने

अभी उसे हाल में ही देखा है। कदाचित् अभी तक उनमें परस्पर बातचीत करने की नौबत नहीं आयी। लेकिन उससे कितने अनुरक्त हो रहे हैं। उसके प्रेम में कैसे उन्मत्त हो गये हैं। पुरुषों को परमात्मा ने हृदय नहीं दिया, केवल आंखें दी हैं। वह हृदय की कद्र नहीं करना जानते, केवल रूप-रंग पर बिक जाते हैं। अगर मुझे किसी तरह विश्वास हो जाय कि सुशीला उन्हें मुझसे ज्यादा प्रसन्न रख सकेगी, उनके जीवन को अधिक सार्थक बना देगी, तो मुझे उसके लिए जगह खाली करने में जरा भी आपत्ति न होगी। वह इतनी गर्ववती, इतनी निठुर है कि मुझे भय है कहीं शारदा को पछताना न पड़े।

लेकिन यह मेरी स्वार्थ-कल्पना है। सुशीला गर्ववती सही, निठुर सही, विलासिनी सही, शारदा ने अपना प्रेम उस पर अर्पण कर दिया है। वह बुद्धिमान हैं, चतुर हैं, दूरदर्शी हैं। अपना हानि-लाभ सोच सकते हैं। उन्होंने सब कुछ सोच कर ही निश्चय किया होगा। जब उन्होंने मन में यह बात ठान ली तो मुझे कोई अधिकार नहीं है कि उनके सुख-मार्ग का कांटा बनूं। मुझे सब्र करके, अपने मन को समझा कर यहां से निराश, हताश, भग्नहृदय, विदा हो जाना चाहिए। परमात्मा से यही प्रार्थना है कि उन्हें प्रसन्न रखे। मुझे जरा भी ईर्ष्या, जरा भी दम्भ नहीं है। मैं तो उनकी इच्छाओं की चेरी हूं। अगर उन्हें मुझको विष दे देने से खुशी होती तो मैं शौक से विष का प्याला पी लेती। प्रेम ही जीवन का प्राण है। हम इसी के लिए जीना चाहते है। अगर इसके लिए मरने का भी अवसर मिले तो धन्य भाग। यदि केवल मेरे हट जाने से सब काम संवर सकते हैं तो मुझे कोई इन्कार नहीं। हरि इच्छा। लेकिन मानव शरीर पाकर कौन मायामोह से रहित होता है? जिस प्रेम-लता को मुद्दतों से पाला था, आंसुओं से सींचा था, उसको पैरों तले रौंदा जाना नहीं देखा जाता। हृदय विदीर्ण हो जाता है। अब कागज तैरता जान पड़ता है, आंसू उमड़े चले आते हैं, कैसे मन को खींचू? हा!जिसे अपना समझती थी; जिसके चरणों पर अपने को भेंट कर चुकी थी, जिसके सहारे जीवन-लता पल्लवित हुई थी, जिसे हृदय-मंदिर में पूजती थी, जिसके ध्यान में मग्न हो जाना, जीवन का सबसे प्यारा काम था, उससे अब अनन्त काल के लिए वियोग हो रहा है। आह! किससे अब फरियाद करूं? किसके सामने जाकर रोऊं? किससे अपनी दुःख-कथा कहूं? मेरा निर्बल हृदय यह वज्राघात नहीं सह सकता। यह चोट मेरी जान लेकर छोड़ेगी। अच्छा ही होगा। प्रेम विहीन हृदय के लिए संसार काल-कोठरी है, नैराश्य और अंधकार से भरी हुई। मैं जानती हूं अगर आज बाबू जी उनसे विवाह के लिए जोर दें तो वह तैयार हो जाएंगे, बस मुरौवत के पुतले हैं। केवल मेरा मन रखने के लिए अपनी जान पर खेल

जायेंगे। वह उन शीलवान पुरुषों में हैं जिन्होने 'नहीं' करना ही नहीं सीखा। अभी तक उन्होंने दीवान साहब से सुशीला के विषय में कोई बातचीत भी नहीं की। शायद मेरा रुख देख रहे हैं। इसी असमंजस ने उन्हें इस दशा को पहुंचा दिया। वह मुझे हमेशा प्रसन्न रखने की चेष्टा करेंगे। मेरा दिल कभी न दुखावेंगे, सुशीला की चर्चा भूल कर भी न करेंगे। मैं उनके स्वभाव को जानती हूं। वह नर-रत्न हैं। लेकिन मैं उनके पैरों की बेड़ी नहीं बनना चाहती। जो कुछ बीते अपने ही ऊपर बीते। उन्हें क्यों समेटूं? डूबना ही है तो आप क्यों न डूबूं, उन्हें अपने साथ क्यों डुबाऊं?

यह भी जानती हूं कि यदि इस शोक ने घुला-घुला कर मेरी जान ले ली तो यह अपने को कभी क्षमा न करेंगे। उनका समस्त जीवन क्षोभ और ग्लानि को भेंट हो जायेगा, उन्हें कभी शांति न मिलेगी। कितनी विकट समस्या है। मुझे मरने की भी स्वाधीनता नहीं। मुझे इनको प्रसन्न रखने के लिए अपने को प्रसन्न रखना होगा। उनसे निष्ठुरता करनी पड़ेगी। त्रियाचरित्र खेलना पड़ेगा। दिखाना पड़ेगा कि इस बीमारी के कारण अब विवाह की बातचीत अनर्गल है। वचन को तोड़ने का अपराध अपने सिर लेना पड़ेगा। इसके सिवाय उद्धार की और कोई व्यवस्था नहीं। परमात्मा, मुझे बल दो कि इस परीक्षा में सफल हो जाऊं।

7

शारदाचरण

एक ही निगाह ने निश्चय कर दिया। लज्जा ने मुझे जीत लिया। एक ही निगाह से सुशीला ने भी मुझे जीता था। उस निगाह में प्रबल आकर्षण था, एक मनोहर सारल्य, एक आनन्दोदगार, जो किसी भांति छिपाये नहीं छिपता था, एक बालोचित उल्लास, मानो उसे कोई खिलौना मिल गया हो। लज्जा की चितवन में क्षमा थी और थी करुणा, नैराश्य तथा वेदना। वह अपने को मेरी इच्छा पर बलिदान कर रही थी। आत्म-परिचय में उसे सिद्धि है। उसने अपनी बुद्धिमानी से सारी स्थिति ताड़ ली और तुरन्त फैसला कर लिया। वह मेरे सुख में बाधक नहीं बनना चाहती थी। उसके साथ ही यह भी प्रकट करना चाहती थी कि मुझे तुम्हारी परवाह नहीं है। अगर तुम मुझसे जौ-भर खिंचोगे तो मैं तुमसे गज-भर खिंच जाऊंगी। लेकिन मनोवृत्तियां सुगंध के समान हैं जो छिपाने से नहीं छिपतीं। उसकी निठुरता में नैराश्यमय वेदना थी। उसकी मुसकान में आंसुओं की झलक। वह मेरी निगाह बचा कर क्यों रसोई में चली जाती थी और कोई न कोई पाक, जिसे वह जानती है

कि मुझे रुचिकर है, बना लेती थी? वह मेरे नौकरों को क्यों आराम से रखने की गुप्त रीति से ताकीद किया करती थी? समाचारपत्रों को क्यों मेरी निगाह से छिपा दिया करती थी? क्यों संध्या समय मुझे सैर करने को मजबूर किया करती थी? उनकी एक-एक बात उसके हृदय का परदा खोल देती थी। उसे कदाचित् मालूम नहीं है कि आत्मपरिचय रमणियों का विशेष गुण नहीं। उस दिन जब प्रोफेसर भाटिया ने बातों ही बातों में मुझ पर व्यंग किये, मुझे वैभव और सम्पत्ति का दास कहा और मेरे साम्यवाद की हंसी उड़ानी चाही तो उसने कितनी चतुरता से बात टाल दी। पीछे से मालूम नहीं उसने उन्हें क्या कहा; पर मैं बरामदे में बैठा सुन रहा था कि बाप और बेटी बगीचे में बैठे हुए किसी विषय पर बहस कर रहे हैं। कौन ऐसा हृदयशून्य प्राणी है जो निष्काम सेवा के वशीभूत न हो जाय। लज्जावती को मैं बहुत दिनों से जानता हूं। पर मुझे ज्ञात हुआ कि इसी मुलाकात में मैंने उसका यथार्थ रूप देखा। पहले मैं उसकी रूपराशि का, उसके उदार विचारों का, उसकी मृदुवाणी का भक्त था। उसकी उज्ज्वल, दिव्य आत्मज्योति मेरी आंखों से छिपी हुई थी। मैंने अबकी ही जाना कि उसका प्रेम कितना गहरा, कितना पवित्र, कितना अगाध है। इस अवस्था में कोई दूसरी स्त्री ईर्ष्या से बावली हो जाती, मुझसे नहीं तो सुशीला से तो अवश्य ही जलने लगती, आप कुढ़ती, उसे व्यंगों से छेदती और मुझे धूर्त्त, कपटी, पाषाण न जाने क्या-क्या कहती, पर लज्जा ने जितने विशुद्ध प्रेम भाव से सुशीला का स्वागत किया, वह मुझे कभी न भूलेगा —मालिन्य, संकीर्णता, कटुता का लेश न था। इस तरह उसे हाथों-हाथ लिये फिरती थी मानों छोटी बहिन उसके यहाँ मेहमान है। सुशीला इस व्यवहार पर मानो मुग्ध हो गयी। आह! वह दृश्य भी चिरस्मरणीय है, जब लज्जावती मुझसे विदा होने लगी। प्रोफेसर भाटिया मोटर पर बैठे हुए थे। वह मुझसे कुछ खिन्न हो गए और जल्दी से जल्दी भाग जाना चाहते थे। लज्जा एक उज्ज्वल साड़ी पहने हुए मेरे सम्मुख आ कर खड़ी हो गयी। वह एक तपस्विनी थी जिसने प्रेम पर अपना जीवन अर्पण कर दिया हो, श्वेत पुष्पों की माला थी जो किसी देवमूर्ति के चरणों पर पड़ी हुई हो। उसने मुस्करा कर मुझसे कहा—कभी-कभी पत्र लिखते रहना, इतनी कृपा की मैं अपने को अधिकारिणी समझती हूं।

मैंने जोश से कहा—हां, अवश्य।

लज्जावती ने फिर कहा—शायद यह हमारी अंतिम भेंट हो। न जाने मैं कहां रहूंगी, कहां जाऊंगी; फिर कभी आ सकूंगी या नहीं। मुझे बिलकुल भूल न जाना। अगर मेरे मुंह से कोई ऐसी बात निकल आई हो जिससे तुम्हें दुःख हुआ हो तो क्षमा करना और ··· अपने स्वास्थ्य का बहुत ध्यान रखना।

यह कहते हुए उसने मेरी तरफ हाथ बढ़ाये। हाथ कांप रहे थे। कदाचित् आंखों में आंसुओं का आवेग हो रहा था। वह जल्दी से कमरे के बाहर निकल जाना चाहती थी। अपने जब्त पर अब उसे भरोसा न था। उसने मेरी ओर दबी आंखों से देखा। मगर इस अर्द्ध चितवन में दबे हुए पानी का वेग और प्रवाह था। ऐसे प्रवाह में मैं स्थिर न रह सका। इस निगाह ने हारी हुई बाजी जीत ली; मैंने उसके दोनों हाथ पकड़ लिए और गद्‌गद स्वर से बोला—नहीं लज्जा, अब हममें और तुममें कभी वियोग न होगा।

सहसा चपरासी ने सुशीला का पत्र लाकर सामने रख दिया। लिखा था—

प्रिय श्री शारदाचरण जी,

हम लोग कल यहां से चले जायेंगे। मुझे आज बहुत काम करना है, इसलिए मिल न सकूंगी। मैंने आज रात को अपना कर्त्तव्य स्थिर कर लिया। मैं लज्जावती के बने-बनाये घर को उजाड़ना नहीं चाहती। मुझे पहले यह बात न मालूम थी, नहीं तो हममें इतनी घनिष्ठता न होती। मेरा आपसे यही अनुरोध है कि लज्जा को हाथ से न जाने दीजिए। वह नारी रत्न है। मैं जानती हूं कि मेरा रूप-रंग उससे कुछ अच्छा है और कदाचित् आप उसी प्रलोभन में पड़ गये; लेकिन मुझमें वह त्याग, वह सेवा भाव, वह आत्मोत्सर्ग नहीं है। मैं आपको प्रसन्न रख सकती हूं, पर आपके जीवन को उन्नत नहीं कर सकती, उसे पवित्र और यशस्वी नहीं बना सकती। लज्जा देवी है, वह आपको देवता बना देगी। मैं अपने को इस योग्य नहीं समझती। कल मुझसे भेंट करने का विचार न कीजिए। रोने-रुलाने से क्या लाभ। क्षमा कीजिएगा।

आपकी—

सुशीला

मैंने यह पत्र लज्जा के हाथ में रख दिया। वह पढ़ कर बोली—मैं उससे आज ही मिलने जाऊंगी।

मैंने उसका आशय समझ कर कहा—क्षमा करो, तुम्हारी उदारता की दूसरी बार परीक्षा नहीं लेना चाहता।

यह कह कर मैं प्रोफेसर भाटिया के पास गया। वह मोटर पर मुंह फुलाये बैठे थे। मेरे बदले लज्जावती आयी होती तो उस पर जरूर ही बरस पड़ते।

मैंने उनके पद स्पर्श किये और सिर झुका कर बोला ⋯ आपने मुझे सदैव अपना पुत्र समझा है। अब उस नाते को और भी दृढ़ कर दीजिए।

प्रोफेसर भाटिया ने पहले तो मेरी ओर अविश्वासपूर्ण नेत्रों से देखा तब मुस्करा कर बोले—यह तो मेरे जीवन की सबसे बड़ी अभिलाषा थी।

दफ्तरी

रफाकत हुसेन मेरे दफ्तर का दफ्तरी था। 10 रू० मासिक वेतन पाता था। दो-तीन रुपये बाहर के फुटकर काम से मिल जाते थे। यही उसकी जीविका थी, पर वह अपनी दशा पर सन्तुष्ट था। उसकी आन्तरिक अवस्था तो ज्ञात नहीं, पर वह सदैव साफ-सुथरे कपड़े पहनता और प्रसन्नचित्त रहता। कर्ज इसी श्रेणी के मनुष्यों का आभूषण है। रफाकत पर इसका जादू न चलता था। उसकी बातों में कृत्रिम शिष्टाचार की झलक भी न होती। बेलाग और खरी कहता था। अमलों में जो बुराइयां देखता, साफ कह देता। इसी साफगोई के कारण लोग उसका सम्मान हैसियत से ज्यादा करते थे। उसे पशुओं से विशेष प्रेम था। एक घोड़ी, एक गाय, कई बकरियां एक बिल्ली और एक कुत्ता और कुछ मुर्गियां पाल रखी थीं। इन पशुओं पर जान देता था। बकरियों के लिए पत्तियां तोड़ लाता, घोड़ी के लिए घास छील लाता। यद्यपि उसे आये दिन मवेशी खाने के दर्शन करने पड़ते थे, और बहुधा लोग उसके पशु प्रेम की हंसी उड़ाते थे, पर वह किसी की न सुनता था और उसका यह नि:स्वार्थ प्रेम था। किसी ने उसे मुर्गियों के अंडे बेचते नहीं देखा। उसकी बकरियों के बच्चे कभी बूचड़ की छुरी के नीचे नहीं गए और उसकी घोड़ी ने कभी लगाम का मुंह नहीं देखा। गाय का दूध कुत्ता पीता था। बकरी का दूध बिल्ली के हिस्से में जाता था। जो कुछ बचा रहता, वह आप पीता था।

सौभाग्य से उसकी पत्नी भी साध्वी थी। यद्यपि उसका घर बहुत छोटा था, पर किसी ने द्वार पर उसकी आवाज नहीं सुनी। किसी ने उसे द्वार पर झांकते नहीं देखा। वह गहने-कपड़ों के तगादों से पति की नींद हराम न करती थी। दफ्तरी उसकी पूजा करता था। वह गाय का गोबर उठाती, घोड़ों को घास डालती, बिल्ली को अपने साथ बिठा कर खिलाती, यहां तक कि कुत्ते को नहलाने से भी उसे घृणा न होती थी।

2

बरसात था, नदियों में बाढ़ आयी हुई थी। दफ्तर के कर्मचारी मछलियों का शिकार खेलने चले। शामत का मारा रफाकत भी उनके साथ हो लिया। दिन-भर लोग शिकार खेला किए, शाम को मूसलाधार पानी बरसने लगा। कर्मचारियों ने तो एक गांव में रात काटी, दफ्तरी घर चला, पर अंधेरी रात में राह भूल गया और सारी रात भटकता फिरा। प्रात:काल घर पहुंचा तो अभी अधेरा ही था, लेकिन दोनों द्वार पट खुले हुए थे। उसका कुत्ता पूंछ दबाये करुण स्वर से कराहता हुआ आकर, उसके पैरों पर लोट गया। द्वार खुले देख कर दफ्तरी का कलेजा सन्न-सा हो गया। घर में कदम रखे तो बिल्कुल सन्नाटा था। दो-तीन बार स्त्री को पुकारा, किन्तु कोई उत्तर न मिला। घर भांय-भांय कर रहा था। उसने दोनों कोठरियों में जा कर देखा। जब वहां भी उसका पता न मिला तो पशुशाला में गया। भीतर जाते हुए अज्ञात भय हो रहा था, जो किसी अंधेरे खोह में जाते हुए होता है। उसकी स्त्री वहीं भूमि पर चित पड़ी हुई थी। मुंह पर मक्खियां बैठी हुई थीं, होंठ नीले पड़ गए थे, आंखें पथरा गई थीं। लक्षणों से अनुमान होता था कि सांप ने डस लिया है।

दूसरे दिन रफाकत आया तो उसे पहचानना मुश्किल था। मालूम होता था, बरसों का रोगी है। बिलकुल खोया हुआ, गुम-शुम बैठा रहा मानो किसी दूसरी ही दुनिया में है। संध्या होते ही वह उठा और स्त्री की कब्र पर जाकर बैठ गया। अन्धेरा हो गया। तीन-चार घड़ी रात बीत गई, पर दीपक के टिमटिमाते हुए प्रकाश में उसी कब्र पर नैराश्य और दु:ख की मूर्ति बना बैठा रहा, मानो मृत्यु की राह देख रहा हो। मालूम नहीं, कब कब्र पर आया। अब यही उसका नित्य का नियम हो गया। प्रात:काल उठ कर मजार पर जाता, झाड़ू लगाता, फूलों के हार चढ़ाता, लोबान जलाता और नौ बजे तक कुरान का पाठ करता। संध्या समय फिर यही क्रम शुरू होता। अब यही उसके जीवन का नियमित कर्म था। अब वह अन्तर्जगत में बसता था। बाह्य जगत से उसने मुंह मोड़ लिया था। शोक ने विरक्त कर दिया था।

3

कई महीने तक यही हाल रहा। कर्मचारियों को दफ्तरी से सहानुभूति हो गई थी। उसके काम कर लेते, उसे कष्ट न देते। उसकी पत्नी-भक्ति पर लोगों को विस्मय होता था।

लेकिन मनुष्य सर्वदा प्राणलोक में नहीं रह सकता। वहां का जलवायु उसके अनुकूल नहीं। वहाँ वह रूपमय, रसमय, भावनाएं कहां? विराग में वह चिंतामय उल्लास कहां। वह आशामय आनन्द कहां? दफ्तरों में आधी रात तक ध्यान में डूबे रहने के बाद चूल्हा जलाना पड़ता, प्रात:काल पशुओं की देखभाल करनी पड़ती है। यह बोझा उसके लिए असह्य था। अवस्था ने भावुकता पर विजय पाई,मरुभूमि के प्यासे पथिक की भांति दफ्तरी फिर दाम्पत्यसुख जल स्रोत की ओर दौड़ा। वह फिर जीवन का यही सुखद अभिनय देखना चाहता था। पत्नी की स्मृति दाम्पत्य सुख के रूप में विलीन होने लगी। यहां तक कि छह महीने में उस स्थिति का चिह्न भी शेष न रहा।

इस मुहल्ले के दूसरे सिरे पर बड़े साहब का एक अरदली रहता था। उसके यहां से विवाह की बातचीत होने लगी, मियाँ रफाकत फूले न समाये। अरदली साहब का सम्मान मुहल्ले में किसी वकील से कम न था। उनकी आमदनी पर अनेक कल्पनाएं की जाती थीं। साधारण बोलचाल में कहा जाता था "जो कुछ मिल जाये वह थोड़ा है।" वह स्वयं कहा करते थे कि तकाबी के दिनों में मुझे जेब की जगह थैली रखनी पड़ती थी। दफ्तरी ने समझा भाग्य उदय हुआ। इस तरह टूटे, जैसे बच्चे खिलौने पर टूटते हैं। एक ही सप्ताह में सारा विधान पूरा हो गया और नववधू घर में आ गई। जो मनुष्य कभी एक सप्ताह पहले संसार से विरक्त, जीवन से निराश बैठा हो, उसे मुंह पर सेहरा डाले घोड़े पर सवार नवकुसुम की भांति विकसित देखना मानव प्रकृति की एक विलक्षण विवेचना थी।

किंतु एक ही अठवारे में नववधू के जौहर खुलने लगे। विधाता ने उसे रूपेन्द्रिय से वंचित रखा था। पर उसकी कसर पूरी करने के लिए अति तीक्ष्ण वाक्येन्द्रिय प्रदान की थी। इसका सबूत उसकी वह वाक्पटुता थी जो अब बहुधा पड़ोसियों को विनोदित और दफ्तरी को अपमानित किया करती थी। उसने आठ दिन तक दफ्तरी के चरित्र का तात्विक दृष्टि से अध्ययन किया और तब एक दिन उससे बोली — तुम विचित्र जीव हो। आदमी पशु पालता है अपने आराम के लिए न कि जंजाल के लिए। यह क्या कि गाय का दूध कुत्ते पियें, बकरियों का दूध बिल्ली चट कर जाय। आज से सब दूध घर में लाया करो।

दफ्तरी निरुत्तर हो गया। दूसरे दिन घोड़ी का रातिब बन्द हो गया। वह चने अब भाड़ में भुनने और नमक-मिर्च से खाये जाने लगे। प्रात:काल ताजे दूध का नाश्ता होता, आये दिन तस्मई बनती। बड़े घर की बेटी, पान बिना क्यों कर रहती?

घी, मसाले का भी खर्च बढ़ा। पहले ही महीने में दफ्तरी को विदित हो गया कि मेरी आमदनी गुजर के लिए काफी नहीं है। उसकी दशा उस मनुष्य की-सी थी, जो शक्कर के धोखे में कुनैन फांक गया हो।

दफ्तरी बड़ा धर्मपरायण मनुष्य था। दो-तीन महीने तक यह विषम वेदना सहता रहा। पर उसकी सूरत उसकी अवस्था को शब्दों से अधिक व्यक्त कर देती। वह दफ्तरी जो अभाव में भी संतोष का आनन्द उठाता था, अब चिन्ता की सजीव मूर्ति था। कपड़े मैले, सिर के बाल बिखरे हुए, चेहरे पर उदासी छाई हुई, अहर्निश हाय-हाय किया करता था। उसकी गाय अब हड्डियों की ढांचा थी, घोड़ी को जगह से हिलना कठिन था, बिल्ली पड़ोसियों के छींकों पर उचकती और कुत्ता घूरों पर हड्डियां नोचता फिरता था। पर अब भी वह हिम्मत का धनी इन पुराने मित्रों को अलग न करता था। सबसे बड़ी विपत्ति पत्नी की वह वाक्प्रचुरता थी जिसके सामने कभी उसका धैर्य, उसकी कर्मनिष्ठा, उसकी उत्साहशीलता प्रस्थान कर जाती और अपनी अंधेरी कोठरी के एक कोने में बैठकर खूब फूट-फूटकर रोता। संतोष के आनन्द को दुर्लभ पाकर रफाकत का पीड़ित हृदय उच्छृंखलता की ओर प्रवृत हुआ। आत्माभिमान जो संतोष का प्रसाद है, उसके चित्त से लुप्त हो गया। उसने फाकेमस्ती का पथ ग्रहण किया। अब उसके पास पानी रखने के लिए कोई बरतन न था। वह उस कुएं से पानी खींचकर उसी दम पी जाना चाहता था जिससे वह जमीन पर बह न जाय। वेतन पाकर अब वह महीने-भर का सामान जुटाता, ठंडे पानी और रूखी रोटियों से अब उसे तस्कीन न होती, बाजार से बिस्कुट लाता, मलाई के दोनों और कलमी आमों की ओर लपकता। दस रुपये की भुगतान ही क्या? एक सप्ताह में सब रुपये उड़ जाते, तब जिल्दबंदियों की पेशगी पर हाथ बढ़ाता, फिर दो-एक उपवास होता, अन्त में उधार मांगने लगता। शनैः-शनैः यह दशा हो गई कि वेतन देनदारों ही के हाथों में चला जाता और महीने के पहले ही दिन कर्ज लेना शुरू करता। वह पहले दूसरों को मितव्ययिता का उपदेश दिया करता था, अब लोग उसे समझाते, पर वह लापरवाही से कहता — साहब, आज मिलता है खाते हैं कल का खुदा मालिक है; मिलेगा खाएंगे नहीं पड़कर सो रहेंगे। उसकी अवस्था अब उस रोगी-सी हो गई जो आरोग्य लाभ से निराश होकर पथ्यापथ्य का विचार त्याग दे, जिससे मृत्यु के आने तक वह भोज्य-पदार्थों से भलीभांति तृप्त हो जाय।

लेकिन अभी तक उसने घोड़ी और गाय न बेची, यहां तक कि एक दिन दोनों मवेशीखाने में दाखिल हो गईं। बकरियां भी तृष्णा व्याघ्र के पंजे में फंस गईं। पोलाव और जरदे के चस्के ने नानबाई का ऋणी बना दिया था। जब उसे मालूम हो गया कि

नगद रुपये वसूल न होंगे, तो एक दिन सभी बकरियां हांक ले गया। दफ्तरी मुंह ताकता रह गया। बिल्ली ने भी स्वामि-भक्ति से मुंह मोड़ा। गाय और बकरियों के जाने के बाद अब उसे दूध के बर्तनों को चाटने की भी आशा न रही, जो उसके स्नेह-बन्धन का अन्तिम सूत्र था। हां, कुत्ता पुराने सद्व्यवहारों की याद करके अभी तक आत्मीयता का पालन करता जाता था, किन्तु उसकी सजीवता विदा हो गई थी। यह वह कुत्ता न था जिसके सामने द्वार पर किसी अपरिचित मनुष्य या कुत्ते का निकल जाना असम्भव था। वह अब भी भूंकता था, लेकिन लेटे-लेटे और प्रायः छाती में सिर छिपाये हुए, मानो अपनी वर्तमान स्थिति पर रो रहा हो। या तो उसमें अब उठने की शक्ति न थी, या वह चिरकालीन कृपाओं के लिए इतना कीर्तिमान पर्याप्त समझता था।

4

संध्या का समय था। मैं द्वार पर बैठा हुआ पत्र पढ़ रहा था कि अकस्मात् दफ्तरी को आते देखा। कदाचित् कोई किसान सम्मन पाने वाले चपरासी से भी इतना भयभीत न होगा, बाल-वृन्द टीका लगाने वाले से भी इतना न डरते होंगे। मैं अव्यवस्थित होकर उठा और चाहा कि अन्दर जाकर द्वार बन्द कर लूं कि इतने में दफ्तरी लपक कर सामने आ पहुंचा। अब कैसे भागता? कुर्सी पर बैठ गया; पर नाक-भौं चढ़ाये हुए। दफ्तरी किसलिए आ रहा था इसमें मुझे लेशमात्र भी शंका न थी। ऋणेच्छुओं की हृदय-चेष्टा उनकी मुखाकृति पर, उनके आचार-व्यवहार पर उज्ज्वल रंगों से अंकित होती है। वह एक विशेष नम्रता, संकोचमय परवशता होती है जिसे एक बार देखकर फिर नहीं भुलाया जा सकता।

दफ्तरी ने आते ही बिना किसी प्रस्तावना के अभिप्राय कह सुनाया जो मुझे पहले ही ज्ञात हो चुका था।

मैंने रूखाई से उत्तर दिया—मेरे पास रुपये नहीं हैं।

दफ्तरी ने सलाम किया और उल्टे पांव लौटा। उसके चेहरे पर ऐसी दीनता और बेकसी छाई थी कि मुझे उस पर दया आ गई। उसका इस भांति बिना कुछ कहे-सुने लौटना कितना सारपूर्ण था! इसमें लज्जा थी, संतोष था, पछतावा था। उसके मुंह से एक शब्द भी न निकला, लेकिन उसका चेहरा कह रहा था, मुझे विश्वास था कि आप यही उत्तर देंगे! इसमें मुझे जरा भी संदेह न था। लेकिन यह जानते हुए भी मैं यहां तक आया, मालूम नहीं क्यों? मेरी समझ में स्वयं नहीं

आता। कदाचित् आपकी दयाशीलता, आपकी वात्सल्यता मुझे यहां तक लाई। अब जाता हूं, वह मुंह ही नहीं रहा कि अपनी कुछ कथा सुनाऊं।

मैंने दफ्तरी को आवाज दी—जरा सुनो तो, क्या काम है?

दफ्तरी को कुछ उम्मेद हुई। बोला—आपसे क्या अर्ज करूं, दो दिन से उपवास हो रहा है।

मैंने बड़ी नम्रता से समझाया—इस तरह कर्ज लेकर कै दिन तुम्हारा काम चलेगा? तुम समझदार आदमी हो, जानते हो कि आजकल सभी को अपनी फिक्र सवार रहती है। किसी के पास फालतू रुपये नहीं रहते और यदि हों भी तो वह ऋण देकर रार क्यों लेने लगा। तुम अपनी दशा सुधारते क्यों नहीं?

दफ्तरी ने रिक्त भाव से कहा—यह सब दिनों का फेर है और क्या कहूं। जो चीज महीने-भर के लिए लाता हूं, वह एक दिन में उड़ा जाती है, मैं घरवाली के चटोरेपन से लाचार हूं। अगर एक दिन दूध न मिले तो महनामथ मचा दे, बाजार से मिठाइयां न लाऊं तो घर में रहना मुश्किल हो जाय, एक दिन गोश्त न पके तो मेरी बोटियां नोच खाय। खानदान का शरीफ हूं। यह बेइज्जती नहीं सही जाती कि खाने के पीछे स्त्री से झगड़ा-तकरार करूं। जो कुछ कहती है सिर के बल पूरा करता हूं। अब खुदा से यही दुआ है कि मुझे इस दुनिया से उठा ले। इसके सिवाय मुझे दूसरी कोई सूरत नहीं नजर आती, सब कुछ करके हार गया।

मैंने संदूक से 5 रूपये निकाले और उसे देकर बोला —यह लो, यह तुम्हारे पुरुषार्थ का इनाम है। मैं नहीं जानता था कि तुम्हारा हृदय इतना उदार, इतना वीररसपूर्ण है।

गृहदाह में जलने वाले वीर, रणक्षेत्र के वीरों से कम महत्वशाली नहीं होते।